무의자無衣子의 선시 연구

-詩禪一如의 시세계-

무의자無衣子의 선시 연구

-詩禪一如의 시세계-

도서출판 박이정

저자 소개

이상미(李相美)

성신여대 한문교육과를 졸업하고 같은 대학교 대학원 한문학과에서 문학 석사와 박사 학위를 받았다. 현재 한서대 동양고전연구소 연구위원을 맡고 있으며, 성신 여대와 숭의여대에서 강의를 하고 있다. 논문으로는 「구봉의 삶과 시세계」, 「무의 자 혜심의 문학관」, 「남당·외암 이후 호락논쟁의 중요문집 정리 및 분석」 등이 있으며, 번역서로는 『송구봉시전집』(공역), 『오언당음』(공역), 『칠언당음』(공역) 이 있다.

┌─────────────────────────────┐
│ 무의자無衣子의 선시 연구 │
└─────────────────────────────┘

초판인쇄 2005년 11월 16일
초판발행 2005년 11월 20일

지은이 이상미
펴낸이 박찬익
펴낸곳 도서출판 **박이정**
주소 130-070 서울시 동대문구 용두동 129-162
전화 922-1192~3 **팩스** 928-4683
홈페이지 http://www.pjbook.com
E-mail : book@pjbook.com
온라인 : 국민 729-21-0137-159
등 록 : 1991년 3월 12일 제1-1182호
ISBN 89-7878-815-7 (03810)   값 12,000원

投足空門 三十劫
今朝始覺 世生因
修禪大衆 皆成佛
我亦其中 无學人

乙酉季秋 除孝相美博士
卒業論文出刊之頌
披仰居士 和南

졸업논문 출간에 대한 송

佛門에 들어온 지 삼십 겁이 지났는데
오늘 아침 비로소 세상에 나온 뜻을 알겠네
선을 닦는 대중들 모두 성불하기를
나 또한 그 가운데 無學人이라네

머리말

필자의 불교 인연은 1997년 어느 가을날, 중앙승가대학교 부설 불전국역연구원에 입학하면서부터 시작되었다. 당시 나는 석사를 졸업하고 평소 관심이 있었던 불교 공부를 통해 학문의 폭을 넓히고자 일주일에 두 번 불전국역원을 찾았다. 그러나 불교 개론서도 제대로 읽지 않은 나에게는, 불교의 생경한 용어와 심오한 이론이 망망대해(茫茫大海)처럼 아득하게 느껴졌다. 하지만 시간이 쌓여 가면서 숙연(宿緣)이 깊었던 탓인가, 배우면 배울수록 불법(佛法)의 대해(大海)가 현전(現前)하는 바로 이 세계이며 삼세(三世)가 하나라는 것을 조금씩 이해하게 되었다.

그 다음 해 박사 과정에 입학한 후, 나는 불전국역원에서 배운 불교 공부를 바탕으로 한국 선시를 체계적으로 연구하고자 하는 뜻을 세우고 고려 선시의 발흥을 이끌어낸 무의자(無衣子)의 선시에 주목하였다. 이는 석사 때에 성리학자이면서 문인이었던 구봉(龜峯)의 시를 연구했던 데에서 전혀 차원이 다른 무의자 선시로 논제를 바꾼 것이어서 처음부터 다시 공부해야 한다는 부담감이 없지 않았다.

우선 나는 무의자 시집을 번역하기로 마음 먹고, 국내외 불교 사전을 수없이 찾아가면서 축자(逐字) 번역을 시도했다. 그러나 선시는 일반 한시와 달리 독특한 선적 표현과 깊은 선지(禪旨)가 함축되어 있기 때문에 나의 역량으로는 고차원의 선시를 체계적으로 이해하기에는 역부족이었다. 마침 평소에 망년지교(忘年之交)를 맺고 있던 박현희 선생님의 소개로 한학자이신 권오호(權五虎 : 法名 祓仰) 선생님께 가르침을 받게 되었다. 권오

호 선생님께서는 필자에게 수년 간에 걸쳐 불경과 선적(禪籍)을 강독해 주
셨으며, 틈틈이 한시를 지을 수 있도록 이끌어 주셨다.

　시연(時緣)을 따라 『조계진각국사어록(曹溪眞覺國師語錄)』·『무
의자시집(無衣子詩集)』·『금강반야바라밀경찬(金剛般若波羅密經
贊)』·『구자무불성화간병론(狗子無佛性話揀病論)』 등을 완독하게
되었다. 또한 무의자 시를 보다 깊고 넓게 이해하기 위해서『원각경(圓覺
經)』·『금강경(金剛經)』·『능엄경(楞嚴經)』·『단경(壇經)』등을 읽
어 가면서 선리(禪理)를 터득해 가야만 했고, 나아가 선수행을 통해 심요
(心要)를 자득하는 선공부를 병행해야만 했다.

　이렇게 공부를 해가는 중에 때로 힘이 들면, 나는 남한산성의 조촐한 사
찰에 올라가 혹은 이름 없이 서 있는 나무를 보며 혹은 말없이 마주한 산을
보면서 선리를 심득(心得)하고자 하였으며, 흥이 나면 오고 가는 길에서
무의자의 선시를 읊어보곤 하였다. 그러는 동안 자연스럽게 무의자 선시에
몰입하게 되었으며, 또한 무의자를 깊이 사모하는 마음을 시로 지어 보기도
하였다.

<무의자를 사모하며　慕無衣子>

生佛本同性	중생과 부처는 본래부터 같은 성(性)인데,
覺迷作兩分	깨달음과 미혹으로 인해 두 길로 나뉘었네.
循情廻苦海	인정을 따르면 고통의 바다로 돌아가고,
違世乘閒雲	세상을 어기면 한가론 구름을 탄 듯하네.
貪慾爲凡衆	탐욕스런 맘은 어리석은 중생을 만들고,
忘私入聖群	삿됨을 잊으면 성인(聖人)의 무리에 들어가네.
勤修入正定	부지런히 닦아 바른 선정에 들어가면,
頓悟萬經文	단박에 만권 경서의 글을 깨달으리라.

　이 책은 필자의 박사 논문으로 무의자의 시에 대한 인식과 시세계를 중
심으로 그의 선시의 특징을 살펴 시문학사적 의의를 새롭게 규명하는데 목

표를 두고 논의를 진행하였다. 먼저 무의자 선시의 형성 배경에서는 생애, 시대적 배경, 사상적 배경, 시에 대한 인식으로 나누어 선시의 세계를 형성할 수 있었던 문학적 배경을 탐색하였다. 특히 시에 대한 인식에서는 무의자의 독특한 선적(禪的) 사유(思惟)가 심미 의식과 창작 관념 등에 깊은 영향을 미쳐 새로운 시인식을 보여주고 있는 점을 살펴서 그의 선시를 체계적으로 이해하기 위한 기틀을 마련하고자 하였다. 다음으로 무의자 선시의 세계에서는 형식상의 특징과 내용상의 분류로 나누어 살펴봄으로써 무의자 선시의 전반적인 특징을 검토하였다. 형식상의 특징은 그가 사용한 시형(詩型)과 시운(詩韻)을 중심으로 살펴보았으며, 내용상의 분류는 입정오도시(入定悟道詩), 대중교화시(大衆敎化詩), 승속교유시(僧俗交遊詩)로 대별하여 살펴보았다. 그 결과 무의자는 선시의 제체(諸體)를 갖춤으로써 선시의 발흥을 본격적인 궤도에 올려놓았으며, 또한 이전과 달리 이로부터 선시가 유가(儒家) 문인들에게까지 크게 영향을 미쳐 시선일여(詩禪一如)의 길을 추구하는 새로운 시문학적 경향을 낳게 한 최초의 본격적인 선시인(禪詩人)이라 할 수 있다. 이렇게 볼 때 우리나라의 대표적인 선시인인 무의자 선시에 대한 연구는 한국 선시를 이해하는 데 바탕이 되며, 나아가 한국 선시에 관심 있는 분들께 미흡하나마 작은 도움이 될 수 있으리라 생각한다.

끝으로 필자가 학문의 길을 걸어갈 수 있도록 값진 가르침을 주신 여러 스승님과 항상 따뜻한 격려를 아끼지 않은 가족들, 그리고 관심어린 눈으로 세심한 도움을 준 선후배들에게 지면을 통해 깊이 감사드린다. 더불어 졸고가 세상과 인연을 맺을 수 있도록 쾌히 출판을 허락해 주신 도서출판 박이정의 박찬익 사장님과 편집부 제위께도 감사의 마음을 전한다.

을유년 初冬에 이상미 삼가 쓰다

차   례

Ⅰ. 연구 목적과 방법론___1

　1. 연구 목적과 의의　3

　2. 연구 현황과 방법론 5

Ⅱ. 무의자 선시의 형성 배경___13

　1. 생애　　15

　　1) 출가 전(출생 후~25세)　　16

　　2) 출가 후(26세~57세)　　19

　2. 시대적 배경　　30

　3. 사상적 배경　　40

　　1) 사상적 특질　　41

　　2) 선사상의 특징　　49

　4. 시에 대한 인식　　71

　　1) 직관적(直觀的) 심미 의식　74

　　2) 무기교(無技巧)에의 관심　82

　　3) 담박무미(淡泊無味)의 숭상　85

　　4) 효용론적(效用論的) 인식　88

Ⅲ. 무의자 선시의 세계___97

　1. 형식상의 특징　　　99

　2. 내용상의 분류　　　110

　　1) 입정오도시(入定悟道詩)　　　112

　　(1) 입정관조(入定觀照)의 시　　　113

　　(2) 심경양망(心境兩忘)의 시　　　117

　　(3) 무심자재(無心自在)의 시　　　121

　　2) 대중교화시(大衆敎化詩)　134

　　(1) 시법시(示法詩)　　　135

　　(2) 잠계시(箴誡詩)　　　154

　　(3) 찬경시(讚經詩)　　　166

　　(4) 염송시(拈頌詩)　　　178

　　3) 승속교유시(僧俗交遊詩)　187

　　(1) 송별시(送別詩)　　　188

　　(2) 감사시(感謝詩)　　　194

Ⅳ. 무의자 선시의 시문학사적 의의___199

Ⅴ. 결론___211

참고문헌___223
찾아보기___237

Ⅰ. 연구 목적과 방법론

1. 연구 목적과 의의

무의자(無衣子) 혜심(慧諶 : 1178~1234)은 무신란과 몽고 침략의 내우외환을 겪던 격변기에 조계산(曹溪山) 수선사(修禪社) 2대 사주(社主)로 당시 승속(僧俗)의 존경을 받은 선종의 대선사(大禪師)였을 뿐만 아니라, 선시(禪詩)에 있어서도 당대 문인들에게 자신의 시풍을 크게 인정받은 시승(詩僧)이었다.

고려사회는 성종(成宗)이후 유불(儒佛)이 함께 존속되고 왕족 출신인 의천(義天)·요일(寥一) 등의 승려가 배출되면서 승려들도 시문에 대한 자질과 소양이 있었으나, 아직 문인들에 비해 질적·양적으로 상당히 미진한 편이었다. 그런데 무신란으로 인해서 문인(文人)들 가운데 일부가 무신의 전횡을 목도하고 일찍 출사(出仕)의 길을 포기한 후 불문(佛門)에 귀의하여 심법(心法)을 터득하고자 승려가 된 사람이 속출함에 따라, 승려들의 시문이 크게 발전하게 되었으며 시에도 능숙한 승려들이 많이 나왔다.

그 중에서도 무의자는 유불에 정통함은 물론 시에도 뛰어난 시승으로 『무의자시집(無衣子詩集)』이 현재까지 남아 있다. 이 시집은 무의자가 선승이라는 점에서 현전하는 자료 가운데 한국 선시 사상 최초의 선시집(禪詩集)이라 할 수 있다. 특히 그는 시선일여(詩禪一如)의 바탕위에서 선시를 창작하여 한국 선시(韓國禪詩)의 발흥(發興)을 이끌어

낸 중요한 인물로 주목을 받아 왔다.

전통적인 시관(詩觀)에 의거하여 시를 '언지(言志)'라고 한다면, 불교시는 승려의 대지(大志)인 상구보리(上求菩提)·하화중생(下化衆生)의 불도(佛道)를 읊은 것을 말하며, 특히 선시는 선적(禪的) 자각(自覺)을 바탕으로 한 상구보리·하화중생의 대지(大志)를 형상화한 것이라 할 수 있다. 그런데 무의자는 선사로서 고준(高峻)한 참선 수행을 통해 증득한 선적(禪的) 오경(悟境)을 시 속에 담아내어 예술경계로 승화시켰고, 또한 선각자(先覺者)로서 대중을 교화하기 위해 다양한 선지(禪旨)를 뛰어난 시적 형상력으로 자유롭게 시화(詩化)하였다. 그 결과 본격적인 선시의 창작을 통해 한국 선시의 제체(諸體)를 갖추었다는 점에서 불교시사적 맥락에서 볼 때 중요한 분기점을 이룬 인물이라 할 수 있다. 나아가 무의자가 이처럼 선시의 제체를 갖추고 그 전형(典型)을 보여줌으로써, 이전까지의 불가(佛家)에서 유가(儒家)의 시를 배우려던 경향이 일변(一變)되어, 도리어 유가(儒家) 문인들이 선시의 영향을 받게 되었으니, 당시 고려 시단에 미친 영향 또한 적다고 할 수 없을 것이다.

이러한 문학적 성과는 질량면으로 볼 때 전대 불교 문학에서 볼 수 없었던 것으로 무의자 선시만의 특징적인 면모라 할 수 있으며, 나아가 고려 한시를 더욱 풍부하고 다채롭게 한 결과, 한국 불교시사에서는 물론 한국 한시사에 있어서도 선시로 일가(一家)를 이룬 대표적인 선시인(禪詩人)으로 높이 평가할 수 있다.

그러나 지금까지 그의 선시에 관한 연구는 연구 대상의 중요성에 비해 심도 있는 논의가 진행되지 못하여 만족할 만한 단계에 이르지는 못하였다. 그 원인은, 무의자가 일반적인 문학 조류의 바깥에 독립해 있던 시승이었기 때문에 그의 선시가 일반 시인에 대한 연구자의 주된 관심권에 미치지 못하였고, 또한 그의 선시는 선사상(禪思想)의 발현(發現)이므로 선에 대한 이해가 없이는 접근이 불가능한 난점이 있기 때문이라 생각된다.

따라서 고려 무신집권기에 선시의 제체를 갖추어 선시의 발흥을 이끈 주역인 무의자의 선시에 대한 연구는 고려 불교시사를 이해함은 물론 넓은 의미에서 한국 한시사의 올바른 정립을 위해서도 선결되어야 할 과제로 체계적인 논의를 요한다고 하겠다.

이에 필자는 무의자가 선시의 제체를 구비한 본격적인 선시인이라는 점에 논의의 초점을 두고, 그의 독창적인 선적 사유가 심미 의식과 창작 관념 등에 영향을 미쳐 새로운 시인식(詩認識)을 형성하고, 나아가 이러한 시인식이 시의 형식(形式)과 내용(內容)에 영향을 주어 개성적인 선시의 세계를 개척한 것을 중심으로 한국 한시 사상 독자적인 위치를 점유하였던 점을 조명하고자 한다.

이러한 연구는 무의자의 시문학사적 의의를 새롭게 밝힘과 동시에 한문학사의 체계적인 정립에도 일익(一翼)을 담당할 수 있을 것이다.

2. 연구 현황과 방법론

무의자의 선시에 대한 연구는 1970년대 후반에 처음 시작되어 1990

년대 와서야 본격화되었다. 그러나 그 이전에 이미 그의 선사상과 수선
사의 활동을 주목하고 불교 사상(佛敎思想)[1]과 역사(歷史)[2] 분야에
서 일찍부터 그에 대한 연구를 시도하였다.

먼저 무의자를 고려 선가문학(禪家文學) 속에서 부분적으로 다루는
논의가 시도되었다. 조동일은 『한국문학사상사시론』[3]에서 무의자를 제
2기(13~16세기) 문학 사상을 대표하는 중요한 인물로 다룸으로써 한
문학사에 새롭게 부각시켰다. 인권환은 『고려시대 불교시의 연구』[4]에
서 고려 선시인의 한 사람으로 무의자의 생애와 업적을 살피고, 선사상
의 시적 전개를 선경(禪境)의 시적 표현과 자연 속의 선취(禪趣)로 나
누어 고찰하였다. 이종찬은 『한국의 선시』[5]에서 고려 선시의 실제를 살
피면서 무의자의 실천적 수선 양상을 수선의 실천적 제시, 『조계진각국
사어록』에 보인 문학성, 『무의자시집』의 선시, 『선문염송집』의 문학성
으로 세분하여 다루었다. 이러한 논의는 시사적 관점에서 고려의 선가문

---

1) 高亨坤(1971), 358~391면.
　韓基斗(1980), 254~259면.
　權奇悰(1994), 11~37면
　김호성(1994), 101~131면
　韓鍾萬(1998), 186~188면.
2) 忽滑谷快天 著·정호경 역(1978), 298~299면.
　秦星圭(1986).
　가마타시게오 저·신현숙 옮김(1994), 181면.
　朴榮濟(1989).
　兪瑩淑(1993), 27~32면.
　최병헌(1994), 139~168면.
　김호동(1998), 117~170면.
　金塘澤(1999), 334~336면.
3) 趙東一(1978), 89~100면.
4) 印權煥(1989), 92~115면.
5) 李鍾燦(1985), 156~203면.

학 속에서 무의자가 선시의 창시자 또는 발흥자임을 밝히는 성과가 있었다.

무의자의 시문학에 대해 본격적으로 논의된 것은 박재금에서부터 이루어졌다. 박재금은 『한국 선시연구~무의자 혜심의 시세계』[6]에서 한국 불교시의 발생과 혜심 이전의 불교시, 혜심의 시세계, 역설(逆說)의 시학(詩學) 등으로 나누어 고찰하였다. 그리고 혜심의 시세계는 내용상 네 범주로 세분하여 선법(禪法)과 수행, 자연의 표상과 즐김, 물(物)에 대한 관심과 의미의 확대, 인생과 현실의 수용 및 대응으로 구분하여 검토하였다. 그리고 역설의 시학은 불립문자(不立文字)의 역설성, 혜심의 언어문자관, 진리의 역설성과 그 표현 양상, 역설의 의미 등으로 나누어 논의를 진행하였다. 특히 박재금은 선시의 문학성에 있어서 가장 본질적이고 핵심적 요소를 역설로 규정하는 관점에서, 혜심의 시세계를 통괄하는 가장 큰 특징적 맥락을 역설로 파악하고, 무의자의 문학성을 역설의 시학으로 정립하고자 하였다. 그러나 역설은 불교에서 진리의 효과적인 전달을 위해 널리 채용되고 있다[7]는 점과 이진오가 일찍 화엄사상의 전형적인 표현[8]이라고 문제 제기한 사실 등을 고려해 볼 때, 필자 또한 선시의 역설과 화엄시의 역설에 대한 정밀한 검토가 이루어져야 한다고 본다.

필자의 생각으로는 불교에서 역설적 표현은 '이언절려(離言絶慮)'

---

6) 朴在錦(1998).

7) 金埈五(2001), 320면 참조.

8) 이진오는 화엄시에 주목하자며, 흔히 모순어법이 선시의 중요한 특징이라고 꼽지만 실제 모순어법 속에는 사실 선이 아니라 화엄의 어법인 경우가 많기 때문에 이들을 변별하지 않은 채 막연히 선시라고 뭉뚱그려 취급해 온 관행은 시정되어야 한다고 보았다. 李晋吾(1997), 49면 참조.

의 불리(佛理)를 심층적 역설을 통해 보다 효과적으로 전달하고자 한 것으로 보인다. 따라서 선적 역설과 화엄적 역설은 이언절려의 선적 진리와 화엄적 진리를 역설적 표현을 통해 효과적으로 전달하기 위한 것으로 볼 수 있다.

먼저 선적 역설의 예로 선사상의 기초적 사상을 형성하고 있는 반야(般若) 공관사상(空觀思想)을 잘 말해주는 "색(色)은 즉 공(空)이고, 공(空)은 즉 색(色)이다."[9]라고 한 것을 들어 간략히 살펴보면, 이것은 색과 공이 둘이 아니라는[色空不二] 이언절려의 선리를 역설적 표현을 통해 효과적으로 전달한 것이다. 이는 '색은 즉 공이다'라고 역설하고, 다시 '공은 즉 색이다'라고 역설하여, 대중으로 하여금 '색이다, 공이다' 하는 문자상(文字相)에 집착하지 말고 곧바로 색과 공의 문자성(文字性)이 공(空)함을 깨달아 언외(言外)의 묘의(妙義)를 심득(心得)하여 오리견성(悟理見性)할 수 있도록 하기 위해 방편으로 설한 것이다. 선가에서는 언어·문자를 방편으로 하여 불법(佛法)을 설하기는 하지만 구경처(究竟處)의 불법은 언어·문자에 있지 않다고 하는 절언지법(絶言之法)을 주장하여, 다만 언어·문자를 통해서 마음을 닦기 위한 수행의 원리로서의 심요(心要)만을 전달할 뿐이다.

다음으로 화엄적 역설의 예는 화엄경의 교의(敎義)를 집약한 의상(義湘)의 <法性偈> 가운데 화엄의 법계연기를 잘 표현한

> "한 티끌에 시방 세계를 머금었고, 일체의 티끌 속 또한 이와 같다네.
> 무량한 오랜 세월 즉 한 순간이고, 한 순간이 즉 무량한 오랜 세월이네."[10]

---

9) 李箕永 譯解(1996), 『般若心經』 20면, 色卽是空 空卽是色.

라고 한 것에 잘 드러난다. 이것은 화엄사상 중에 이언절려의 사사무애(事事無碍)한 법계연기(法界緣起)의 진리를 역설적 표현을 사용하여 효과적으로 전달하고 있다. 실제 우리가 사는 현상 세계를 미혹한 자의 눈으로 보면 공간상으로 작은 것은 작고 큰 것은 크기 때문에 한 티끌에 시방 세계를 머금을 수 없고, 시간상으로 삼세(三世)를 분별하기 때문에 무량한 오랜 세월이 즉 한 순간일 수 없는 것이다. 그러나 화엄적 세계관으로 보면, 일체의 제법(諸法)은 서로 걸림 없이 융합하여 받아들이고[相入] 서로 하나가 되어[相卽] 원융무애(圓融無碍)한 무진연기(無盡緣起)를 이루고 있다. 따라서 현상계 만유(萬有)의 낱낱 사물이 무애하여[事事無碍] 한 티끌에 시방 세계를 머금었고 무량한 오랜 세월이 즉 한 순간일 수 있다. 즉 이것은 화엄의 사사무애한 진리를 역설을 통해 표현함으로써 대중으로 하여금 상식적 통념을 깨고 화엄의 상즉상입(相卽相入)하는 우주의 중중무진(重重無盡)한 연기의 진리를 오득(悟得)하게 하기 위해 방편으로 설한 것이다. 그러나 깨닫고 나면 선의 종지나 화엄의 교리는 궁극에 하나[佛 : 깨달음]일 뿐이므로, 선과 화엄이 넘나든다고 할 수 있다.

또한 선시의 본질적이며 핵심적인 요소로 '반상합도(反常合道)'의 원리에 근거한 역설을 주장하게 된다면 '평상심시도(平常心是道)'라는 선사상을 형상화한 선시를 비본질적인 선시로 분류할 수밖에 없는 모순을 범하게 된다. 실상 박재금은 혜심의 시세계에서 선의 일상성을 내용으로 한 시를 다루고 있어 무의자 선시의 역설적 의미인 반상합도

---

10) 義湘, 『華嚴一乘法界圖』, 一微塵中含十方 一切塵中亦如是 無量遠劫卽
　　一念 一念卽是無量劫.

의 원리와 논리적 모순을 드러내었는데, 이처럼 역설의 시학과 혜심의 시세계 분류 사이의 연계성을 찾기가 힘들다. 따라서 역설은 선시의 한 특징적인 면이 될 수는 있겠으나, 선시의 본질적이며 핵심적인 요소로 파악하기에는 여러 가지 문제점이 있다.

이와 같이 선행 연구자들이 거둔 일정한 연구 업적에도 불구하고 무의자의 선사상에 대한 깊이 있는 이해를 바탕으로 그의 선시를 좀 더 심도 있게 분석·연구하는 데까지는 이르지 못하였다. 이렇듯 그의 선사상과 선시의 연관성이 긴밀한데도 그 체계적인 관계가 해명되지 못하여, 그의 독자적인 깨달음의 경계[禪境]와 밀착시켜 작품을 심도 있게 다루지 못함으로써, 무의자 선시의 총체적인 실상을 파악하기 어려운 실정이다.

이에 필자는 기존의 연구 성과를 수렴하고 그 한계를 보충하는 입장에서 무의자만의 개성적이고 독특한 선시의 세계를 이뤄낼 수 있었던 문학적 형성 배경에 대한 총체적인 인식 기반을 마련하고, 특히 선시가 일반 한시와 달리 독특한 선적 사유를 바탕으로 이루어지는 것인 만큼 그의 선사상과 시문학을 밀착시켜 무의자 선시의 실질적 양상이 어떻게 전개되고 있는가를 고찰하고자 한다.

이러한 연구를 위해서 본고는 무의자의 저술[11] 가운데 주로 무의자 선시가 수록되어 있는 『무의자시집』과 『조계진각국사어록(曹溪眞覺

---

11) 『曹溪眞覺國師語錄』 1권, 『無衣子詩集』 2권, 『禪門拈頌』 30권, 『金剛般若波羅密經讚』, 『狗子無佛性話揀病論』, 비명 5편·記文 1편·假傳 2편 등이 현전하고, 『禪門綱要』 1권은 이름만 전한다. 번역본으로는 김달진 역주 · 최동호 해설 (1993), 유영봉 역(1997) 등이 있다. 불교문화연구소편(1976), 123~125면 참조.

國師語錄)』을 주된 텍스트로 삼았다.12) 특히『시집』에 250수,『어록』에 95수 등 현전하는 무의자의 시 345수를 중심으로 다음과 같은 순서로 논의를 진행하고자 한다.

제Ⅰ장은 연구 목적과 방법론으로, 먼저 연구 목적을 밝히고, 다음으로 연구 현황을 검토하여 기존 연구의 업적과 한계를 살펴, 이후 연구 범위와 방법론을 제시하고자 한다.

제Ⅱ장에서는 무의자 선시의 형성 배경을 생애, 시대적 배경, 사상적 배경, 시에 대한 인식으로 나누어 살펴보고자 한다. 먼저 생애는 출가(出家)를 전후로 하여, 출가 전 내불외유(內佛外儒)와 문학 수련의 삶과 출가 후 선사(禪師)로서의 '상구보리·하화중생'의 실천적 삶으로 나누어 살펴보고자 한다. 이어서 시대적 배경은 무신집권기의 정치적 배경과 불교계의 동향을 검토하여 그가 당시에 차지한 불교사적 위치를 밝히고자 한다. 다음으로 사상적 배경은 먼저 무의자 사상의 기본적인 특질을 살펴보고, 특히 그의 선사상이 문학 의식을 형성하는 근저가 되므로 이에 작가 정신의 탐구라는 측면에서 고찰하고자 한다. 끝으로 시

---

12) 본 논문의 무의자 선시는 東國大 韓國佛教全書編纂委員會가 편찬한 韓國佛教全書 第六冊 중에『無衣子詩集』(二卷)과『曹溪眞覺國師語錄』(一卷)을 따랐다.『無衣子詩集』은 일본 駒澤大學에 소장된 필사본을 底本으로 하고 普濟社에서 간행한『曹溪眞覺國師語錄』에 실린 부록을 甲本으로 대조한 것이며,『曹溪眞覺國師語錄』은 丙戌年에 간행된 高麗大 所藏本을 底本으로 하고 戊子年 龍門寺 留刊本을 甲本, 昭和 十五年 普濟社 發行本을 乙本으로 하여 異同狀況이 각주에 표시되어 있다. 普濟社鉛印本卷末에는 권상로가『無衣子詩集』에 실려 있는 시문과 중복되지 않는 작품들을 집록한 『眞覺國師語錄(補遺)』가 있다. 필자는 저본을 주로 따르기로 하고 다만 별도로 갑본과 을본을 따르는 경우에만 각주에 표시하기로 하겠다.(이하『無衣子詩集』은『詩集』으로, 『曹溪眞覺國師語錄』은『語錄』으로, 『眞覺國師語錄(補遺)』는 『補遺』로 약칭함.)

에 대한 인식을 살펴 무의자 선시의 문학 형성의 근원이 되는 의식 세계를 밝혀봄으로써, 그의 선시의 세계에 근접할 수 있는 기틀을 마련하고자 한다. 이에 직관적(直觀的) 심미 의식, 무기교(無技巧)에의 관심, 담박무미(淡泊無味)의 숭상, 효용론적(效用論的) 인식으로 세분하여 논의를 전개하고자 한다.

제Ⅲ장에서는 무의자 선시의 세계를 형식상의 특징과 내용상의 분류로 나누어 살펴봄으로써 그의 선시 전반을 탐색하고자 한다. 형식상의 특징은 시형(詩型)과 시운(詩韻)의 특징적인 면에 주목하여 살펴보고, 내용상의 분류는 입정오도시(入定悟道詩), 대중교화시(大衆敎化詩), 승속교유시(僧俗交遊詩) 등 세 개의 범주로 나누어 살펴보고자 한다.

제Ⅳ장에서는 무의자 선시의 시문학사적 의의를 밝히고자 한다. 먼저 무의자에 대한 제가(諸家)의 평을 살펴보고, 이어서 필자가 본 논문에서 논증한 사실을 재평가하여 그의 선시가 갖는 시문학사적 의의를 새롭게 밝히고자 한다.

제Ⅴ장은 결론으로, 본고에서 무의자 선시에 대해 논의한 내용을 요약·정리하고, 후일의 과제를 제시하고자 한다.

Ⅱ. 무의자 선시의 형성 배경

먼저 문학적 환경으로서 무의자의 생애와 시대적 배경을 살펴 작품 형성에 어떠한 영향을 주었는가 살펴보고, 이어서 사상적 배경을 살펴 무의자 시문학의 근저에 자리 잡은 사상적 성격을 탐색하고, 끝으로 선적 사유를 바탕으로 새롭게 형성된 시에 대한 인식을 살펴 그의 문학 인식에 대한 일단을 알아보고, 그 결과 무의자 선시를 이해하는 인식 기반을 마련하고자 한다.

1. 생애[13]

무의자는 처음에 모친이 과거(科擧)에 힘쓸 것을 권유하여 출가하고자 했던 자신의 뜻을 접고 모친의 뜻에 따라 유학을 공부하고 문장에 힘써 24세에 태학생(太學生)이 되었다. 그러나 그 다음해 25세에 모친이 작고(作故)하자, 출가의 뜻을 실현하기 위해 조계산 수선사의 보조

---

13) 李奎報가 찬술한 <曹溪山第二世故斷俗寺住持修禪社主贈諡眞覺國師碑銘>과 崔滋가 찬술한 <月南寺址眞覺國師碑陰記> 등을 1차 자료로 삼고 『어록』과 『시집』을 보조 자료로 활용하여 재구성하였다. 월남사지 진각국사비의 음기에 대한 고찰은 閔賢九에 의해 처음 이루어졌으며, 이를 통해 당시 수선사에 입사한 자를 자세히 알 수 있다. (이하 <曹溪山第二世故斷俗寺住持修禪社主贈諡眞覺國師碑銘>은 <眞覺國師碑銘>으로 약칭함.) 민현구(1992).

국사(普照國師) 지눌(知訥)에게 출가한 뒤, 심산(深山)에서 각고의
참선 수행을 통해 선의 높은 경지에 이르게 된다. 그 후 33세에 지눌의
법석(法席)을 계승하여 수선사 제2대 사주(社主)가 되어 반평생을 선
사로 여러 사찰에 머물면서 본격적인 대중(大衆)[14] 교화를 위한 삶을
살았다. 이처럼 무의자의 삶은 그의 인생의 지향점이 바뀜에 따라 출가
전 과거를 공부하던 유생(儒生)에서 출가 후 불도(佛道)를 구하는 선사
로서의 삶으로 대별(大別)해 볼 수 있다. 이에 본 절에서는 '유지불(儒
之佛)'[15]로서의 무의자의 삶을 크게 출가를 전후로 하여, 출가 전 내
불외유(內佛外儒)와 문학 수련의 삶과 출가 후 '상구보리(上求菩
提)·하화중생(下化衆生)'의 실천적 삶으로 나누어 살펴보고자 한다.

1) 출가 전 (출생 후~25세)

내불외유(內佛外儒)와 문학 수련의 삶

무의자는 고려 무신집권기 명종 8년에 전라도 나주(羅州) 화순현(和
順縣 : 現在 和順郡)에서 향공진사(鄕貢進士)인 부친 최완(崔琬)
과 모친 배씨(裵氏) 사이에서 태어났다. 그의 휘[法名]는 혜심(慧諶),
자는 영을(永乙), 자호는 무의자(無衣子), 이름은 식(寔)이었다.[16] 그

---

14) 大衆은 불교에서 좁은 의미로는 범어 Mahāsamgha를 가리키며, 그 음역은 마하승
   가[摩訶僧伽]로 많은 스님들을 뜻하고, 넓은 의미로는 四部大衆인 비구·비구
   니·우바새·우바이를 모두 가리킨다. 필자는 사부대중을 모두 포괄하는 대중의 개
   념으로 사용하였다.
15) 무의자는 참정 최홍윤에게 답하는 편지에서 최홍윤을 '佛之儒'라고 한 반면, 자신
   을 '儒之佛'이라고 말하였다. <答崔參政 洪胤>, 『語錄』, 46면, 公是佛之儒
   我是儒之佛.

가 스스로 무의자[본래 옷을 입지 않은 사람]라고 부른 것은 가식[옷]을 벗어버리고 본래면목(本來面目)인 진성(眞性 : 佛性)을 찾아 살고자 한 자신의 의지를 나타낸 것으로 보인다. 이러한 그의 뜻은 <次應律師求法韻>시에 잘 나타나 있다.

廓落無依無相身　　공허하여 의지할 곳도 모양도 없는 이 몸,
禪家嗅作本來人　　선가 냄새는 本來人의 모습을 짓네.
但能自照虛明地　　다만 허명지를 스스로 비출 수 있으니,
何更從他苦問津17)　어찌 다시 남에게 애써 나루터 물으리오.

즉 그가 무상(無相)한 몸의 실상이란 선가의 본래인[본래면목]인 허명(虛明)한 각성(覺性 : 佛性)을 내외에 자조(自照)하는 것이라 하였으니, 이를 통해 무의자라 자호한 뜻을 확인할 수 있다.

그의 출생과 관련된 일화로는, 모친 배씨가 천문(天門)이 활짝 열리고 또 세 번이나 벼락을 맞는 꿈을 꾸고서 임신하여 열두 달 만에 낳았는데, 그 태의(胎衣)가 거듭 감겨져 마치 가사(袈裟)를 메고 있는 형상과 같고, 젖을 먹은 뒤엔 곧 몸을 돌려 모친을 등지고 누웠다18)는 신이(神異)한 이야기가 전한다. 이런 이야기들은 그가 숙세(宿世)의 깊은 불연(佛緣)을 타고 난 불제자(佛弟子)이며, 또한 금생에도 부모의 인연을 등지고[떠나] 출가자의 길을 가게 됨을 예증하는 것이다.

---

16) 李奎報, <眞覺國師碑銘>, 『東國李相國集』 권35, 64면, 國師 諱惠諶 字永乙 自號無衣子 <中略> 名寔.
17) 『詩集』, 58면.
18) 이규보, 앞의 글, 64면, 母裴氏 夢天門豁開 又夢被震者三 因而有娠 凡十有二月乃生焉 其胞重纏 又如荷袈裟狀 <中略> 每飮乳後 輒轉身背母而臥.

그는 일찍 부친이 죽자 모친에게 출가의 뜻을 청하여 불연(佛緣)을 찾아 살고자 하였는데, 어머니가 허락하지 않고 유업(儒業)에 힘쓰게 하였다. 그러나 그는 항상 불경(佛經)을 외우고 주문을 읽더니 오랜 후에 득력(得力)하였다[19]고 한다. 이처럼 그는 청년기에 모친의 뜻을 받들어 유학을 공부하는 한편, 불경 공부에도 전력하여 유불의 학문적 토대를 이룩하였다. 이에 그의 나이 24세(1201)가 되던 해, 모친의 뜻에 따라 사마시(司馬試)에 응시하여 합격한 후 태학에 들어가게 되었다. 특히 태학생 시절에 지은 <野行>이라는 시가 『보한집(補閑集)』에 전해지고 있어, 그가 당시 세인(世人)들의 숭상을 받을 만큼 훌륭한 시재(詩才)를 지녔다는 것을 알 수 있다.

이처럼 그는 외적으로는 모친의 뜻을 따라 유업에 힘썼으나, 한편 그의 아시작(兒時作)인 <孤憤歌>[20]와 이에 스스로 대답한 <代天地答>[21]시를 보면 내적으로는 이미 불교의 평등관이 확립되었음을 볼 수 있다. 또한 어머니가 병중에 계실 때, 부처를 관상(觀想)하는 삼매[觀佛三昧]의 경지에 들어 어머니의 병을 고쳤다[22]고 하는 기록을 볼 때, 그가 20대 중반에 이미 상당한 선의 경지에 이르렀다는 것을 알 수

---

19) 위와 같은 곳, 父早薨 從母乞出家 母不許 勉令業儒 然常念經持呪 久乃得力.

20) 『詩集』, 53~54면, "사람이 천지 사이에 태어나서, 온갖 뼈와 아홉 구멍 모두 서로 같은데, 가난하고 부유하며 고귀하고 천박하며, 또는 곱고 추악하니 무슨 일로 緣由한 것일까? <중략> 누구와 이 이치 의논해 볼까, 가슴속 외로운 번민만 쌓이네. [人生天地間 百骸九竅都相似 或貧或富或貴賤 或姸或醜緣何事 <中略> 與誰論此理 胸中積孤憤]."

21) 『詩集』, 54면, "만 가지 천 가지 차별적인 일, 모두가 망상에서 생기는 것. 이러한 분별을 벗어난다면, 어떠한 물건이 안 평등할까.[萬別千差事 皆從妄想生 若離此分別 何物不齊平]"

22) 이규보, 앞의 글, 64면, 母病 <中略> 斂念入觀佛三昧 母夢諸佛菩薩遍現 四方 覺而病愈.

있다.

이와 같이 그는 출가 전에 이미 일반 사대부처럼 유업을 통해 문학적 수련과 학문적 토대를 마련하여 문인으로서의 소양를 갖추었고, 내적으로는 불교에 심취하여 선교(禪教)에도 깊은 조예가 있었으니, 유불(儒佛)에 정통한 달인(達人)이었음을 알 수 있겠다.

2) 출가 후 (26세~57세)

'상구보리·하화중생'의 실천적 삶[23]

(1) 출가와 구도증득기(求道證得期) (26세~32세)

그가 태학생이 된 그 이듬해(1202)에 모친마저 죽자, 이 때 송광산(松廣山)[24]에서 수선사를 새로 개설하여 도화(道化)를 한창 왕성하게 펴고 있는 지눌을 급히 찾아가 참례하고, 재(齋)를 올려 어머니의 명복을 빌기를 청하고 나서, 지눌의 허락을 받고 비로소 출가의 뜻을 이루게 된다. 이 때 지눌은 무의자를 만나보기에 앞서 꿈에 설두현(雪竇顯)[25]

___

23) 무의자는 行者가 출가할 때에 당에 올라서 "무릇 출가라는 것은 일신이 홀로 해탈
   을 구하는 데 있지 아니하고 自利行과 利他行이 모두 원만하여야 남은 한이 없음
   을 알 수 있으니, 이렇게 해야만 참으로 출가한 사람이라 할 수 있다.[行者出家上
   堂云 夫出家者 非爲一身 獨求解脫 二利行圓 了無遺恨 如是乃名眞出
   家者]"라고 말한 글을 통해, 그가 항상 자리와 이타, 즉 상구보리·하화중생의 실
   천궁행을 참된 출가자의 본분으로 삼았음을 알 수 있다. <上堂>, 『語錄』, 5면.
24) 松廣山은 1205년에 熙宗이 왕명으로 당시 그 산에서 조계 禪風을 드날리던 보조 국
   사를 위하여 曹溪山이라고 改名하게 했다. 조계산은 현재 전라남도 승주군에 있다.
25) 雪竇顯(980~105)은 宋代의 禪僧으로 설두산에서 雲門宗 중흥에 크게 힘썼으
   며, 公案集인 『頌古百則』을 지었다. 뒷날 무의자가 공안집인 『선문염송』 30권
   을 편찬한 것을 보면, 설두현 선사와의 깊은 숙연은 우연이 아님을 알 수 있다.

선사가 사원에 들어오므로 마음에 이상하게 여겼는데, 이튿날 무의자가 와서 참례하였다[26]고 한다. 이런 현몽이 있었기에 지눌은 그가 설두현 선사의 후신(後身)으로 숙연(宿緣)있는 제자임을 알고 출가를 선뜻 허락한 것이다. 즉 그에게 모친의 죽음은 자연스럽게 외적 제약에서 벗어나 출가할 수 있는 시절 인연(時節因緣)이 되었고, 마침내 그가 지눌과 사제[師資]의 인연을 맺고 비로소 출가의 숙원(宿願)을 이루게 되는 계기가 되었다.

그러나 직접적인 출가 동기는, 그가 득도(得度)[27]할 때 집을 떠나면서 지은 시에서 "부귀공명의 허명(虛名)을 버리고 참된 진리인 불법을 사모하여 회심(灰心)으로 좌선을 배우겠다."[28]라고 자신의 출가에 대한 본원(本願)을 피력한 것처럼 좀더 내적인 원인에서 찾아야 할 것이라 생각된다. 그 외에도 이규보가 "문득 계적(桂籍)[29]에 올라 앞으로 길이 달려서 유명한 사대부가 되는 기회를 잃지 않았을 터인데도, 도리어 성취될 명예를 버리고 오히려 일찍이 속세에서 떠나지 못한 것을 한하였다."[30]고 한 것과, 지눌이 "너는 마땅히 불법을 펼 것을 자신의 소

---

26) 李奎報, 앞의 글, 65면, 先是國師夢雪竇顯禪師入院　心異之　明日師來參.
27) 得度의 도는 범어 pparāmita를 번역한 것으로, 즉 득도는 본래 생사의 고해를 건너 이상향인 열반에 이르는 것을 뜻하였으나, 그 뜻이 전변하여 출가의 의미로 사용한다. 왜냐하면 출가하여 이상인 열반에 이를 것이기 때문이다.
28) <得度時辭家詩>, 『詩集』, 53면, "뜻으로 불법을 사모하여, 灰心으로 좌선을 배우리라. 공명은 한번 떨어진 시루, 사업은 통발 잊음 한스럽네. 부귀도 한갓 그저 그런 것, 빈궁도 저절로 그러한 것을. 내 장차 고향을 버리고 가서, 솔 아래 의지하여 편하게 자리라.[志慕空門法　灰心學坐禪　功石一墮甑　事業恨忘筌　富貴徒爲爾　貧窮亦自然　吾將捨閭里　松下寄安眠]" 功石의 石은 名의 誤字이다.
29) 桂籍은 進士에 급제한 사람의 명부를 가리킨다.
30) 이규보, 앞의 글, 64면, 便登桂籍　長驅前途　不失爲名士大夫　而反割棄垂就之名　猶以不早落染爲恨

임으로 삼고 본원을 폐하지 말라."[31]고 한 기록 등을 통해 볼 때, 그가 내적으로 불문에 뜻을 두었던 오랜 숙원을 이루기 위해 출가한 것임을 알 수 있다.

출가 후 그의 수행에 대한 기록으로는 비명에 "그가 일찍이 오산(蜈山)에 거하면서 한 반석(磐石) 위에 앉아 주야로 항상 선정(禪定)을 닦고 5경이 되면 매우 큰 소리로 게송을 읊었으며, 또 지리산 금대암(金臺庵)에 거할 때는 대 위에서 연좌(宴坐)하여 눈이 이마가 묻힐 정도로 쌓였으나 오히려 우뚝하게 앉아 마치 고목(枯木)처럼 움직이지 않고 각고의 수행을 하여, 궁극에 도(道)와 함께 정신이 응결되어 생사를 도외시하고 형체[육체]를 잊어버렸다.[凝神忘形]"라고[32] 하였다. 이를 통해 그가 신명(身命)을 아끼지 않고 정좌(靜坐)하여 심사묵념(深思默念)한 무심의 경계에 들어가 심성을 구명(究明)하는 연좌라는 참선 수행을 하여, 구경에 심경(心境)이 양망(兩忘)한 무심합도(無心合道)의 높은 선적 경지에 이르렀음을 알 수 있다. 즉 출가 후에 그가 선사 지눌의 지도로 대오(大悟)한 것이 아니고, 오산과 지리산 등 심산에서 실참실오(實叅實悟)한 결과 독자적인 경지를 요달(了達)한 오도자(悟道者)였음을 알 수 있다.

이러한 근고(勤苦)의 선수행을 힘써, 마침내 28세(1205)되던 가을에 억보산(億寶山)에 있는 지눌을 찾아뵐 때, 지눌로부터 첫번째 인가를 받게 된다. 먼저 그가 산밑에서 쉬면서 멀리 보조 국사가 암자 안에서

---

31) 이규보, 앞의 글, 65면, 曰 <前略> 汝當以佛法自任 不替本願也.
32) 위와 같은 곳, 蜈山 坐一磐石 晝夜常習定 每至五更唱偈 <中略> 又居智異山金臺庵宴坐臺上 雪積沒頂 猶兀坐如枯林不動 <中略> 其刻苦如此 非夫與道凝精 外生死遺形骸者 孰至是哉.

시자를 부르는 소리를 듣고 "시자 부르는 소리 송라의 안개에 울려 퍼지고, 차 달이는 향기 석경 바람에 전해 오네."[33]라는 게(偈)를 지어 지눌을 참례할 때 이야기하니, 지눌이 그를 인가해 주었다. 그리고 지눌이 손에 든 부채를 줌에 "옛날엔 스승의 손에 있더니, 이제는 나의 수중에 있구나. 만약 들끓는 번뇌 있으면, 맑은 바람 일으켜도 무방하리."[34]라고 게를 지어 보이니, 지눌이 그를 더욱 큰 인재로 인정해 주었다. 또한 떨어진 신을 놓고 주고받은 선문답[35]과 조주의 구자무불성화두(狗子無佛性話頭)를 놓고 주고받은 선문답[36] 등 모두 두 차례의 선문답을 통해 지눌로부터 자신의 대오를 인증 받게 된다. 그리고 마침내 지눌로부터 장래를 부촉 받게 되었다.

31세(1208)에 지눌이 그에게 사석(師席)을 물려주고 안규봉(安圭峯)으로 물러가려고 하니, 그는 굳이 사양하고 지리산으로 깊이 은둔하여 수년 동안 자취를 감추고, 오히려 종문(宗門)의 명예를 초연히 버리고서 심요(心要)를 닦는 수도자의 길을 걸었다.

---

33) 위와 같은 곳, 呼兒響落松蘿霧 煮茗香傳石徑風.
34) 위와 같은 곳, 昔在師翁手裏 今來弟子掌中 若遇熱忙狂走 不妨打起淸風.
35) 위와 같은 곳, "또 하루는 보조 국사를 따라 가는데, <보조 국사가> 떨어진 신 하나를 가리키며 말씀하시기를 '신은 저기 있는데 사람은 어디에 있느냐?'라고 하니, <무의자가> 대답하기를 '어찌 그 때에 서로 보지 않았습니까?'라고 하였다. 보조 국사가 크게 기뻐하였다.[又一日隨國師行 國師指一破鞋云 鞋在這裏 人在什麼處 答曰 何不其時相見 國師大悅]"
36) 위와 같은 곳, "또 조주의 구자무불성화두를 들고, 인해서 대혜 종고선사의 십종병을 들어서 물으니, 대중들은 대답을 못하였는데, 무의자가 대답하기를 '三種病人이라야 바야흐로 그 뜻을 이해할 수 있을 것입니다.'라고 했다. 보조 국사가 말하기를 '삼종병인은 어디를 향해 기운을 내느냐?'라고 하니, 師가 손으로 창문을 한번 내리침에 보조 국사가 껄껄 웃으셨다.[又擧趙州狗子無佛性話 因續擧大慧杲老十種病問之 衆無對 師對曰 三種病人 方解斯旨 國師曰 三種病人 向什麼處出氣 師以手打窓一下 國師呵呵大笑]"

이와 같이 무의자는 출가 후에 심산에서 신명을 아끼지 않고 참선 수행한 결과 응신망형(凝神忘形)의 높은 선오(禪悟)의 경지에 도달하여 자증(自證)을 마친 후, 선사 지눌을 찾아가 게송을 지어 보임으로써 인가를 얻어 타증(他證)까지 마친 당대의 선각자였음을 알 수 있다.

(2) 대중교화기 (33세~57세)

33세(1210)에 지눌이 입적하자, 무의자는 출가한 지 8년 만에 임금의 칙명으로 부득이 수선사 2대 사주가 되어 공식적으로 지눌의 법석을 이어 개당(開堂)하고 교화를 폈다. 이 때 사방의 학자 및 도속(道俗)의 고인(高人)들이 모두 운집(雲集)하여 법당이 매우 좁게 되었다.[37] 이에 강종(康宗)이 그 소식을 듣고 유사(有司)에게 명하여 증축하게 하였으며 또한 사자(使者)를 보내어 만수가사(滿繡袈裟)와 마납(磨衲) 각 한 벌과 차·향·보병 등을 내리고 법요(法要)를 구함에 무의자가 <心要>를 지어 바쳤다.[38] 이를 통해 당시 그의 덕망이 이미 세상에 알려져 승속의 존경을 받았다는 것을 알 수 있다.

특히 그는 당대의 선지식(善知識)으로 수선사를 중심 행화지(行化地)로 삼고 전국의 여러 사찰에 두루 머물면서[39] 반평생을 대중교화와

---

37) 위와 같은 곳, 四方學者及道俗高人逸老 雲奔影驚 無不臻赴 社頗隘.

38) 위와 같은 곳, 康廟聞之 命有司增構 <中略> 又遣使就賜滿繡袈裟磨衲各一領並茶香寶瓶 因求法要 師撰心要以進.

39) 『語錄』을 보면, 그가 上堂·示衆·垂代한 곳은 총 30여 곳이나 된다. 구체적으로 살펴보면, 단속사, 조계사, 나주 장흥사, 하동 양경사, 강월암, 전주 임천사, 중원 용산사, 서원부 사뇌사, 고산암, 상주보, 금주 수아, 헌양 객사, 영묘사, 오어사, 사자갑 봉서사, 안동 통판아, 법림사, 하가산 선암, 공산 청량암, 관음사, 용복사, 양경사, 수선사, 선물암, 반녁사, 만연사, 정주 영험사, 불적사 등이다. 이러한 기록을 통해,

홍법(弘法)를 위해 노고를 아끼지 않는 삶을 살았다. 『어록』을 보면, 그가 승속불이(僧俗不二)의 현실 인식을 바탕으로 선·교(禪敎) 승려는 물론 왕가(王家)·최씨가(崔氏家)·관리·일반 백성 등 재가신자(在家信者) 등과 교유 관계[40]를 맺고 대중들의 근기(根機)의 대소에 따라 종종방편(種種方便)[41]·인연설법·비유언사(比喩言詞) 등을 활용하여 종횡자재하게 수기응설(隨機應說)한 내용이 생생하게 기록으로 남아 있어, 당시 폭넓게 교화가 행해져 선도(禪道)가 널리 성행하였음을 볼 수 있다.

최홍윤(崔洪胤)은 무의자가 사마시(司馬試)에 응시했을 때 예부시랑(禮部侍郎)으로 사마시를 관장하여 무의자가 그의 문하에서 나왔었다. 그런데 얼마 후에 최홍윤은 정승이 되고 무의자는 수선사의 사주가 되자, 최 정승은 제자라고 자칭(自稱)하고 그 사(社)에 이름 올리기를 원하는 뜻을 편지로 전하였으니, 오히려 유자인 최홍윤의 스승이 될 수 있을 만큼 무의자는 정심(精深)한 학문을 갖춘 인물이었음을 알 수 있다. 또한 무릇 선강(禪講)에서 강한 힘을 자부하여 자기만한 이가 없다고 뽐내던 자도 그를 한번 보게 되면 깜짝 놀라서 태도를 고치지 않은

그가 주로 사찰이나 암자에서 설법을 하였으며, 그 외에 관아나 객사 등 장소를 가리지 않고 인연 따라 隨機應說하여 수시수처에서 機緣을 마련해 주었음을 알 수 있다.

40) 『語錄』과 『詩集』에는 승려 65명과 왕·공경대부 등을 비롯한 남녀 신사 43명 등 모두 108명이 수록되어 있고, <월남사지진각국사비음기>에 기록된 수선사 입사자의 名號는 교종을 포함한 승려 다수와 최이·崔沆을 비롯한 최씨 정권의 핵심적 인물 남녀 118명이 제자로 列記되어 있다. 민현구(1992), 41면 참조. 김용덕(1986), 198면 참조.

41) 『詩集』과 『語錄』을 보면, 그가 話頭, 詩文, 禪問答, 棒, 喝 등 다양한 방편을 權設하여 자유자재로 禪的 機緣을 마련해 주고 있음을 볼 수 있다.

이가 없을 뿐더러 오히려 스승으로 섬기기에 바빴다[42]고 하니, 그의 인품이 주는 감화력이 대단했음을 알 수 있다. 심지어 당시 집권자인 최이(崔怡, 初名은 瑀)가 국사의 풍운을 듣고 여러 번 개경(開京)으로 불렀으나, 그는 선승의 본분을 고수하고 끝내 가지 않았으며, 다만 심교(心交)를 맺어 서신을 통해 설법을 하였다. 그는 나라의 부름이 핍박해 와도 나가지 않은 자신의 심정을 <次黃中使韻>시에 담아내기도 하였다.[43] 이에 최이는 두 아들로 하여금 모시게 하고 생활 도구를 제때에 공급해 주는 일을 계속하였다 하니, 당시 그가 선사로서 떨친 명성을 짐작할 수 있다. 게다가 당시 승속에서는 불지견(佛知見)을 깨달은 선각자로 그를 추종하여 부처처럼 존경했음을 볼 수 있다.[44] 특히 고종은 즉위하자 그를 더욱 특별히 대우하여 선사(禪師)를 제수하고 다시 대선사(大禪師)[45]를 제수하여, 그는 불교사적으로 39세(1216)에 승과(僧科)를 거치지 않고 승계(僧階)의 최고위직에 오른 최초의 인물이 되었다.

---

42) 李奎報, 앞의 글, 65면, 凡禪講之負氣屈强 自謂莫己若者 及一見莫不愕然改容 猶師事之不暇也.

43) 『詩集』, 57면, 시에 스스로 주석을 달기를 "나라의 부름을 받았는데 응하지 못했기 때문에 쓴다.[宣喚不應故云]"라고 하였고, 그 시는 다음과 같다. "사신의 별 그림자가 曹溪水에 떨어지니, 광채 끝이 번쩍번쩍 천지 두루 비추도다. 그 위세가 이 寒僧을 핍박해도 어찌 할 수 없는 것, 처음으로 禪者의 잡을 코 없음을 알겠구나. [使星影落曹溪水 光芒燦燦照天地 威迫寒僧不奈何 始知禪者無巴鼻]"

44) 『詩集』, 51면, <思惱寺罷會施主等相送至還謝之>시에 "울긋불긋 비단초롱 수천 명이 모였으나, 계옥에서 벌레처럼 살아온 지 오십 일이라. 돌아보니 내가 어찌 존경받아 선사되랴, 제자들은 從奉하길 부처처럼 하는구나.[籠羅龍蛇數千衆 蝗蠹桂玉半百日 顧予何足尊爲師 諸子相從奉如佛]"라고 한 내용이 보인다.

45) 大禪師는 고려조에 승과를 거쳐 오를 수 있는 최고의 승계였다. 고려조 선종의 승계는 大德·大師·重大師·三重大師·禪師·大禪師의 순서이며, 특히 왕사나 국사는 최고의 승계를 가진 자 가운데서도 덕행이 높아야만 책봉되었다고 한다. 許興植(1997), 365면 참조.

또한 그의 비명에는 주먹의 본분설화46)를 기록하여, 그의 선기(禪機)가 종횡자재함을 전하고 있으며, 특히 "가섭(迦葉)의 미소 이후 심법을 전한 자는 삼한(三韓)에서 무의자가 있다"47)고 하였다. 나아가 그가 정안(正眼)을 얻어 자신의 불성을 보고 말로 불법을 전하여 미혹한 자가 의뢰할 수 있게 되었다고 하여, 승랍 32년 동안 승속을 막론하고 하화중생으로 일관했던 그의 삶을 높이 평가하였다.48)

특히 그는 대중교화에 있어서 저술을 통해 수행의 지침과 선리를 깨닫는 자료를 제공하고, <竹尊者傳>과 <氷道者傳>등의 가전 작품을 지어 수도자의 이상적인 전범(典範)을 제시하였다.

그의 나이 38세(1215)에 『구자무불성화간병론(狗子無佛性話揀病論)』을 선사 지눌의 『간화결의론(看話決疑論)』·『원돈성불론(圓頓成佛論)』과 합간하였다. 그는 『구자무불성화간병론』에서 조주(趙州)의 구자무불성화를 대표적으로 들어 화두를 참구할 때에 어떻게 해야 하는지에 대해 간화선 수행의 지침을 제시하였다.

49세(1226)에는 진훈(眞訓) 등 여러 문인들과 함께 선종의 이치를 깨닫고 도를 토론할 자료가 절실히 필요함을 인식하고, 불조(佛祖)가 염송한 고화(古話) 1125칙과 이에 관한 선사들의 문답과 게송 등을 모아 『선문염송(禪門拈頌)』30권을 편찬하였다. 『선문염송』은 당시 송

---

46) 무의자가 제자 마곡에게 선의 종횡무애함을 주먹의 開合이 자유자재함에 비유하여 설명한 것을 말한다.

47) 이규보, 앞의 글, 66면, 其詞曰 微笑已後 傳心者誰 於我三韓 國師得之.

48) 위와 같은 곳, 果得正眼 超視當時 自見是性 傳人曰辭 不有傳法 迷者何資 <中略> 學者越追 雲蒸丈下 左右扣之 應接靡暇 曾不放我 片時閉坐 五敎來參 熏染般若 列岳躬趍 痛求入社 王公遙揖 謂若親炙 三十二臘 膏液所及 有許多人 飽飫周洽.

대 선종에서 발전한 송고(頌古)와 염고(拈古) 문학의 영향[49]을 받아 편찬된 우리나라 최초의 본격적인 공안집으로, 특히 한국선의 역사적인 의미에서 한국인이 만든 한국적인 등사(燈史)를 찬술했다는 것만으로도 대단한 것이며, 대부분의 자료가 인도나 중국의 자료이지만 대담하게도 자기화한 작업이라는 점에서 오늘날에도 높이 평가할 만한 일이다.[50] 이후 『선문염송』은 고려시대 선종 대선(大選)의 시험 출제 내용이었으며,[51] 또한 간화선(看話禪)의 대표적인 교과서로 선문(禪門)의 필독서로 중시되었음은 물론 선시 문학의 보고(寶庫)로 여러 권의 해설집이 나왔다.[52]

말년에 이르러는 자신의 선적 깨달음을 바탕으로 자연 속에서 쉽게 접할 수 있는 경물 중에 특히 대나무와 얼음을 의인화하여, 허심(虛心)과 무상(無常)의 선지(禪旨)를 담아낸 <죽존자전>[53]과 <빙도자전>[54]같은 가전 작품(假傳作品)을 지어서, 선수행자 스스로 대나무와 얼음이 온몸으로 하는 장광설(長廣舌)인 무정설법(無情說法)의 내용을 참구하여, 스스로 허심을 지니고 무상을 깨닫는 수도자가 되도록

---

49) 鄭性本(1999), 445면 참조.
50) 韓基斗(1994), 47면 참조.
51) 가마타시게오 저·신현숙 옮김(1994), 145면 참조.
52) 『선문염송』의 註釋書로는 『禪門拈頌說話』(전 30권, 혜심의 제자 각운 저), 『禪門拈頌事苑』(전 30권, 견명 저), 『禪門拈頌看柄』(1권, 유일 저), 『禪門拈頌記』(1권, 의소 저), 『禪門拈頌私記』(전 5권, 백파긍선 저) 등이 있다.
   釋 智賢(1991), 357면 참조.
53) <竹尊者傳> 말미에 "무의자가 또한 己丑年(52세 : 1229) 겨울에 시를 지어 찬하다.[無衣子亦於己丑年冬 有詩贊曰]"라고 한 것을 볼 때, 이것은 52세 때 작품으로 추정된다.
54) <氷道者傳>은 정확히 그 연대를 추정할 수 없지만, 아마도 <竹尊者傳>과 비슷한 시기에 대중교화를 위해 지어진 작품으로 보인다.

교시(敎示)하였다. 이처럼 가전을 빌려 선각자로서 깊이 체득한 허심과 무상의 선지를 우의(寓意)한 작품은 모두 상당한 수준을 보여주는 작품들이다. 또한 가전이 당시 신진사류(新進士類)의 새로운 문학 양식으로 유행한 사실이라는 점을 고려할 때, 그가 당시 문단의 창작 활동을 주도할 만큼의 문인으로서의 역량을 갖추었음을 알 수 있다. <죽존자전>에서는 허심을 지닌 대나무의 성품에 대하여 "대나무는 바람에 취하고 달에 취하며 눈을 배불리 먹고 서리도 배불리 먹어서, 곧 그 기골은 차고 정신은 맑으며 정절은 높고 운치가 고원한 것을 대개 알 수 있다."55)고 하고, 이어서 대나무의 덕 열 가지56)를 제시하였다. <빙도자전>에서는 빙도자에 대해 찬하기를 "빙도자의 모습을 보고 깨달으니 말하지 않아도 믿고 가만히 통하여 증득한 자가 그 수를 헤아릴 수가 없다."57)고 하고, 이어서 게송을 지어 "밝기는 해와 같고 높기는 산과 같으며, 차갑기는 얼음과 같고 투명하기는 옥과 같네. 홀연히 녹아버려 무상함을 보이니, 세상을 일깨우는 노파심이 이미 족하구나."58)라고 하여, 빙도자의 감화력과 무상한 성품에 대해 읊었다.

그의 나이 54세(1231)에 몽고의 침입으로 나라가 위기에 처하자, 그는 선법(禪法)의 선양으로 전쟁의 종식을 기원하는 진병도량(鎭兵道

---

55) <竹尊者傳>, 『詩集』, 63면, 醉風醉月 飽雪飫霜 則其骨冷神淸 節高調遠 槪可知也.

56) 위의 글, 『詩集』, 63~64면, 一纔生便秀 二漸老更剛 三其理調直 四其性淸凉 五其聲可愛 六其容可觀 七虛心應物 八守節忍寒 九滋味養人 十多材利世

57) <氷道者傳>, 『詩集』, 65면, 覩相而悟 不言而信 潛通暗證者 不可勝計

58) 위의 글, 『詩集』 65면, 明似日兮峻似山 寒於氷兮瑩於玉 忽然崩倒示 警世老婆心已足.

場)59)을 설치하여 국태민안(國泰民安)을 기원하기도 하였다.

그는 56세(1233) 겨울에 병을 얻어, 그 다음해 제자 마곡(麻谷)이 지켜보는 가운데 월등사(月登寺)에서 입적하니, 향년(享年) 57세이고 승랍(僧臘) 32년이었다. 고종은 매우 슬퍼하여 진각 국사(眞覺國師)라는 시호를 내리고 부도(浮圖)를 원소지탑(圓炤之塔)이라고 사액하였는데, 현재 송광사 광원암 북쪽에 있다. 그리고 무의자의 유적비가 현재 전남 화순군(和順群) 향청리(鄕廳里)의 남산공원에 세워져 있다.

무의자의 사법(嗣法) 제자로는 몽여(夢如)・진훈(眞訓)・각운(覺雲)・마곡(麻谷) 등이 있으며, 특히 몽여는 수선사의 제3대 사주로 무의자의 선맥(禪脈)을 계승하였지만, 그의 문집이 전하지 않는 관계로 구체적인 선사상과 선시문학의 실상은 안타깝게도 알 수 없다.

지금까지 살펴본 바와 같이 무의자는 일찍 출가에 뜻을 두었으나 모친의 뜻을 받들어 유업에 힘써 문장 수련과 과거 공부를 하는 유생(儒生)이었지만, 내적으로는 불교에 심취하여 항상 불경을 외우고 선정(禪定)에 힘쓰는 등 20대 중반까지는 내불외유(內佛外儒)의 삶을 살았다. 그러나 모친의 죽음으로 외적 제약에서 벗어나 지눌에게 출가하여 선사로서 각고의 수행을 한 결과 응신망형(凝神忘形)하는 무심합도(無心合道)의 선적 경지에 도달하게 된다. 이에 선사 지눌이 열반하자 출가한 지 8년 만에 지눌의 법석을 계승하여 수선사 제2대 사주로 승속을 폭넓게 교화하는 삶을 살았다. 이처럼 무의자는 상구보리(上求菩提)・하화중생(下化衆生)의 실천적 삶을 산 대승(大乘)적 인물60)로서 세상

---

59) 고려시대의 병란관련 平定目的의 불교 행사 중의 하나로서, 高宗・元宗・忠定王・恭愍王・禑王 때에 열렸던 진병법석 도량의식을 가리킨다.

에 명망이 높았음을 알 수 있다. 또한 이러한 상구보리·하화중생의 지행합일(知行合一)적 삶은 그의 시세계에 그대로 투영되어 심오한 선시 세계를 이뤄내게 된다.

2. 시대적 배경

무의자가 살았던 명종(明宗)에서 고종(高宗) 연간은, 대내적으로는 무신란으로 인해 엄청난 시련과 변화가 닥친 격변기였고, 대외적으로는 거란(契丹)과 몽고의 침략으로 국가와 민족의 생존을 위협받던 시대였다.

정치적으로는 고려 전기의 문벌귀족 중심의 중앙집권정치가 이자겸(李資謙)의 난·묘청(妙淸)의 난 등으로 인종(仁宗) 때 그 자체적인 모순을 드러내다가, 마침내 문신 위주의 귀족정치에 대한 무신들의 불만이 중요 원인이 되어 정중부(鄭仲夫)·이의방(李義方)·이고(李高) 등의 주도 하에 의종 24년(1170)에 무신란으로 폭발하여 대략 한 세기를 지속하게 된다.

이렇게 일어난 무신정권은 무신들이 단순히 정치에 참여하는데 그치지 않고 독특한 정치 구조와 운영으로 정치에 변동을 초래하여 고려의

---

60) 上求菩提와 下化衆生은 大乘에서 중시하는 보살의 大行이다. 상구보리는 위로 보리를 구하여 스스로를 이롭게 하는 自利門이며, 하화중생은 아래로 중생을 교화하는 利他門이다. 이 상구보리·하화중생의 二利를 철저히 행하는 사람을 대승적 인물이라 할 수 있다.

역사를 전후로 구분 짓는 큰 분수령이 되며, 크게 초기 무신정권과 최씨 무신정권으로 나누어 볼 수 있다.61) 먼저 초기 무신정권은 무신란의 삼 거두(三巨頭)인 정중부(鄭仲夫)·경대승(慶大升)·이의민(李義旼)이 차례로 교체되며 무신 집권자들 간에 변화 세력과 보수 세력의 갈등을 통해 커다란 변동을 초래했던 시기였다. 이들은 독자적인 집정부(執政府)를 갖추지 못하고 종래의 왕권 체제의 기구를 그대로 이용하면서 권력을 전횡하여 문신들은 위압당하고 왕은 실권을 상실하였다. 이어서 최씨 무신정권은 명종(明宗) 26년(1196) 4월 최충헌이 이의민 등 정적(政敵)들을 축출하며 동시에 명종을 폐하고서 신종(神宗)·희종(熙宗)·강종(康宗)·고종(高宗)의 4왕을 차례로 옹립하여 정권을 장악한 후, 아들 이(怡)·손자 항(沆)·증손 의(竩)에 거치는 4대 60여 년간 권력을 세습함으로써 전형적인 무신정권을 실행한 시기였다. 최씨 무신정권은 교정도감(敎定都監)·도방(都房)·정방(政房)·서방(書房) 등 새로운 정치 기구를 설치하고, 또한 야별초(夜別抄)와 신의군(神義軍) 등 부대를 조직하여 독자적인 집권부(執權府)를 갖춘 무신 집권자 1인 체재를 확립하였다. 한편 무신정권기에 고려는 대몽항쟁을 꾸준하게 벌였는데, 특히 최이와 최항은 피난처 강도(江都)에서 최고 집정자로서의 위치를 지속시켜 나가면서 주전론자(主戰論者)로서 전국(戰局)을 이끌었다.62)

이러한 무신정권 아래에서 문인들은 살육 당하거나 은둔해야 하는 수난기(受難期)를 맞이하게 되었으며, 한편 기층 사회의 농민과 노비들은

---

61) 金塘澤(1999), 365~386면 참조.
62) 李基白·閔賢九 編著(1999), 187면 참조.

집권층과 지방관의 횡포와 수탈에 맹렬하게 저항하는 반란[63]을 일으켜 사회적 혼란을 가중시켰다.

사상적으로는 유·불·도가 병보(並步)하면서 특히 유교와 불교가 각각 정치와 종교를 담당하여 표리적 관계를 이루었으며, 한편 불교계는 무신란으로 인해서 많은 변화를 초래하여 고려 조계선종(高麗曹溪禪宗)의 성립을 보게 된다. 즉 교종계(敎宗界)가 고려 전기 귀족사회와 밀착되어 몰락하는 길을 걷게 되는 반면, 통일신라 이후 명맥만 유지해 오던 선종계(禪宗界)는 '불립문자(不立文字) 견성오도(見性悟道)'를 표방하는 사상적 혁명이 일어나 교종의 전통적 권위에 반항하여 고대 지성에 대한 중세 지성의 신흥(新興)의 형태로서 나타나서,[64] 그 결과 고려 중세 지성의 세계관을 확장하는 데 지대한 영향을 주었다.

먼저 교종계를 살펴보면, 교종 세력은 1170년 무신란이 발발한 이후 30여 년 간은 대체로 세력을 유지하면서, 문신귀족들과 결탁하여 무신정권에 부분적으로 저항하였다. 그러나 최씨 무신정권이 들어서면서 더욱 강압 정치를 실시하여, 문벌귀족의 붕괴는 사원 경제의 파탄과 정신적 충격을 가져와 불교계에서도 조직적으로 무신정권에 반대하는 복고(復古)적 움직임을 보이며 최씨 무신정권에 정면으로 대항하였다. 그 중에서도 정치의 중심지인 개경 부근에 있던 교종 계통의 사찰들이 특히 반발이 심하였는데, 예를 들면 중광사(重光寺)·홍호사(弘護寺)·

---

63) 명종 2년(1172)에 서북면의 昌州·成州·鐵州에서 민란이 일어나기 시작하여, 명종 6년(1175)에는 공주 鳴鶴所의 亡伊·亡所伊의 대규모의 난이 일어나고, 그 후 전라도·경상도 지방으로 확대되다가 신종 원년(1198)에는 개성 萬積의 난으로 한층 심각한 양상을 띠었다.

64) 金哲埈(1998), 172면 참조.

귀법사(歸法寺)·홍화사(弘化寺) 등 화엄종·법상종 계통의 사찰들이 대표적이다. 그러나 교종계의 저항은 최충헌의 무력 앞에 진압되었고, 그들이 거주하던 사찰도 거의 파괴되어, 이로 인해 개경(開京)의 구세력은 해체되었다.

그리고 당시 불교계의 모순을 극복하고자 하는 새로운 양상은 결사운동(結社運動)으로 나타났다. 먼저 지눌을 중심으로 조계종[65)]의 정혜결사(定慧結社)운동이 일어났으며, 이에 영향을 받은 요세(了世)를 중심으로 천태종(天台宗)의 백련결사운동(白蓮結社運動)이 일어나 불교계를 새롭게 이끌어 나갔다. 이에 불교의 핵심 지대는 권력이 집중되었던 개경을 벗어나 남쪽 지방으로 옮겨졌고, 사노(寺奴)를 둔 사원의 귀족적 생활로부터 청빈낙도(淸貧樂道)하며 육체적 노동까지도 스스로 하는 서민적 불교로 바뀌게 되었다.[66)]

특히 선종계는 지눌이 구산선문(九山禪門)의 하나인 사굴산(闍崛山)에서 나와 선종의 입장에서 화엄 교리를 융섭하여 선교일치(禪敎一致)를 꾀하는 선종의 신풍운동(新風運動)을 전개하였다. 이것은 고려 전기 의천이 교종의 입장에서 선종을 융섭하여 교관겸수(敎觀兼修)를 주장한 것에 대하여 통일신라 이후 명맥만 이어가는 조계 구산(九山)의 선풍을 갱신(更新)한 것이라 볼 수 있다. 먼저 그는 당시 선가에서 '불립문자(不立文字) 돈오자성(頓悟自性)'의 기치 아래 수행을 힘쓰지 않는 선병(禪病)과 교종에서 경론(經論)의 명상(名相)에만 집착하여

---

65) 지눌이 송광산 길상사에서 정혜결사를 창설하였는데, 희종이 즉위하여 1205년 왕명으로 송광산을 조계산으로 吉祥社를 수선사라고 改名하게 하고, 1212년 이 조계산 修禪社派를 조계종이라 한 이후, 당시 선종을 총칭하는 말로 사용되었다.

66) 길희성(1991), 460면 참조.

견성오도를 소홀히 하는 폐단을 바로잡고자 정혜쌍수를 주장하여 선·
교 양가의 대립을 극복하고 불교 본연의 정신을 회복하고자 하였다. 지
눌은 선교일원의 입장에서 교를 회통하여 선으로 귀납시키려는 과업으
로서 대장경(大藏經)을 열람하고,[67] 세 차례의 전기(轉機)를 통해 증
득한 사람으로 삼종문(三種門)[68]을 주장하였다.[69] 특히 그는 진심(眞
心)[70]을 깨닫는 수행 방법으로, 먼저 선지식의 가르침을 받아 자기의
본성이 본래 부처와 다름이 없는 무루지성(無漏智性)임을 돈오한 후,
무량겁(無量劫)을 지나도록 남아있는 무명습기(無明習氣)는 단번에
제멸(除滅)키 어려우므로 점점 닦아가야 한다[頓悟漸修][71]고 강조하
였다.

이러한 지눌의 불교 개혁 운동은 당시 최씨 정권의 지원과 토착 세력
의 후원을 받아 고려 조계종의 성립을 보게 된다. 당시 최씨 무신정권은
자신의 정권을 정당화시켜 주는 사상적 기반을 마련하기 위해 특히 선

---

67) 李英茂(1977), 94면 참조.
68) 三種門은 惺寂等持門·圓頓信解門·徑截門을 가리킨다. 성적등지문은 定
　　과 慧를 같이 닦자는 것이고, 원돈신해문은 敎[華嚴]와 禪의 일치를 주장한 것이
　　며, 경절문은 話頭에 의한 수행을 말한다.
69) 박은목은 第一轉機는 지눌이 六祖壇經의 大曹溪法門에 의해서 성적등지문
　　을 開設하고, 第二轉機는 李通玄 居士의 華嚴論旨에 의해 원돈신해문을
　　設定하고, 第三轉機는 大慧語錄의 臨濟看話禪에 의해 看話徑截門을 개
　　설한 것으로 보고, 지눌의 불교 사상을 삼종문으로 요약하였다. 박은목(1988),
　　57면 참조.
70) 지눌은 "妄心을 여읜 것을 眞이라 이름하고, 靈妙한 거울을 마음이라 한다.[曰離
　　妄名眞 靈鑑曰心]"고 말하였다. 知訥, 『眞心直說』, 716면.
71) 知訥, 『牧牛子修心訣』, 709~710면, 忽被善知識指示入路 一念回光 見
　　自本性而此性地元無煩惱 無漏智性 本自具足 卽與諸佛 分毫不殊 故云
　　頓悟也 漸修者 雖悟本性與佛無殊 無始習氣 難卒難頓除 故依悟而修
　　漸熏功成 長養殆 久久成聖 故云漸修也.

종의 외호자(外護者)를 자처하며 특별히 선종의 중심 사찰인 수선사에 관심을 표시했으며, 선종은 최씨 무신정권의 적극적인 후원을 받고 중흥하는 계기를 마련하여 국가 불교적 성격을 띠게 되었다. 현실적으로 최충헌은 정권 안정을 위한 노력의 일환으로 그의 처 정화택주(靜和宅主)가 낳은 둘째 아들을 조계종의 승려로 출가시키고 고승들에게 품계(品階)를 후하게 내리는 정책을 펴는 등 종래의 구세력들과 결탁한 교종과 결별하고 선종을 창성(昌盛)하도록 돕는 노력을 아끼지 않았다.

그리고 지눌의 법석을 이은 무의자 때에 이르러서는 최이·최항 등의 적극적 지원을 받아 종단의 확립을 굳히게 되었다. 최이는 당시 선종의 중심 도량인 수선사에 대한 지원을 더욱 적극적으로 해나갔다. 그는 자신이 직접 수선사에 입사(入社)함은 물론 아들 만종(萬宗)과 만전(萬全)을 수선사에 출가시켰고, 또한 무신정권의 정신적 지주 기능을 담당했던 수선사의 분사인 선원사(禪源社)를 창건하기도 했다. 고종 18년(1231)에는 몽고의 침입을 물리치기 위한 대장경 조판이나 불경 간행이 많이 이루어졌는데, 여기에는 최이의 도움이 절대적이었으며, 특히 무의자의 『선문염송』은 최이의 아들 만종(당시 斷俗寺 主持)의 재정적 지원을 얻어 공안 347칙을 더 수집해 고종 30년(1234)에 간행되었다.

그러나 무의자는 최이 무신정권으로부터 존경과 경제적 혜택을 받는 반면 자신의 정신적 후원을 아끼지 않는 상보적인 관계를 유지하였고, 한편으로는 일정한 현실적 거리를 유지하여 나름대로의 독자성을 견지했던 것으로 보인다. 이러한 그의 독자적인 입장은 친히 상주보(常住寶)를 설립하여 당시 사원의 부당한 고리대(高利貸)의 폐단을 비판하고, 자신은 국식(國式)에 의한 정당한 방법을 통해 교단 경제 기반을 확립해 나갔으며[72], 또한 최이가 여러 번 개경으로 불렀으나 무의자는 끝내 가지 않았다고 한 기록을 통해 확인할 수 있다.

이상으로 그가 당시 지눌의 수선사의 정신을 이어 선종을 이끈 대종장(大宗匠)으로 조계종단의 확립을 이룩하여, 이후 한국 불교가 선(禪) 중심으로 자리잡게 되는 데 결정적인 토대를 마련한 불교계의 최고 지도자[73]였음을 알 수 있다. 그리고 이후 조계 종지(曹溪宗旨)는 수선사를 중심으로 3세 청진 국사(淸眞國師) 몽여(夢如), 4세 진명 국사(眞明國師) 혼원(混元), 5세 원오 국사(圓悟國師) 천영(天英), 6세 원감 국사(圓鑑國師) 충지(冲止) 등 뛰어난 고승들에게 이어져서, 조선 시대를 거쳐 오늘의 조계종에까지 면면히 계승되어 오고 있다.

문학적으로는 무신란으로 한때 한문학이 쇠퇴하였으나, 고종(高宗)을 전후하여 송나라의 영향을 받아 고문이 크게 진작되고, 문학론에 대한 체계적인 수용으로 문학 영역이 넓어지고 비평 활동이 활발하였으며,

---

72) 박영제는, 무의자가 <常住寶記>에서 당시 사원의 부당한 殖利事業[고리대]으로 '富益富 貧益貧'하는 세태를 비판하고, 자신은 國式에 의거해 이자를 낮게 하고 자모정식의 법을 따를 것임을 밝히고 있는데, 이것은 무의자의 일반민에 대한 배려라고 보았다. 여기서 말하는 국식은 『고려사』 食貨志 借貸條에 나오는 "文宗元年 立子母停息之法 貸一石者 秋收一石五斗 二年一石十斗 三年二石 四年停息 五年三石 六年後停息"의 시행령으로 보인다고 하였다. 박영제 (1989), 43면 참조.

73) 당대 정각 국사(1145~1229)가 입적할 때, 그의 문인 玄源을 불러 당시 국왕인 高宗과 晋陽公 최이와 수선사주 무의자에게 영원히 떠나간다는 것을 고하는 세 통의 편지를 쓰게 한 바 있다. [師示微疾 七月二日 晨起盥洗 召門人玄源 裁書三道 囑國王及今相國晋陽公高僧松廣社主 告以長邁] 이런 기록을 통해 당시 무의자가 불교계의 중심인물이었다는 것을 알 수 있다. 李奎報, <故華藏寺住持 王師定印大禪師追封靜覺國師碑銘奉宣述>, 『東國李相國集』 卷35, 63면 참조

작품에 대한 자부심과 민족 의식의 고취로 민족 문학으로서의 면모를 갖춘 고려 한문학의 전환기(轉換期)라 할 수 있다.74) 특히 무신란으로 인한 사회 구조의 변화로 인해 문학 담당층이 귀족문벌에서 신진사류(新進士類)로 크게 바뀌었으며, 이들 신진사류에 의해 고려 전기 귀족 문학의 부화염려(浮華艶麗)한 만당풍(晚唐風)을 바로잡고자 한 데서 문풍(文風)에 대한 반성을 통해 송시풍(宋詩風)이 풍미했던 시기라 할 수 있다. 특히 시는 송시풍 중 소동파(蘇東坡)의 시가 천편일률적으로 숭상되었고75), 문은 소동파를 위시한 구양수(歐陽修)와 당나라 한유(韓愈)·유종원(柳宗元) 등 고문 대가(古文大家)의 문풍이 일어나면서 시화(詩話)와 가전(假傳)이 크게 유행하게 되었다. 또한 문인들은 현실적으로 실세(失勢)한 자신들의 위치를 문학을 통해 실현하고자 기로회(耆老會)·죽림고회(竹林高會) 등 시사(詩社)를 조직하여 문단을 형성하였다. 특히 이인로(李仁老)·임춘(林椿)·이규보(李奎報)·최자(崔滋) 등 뛰어난 시인들이 나와 각자 추구하는 문학의 지향점에 따라 독특한 문학론을 전개하였으며, 본격적인 비평서인 『파한집(破閑集)』·『보한집(補閑集)』 등이 찬술되었다.

실제 고려 전기의 형식주의 귀족 문학이 지나치게 성률(聲律)과 대우(對偶)를 중시하는 변려문(駢儷文)을 숭상하고, 특히 예종 때는 사치와 향락을 일삼아 군신 간에 창화시(唱和詩)가 정례화되면서 너무 부화무실(浮華無實)한 방향으로 흘러서 문약(文弱)에 빠진 결과, 의

---

74) 梁光錫(2002), 158면 참조.
75) 이규보가 <答全履之論文書>에서 "方今爲詩者 尤嗜讀東坡之文. 故每歲榜出之後, 人人以爲今年又出三十東坡出矣"라고 한 글을 통해, 당시 사람들이 소동파의 시를 얼마나 추숭했는지 그 상황을 짐작할 수 있다.

종 말년에 일락적(逸樂的) 사회 풍조를 보이며 무신란을 자초하기에 이르렀고, 문신들은 무신들의 강권 하에 대부분 참화를 입게 되었다.[76] 그리고 살아남은 문신들 중에 일시적으로 화를 피해 은둔하거나 정권에서 소외되었다가 최충헌이 서방을 두어 문신을 다시 등용하자, 지방향리 또는 중소지주층에 기반을 둔 문신들이 새롭게 중앙 정계에 등장해 신진사류를 형성하였다. 한편 무신의 전횡을 목도하고 일찍 출사의 길을 포기한 후 불문(佛門)에 귀의하여 심법(心法)을 터득하고자 승려가 된 사람이 속출함에 따라 승려들의 시문도 상대적으로 크게 발전하여 시에 능숙한 승려가 많았음은 물론, 이 당시 공부를 하려는 사람은 오히려 승려를 통해서 공부를 해야 할 만큼 상황이 바뀌었다. 그들은 아직 성리학이 수입되기 이전에 다만 사장(詞章)과 장구(章句) 중심의 성격을 보여주는 유학보다 심오한 사상 체계를 갖춘 불교에 더 심취했던 것으로 보인다. 특히 지눌에 의해서 새롭게 부흥한 선풍(禪風)이 무의자 때에 이르러서 그 종세(宗勢)를 떨쳐 세상에 풍미(風靡)하면서, 선승들에 의해 선시가 본격적으로 창작되었으며, 나아가 문인 중에서도 선에 영향을 받아 시선일여(詩禪一如)의 길을 추구하는 새로운 시문학적 경향을 보여주었다.

이 시기 신진사류와 승려가 새로운 문학 주체로 등장해서 각각 왕성한 창작의욕과 활발한 창작 활동을 통해 한문학사에 남긴 문학적 업적은 간

---

76) 하급 무인과 일반 군인들은 "文冠을 쓴 자는 비록 胥吏라도 씨를 남기지 말라(『高麗史節要』11 毅宗 24년 8월 丙子年條)"는 상급자의 지시가 내려지자 문신 멸종의 구호를 외치며 많은 문신들을 무차별로 살육했으며 국왕인 의종도 폐위하였다. 이어서 명종 3년(1173)에 김보당의 반란 때에는 의종 24년 경인란 때 살아남은 문신들이 다시 참화를 입어 10일 간에 걸쳐 모두 살해되었거나 강물에 던져져 거의 전멸 상태에 이르렀다고 한다. 나만수, 김의규(1993), 216면 참조.

과할 수 없는 것이었다. 특히 이들은 새롭게 조성된 시대 정신과 밀착된 고려 후기 문학을 이룩하는 사명을 함께 수행하면서 서로 밀접하게 교류하고 구체적인 관심을 보이며 직접적인 영향을 주기도 하였다.[77]

이러한 문학적 상황 속에서 무의자는 당시 대표적인 신진사인(新進士人)이었던 이규보와 최자로부터 자신의 시재(詩才)를 높이 평가받았음을 볼 수 있다. 이규보는 "유불에 모두 정통하여 불승(佛乘)을 담양(談揚)할 때나 게송을 지을 때에 이르러서는 마치 능숙한 재인(宰人)이 여유 만만하게 칼을 놀리듯 자유자재하였다."[78]고 하여, 그의 인물됨이 유불에 정통하고 시문에 능한 시승이었음을 높이 평하였다. 그리고 최자는 <野行>시를 두고 '비광(臂筐)'의 구절은 기(氣)와 말[語]이 함께 살아 있어서 시속(時俗)의 숭상하는 것이었다[79]고 하여, 특히 시인으로서의 그의 역량을 높이 평하였다.

지금까지 살펴본 결과, 무의자는 무신란으로 인해 불교계와 문학계가 모두 새로운 방향을 탐색하며 자기 혁신과 발전을 도모하던 시기에 선사(先師) 지눌(知訥)의 선종 신풍운동(新風運動)의 시대 정신을 계승하여 선종 교단을 이끈 선종의 최고 지도자였으며, 또한 시승(詩僧)으로 당시 뛰어난 문인들에게 시문(詩文)으로 크게 인정받았음을 알 수 있다.

---

77) 조동일(1994), 61면 참조.
78) 李奎報, 앞의 글, 66면, 自儒之釋 凡內外經書無不淹貫 故至於談揚佛乘 撰著 則恢恢乎游刃有餘地矣.
79) 崔滋 著·朴性奎 譯(1984), 269면 참조, 臂筐之句 氣與語俱生 爲時俗所尙.

3. 사상적 배경

무의자의 사상에 관한 연구는 지눌선(知訥禪)[80]의 삼종법문(三種法門)인 성적등지문(惺寂等持門)·원돈신해문(圓頓信解門)·간화경절문(看話徑截門) 중에 특히 간화경절 일문만을 계승하여 진작시킨 점에 집중되었다.[81] 필자는 기존의 연구 성과에 유의하면서, 특히 무의자가 무심(無心)해야 곧바로 명심견성(明心見性)할 수 있다는 무심돈오법(無心頓悟法)을 주장하고, 이러한 무심에 이르는 첩경으로 화두참구(話頭參究)를 중시한 만큼, 본고에서는 무심돈오법을 간화선 수행과 아울러 살펴보고자 한다. 이러한 무의자 선사상에 대한 이해는 그의 선시를 이해하기 위한 작가 정신의 탐구라는 측면에 의의를 두고, 이에 먼저 무의자 사상의 기본적인 특질(特質)을 검토한 후, 나아가 그의 선사상의 특징을 무심돈오법(無心頓悟法)과 간화선 수행(看話禪修行)으로 나누어 살펴보고자 한다.

---

80) 李英茂(1977).
　　吉熙星외 공저(1996).
　　박정환(1999).
　　金邦龍(1999).
　　고영섭(2001).
　　이창구(2004).
81) 權奇悰(1981).
　　______(1994).
　　朴榮濟(1989).
　　韓基斗(1991).
　　李東埈(1992).
　　蔡尙植(2000).
　　정성본(2005).

1) 사상적 특질

무의자가 활동하던 시대는 사상적으로 유·불·도(儒佛道) 삼교가
병보(竝步)하며 특히 정치적으로는 유교가, 종교적으로는 불교가 주도
적 위치에 있으면서 표리 관계를 형성하던 시대였다. 그는 이러한 시대
적 배경 속에서 불경(佛經)은 물론이고 제가(諸家)의 책에도 널리 통
달[82]한 선문(禪門)의 대선사로서 불교를 근원으로 한 유·불·도(儒
佛道) 일원(一元)을 주장하였다.

> 『기세계경(起世界經)』에 이르기를 "부처가 말하기를 내가 두 성인
> (聖人)을 보내 중국에 가서 장차 교화를 행하게 할 것이니, 한 사람은
> 노자(老子)니 가섭보살(迦葉菩薩)이고, 다른 한 사람은 공자(孔子)
> 이니 유동보살(儒童菩薩)이다."라고 했다. 이것에 의거해 보면, 유종
> (儒宗)과 도종(道宗)은 불법을 종(宗)으로 한 것이니, 권(權)은 달라
> 도 실(實)은 같은 것이다.[83]

이것은 그가 『기세계경』에서 노자는 가섭보살(迦葉菩薩)이고 공자
는 유동보살(儒童菩薩)이라 설한 내용에 의거하여 승권취실(乘權就
實)의 입장에서 '유종(儒宗)이다, 도종(道宗)이다' 하는 방편[權]은 다
르지만 그 실상으로 돌아감은 같음을 밝힌 것으로, 이를 통해 그가 불교

---

82) 무의자가 어렸을 때 지은 <孤憤歌>가 『莊子』의 <齊物論>의 내용을 끌어다
   佛敎의 平等觀을 피력한 사실, 그의 나이 24세에 司馬試에 합격한 사실, 출가
   후 33세에 강종에게 <心要>를 지어 받친 사실 등을 종합해 볼 때, 그는 30대 초
   반에 이미 儒·佛·道 三敎에 널리 통달하였음을 알 수 있다.
83) <答崔參政洪胤>, 『語錄』, 47면, 起世界經云 佛言我遺二聖 往震旦行化
   一者老子 是迦葉菩薩 二者孔子 是儒童菩薩 據此則儒道之宗 宗於佛法
   而權別實同者乎.(저본의 且자가 을본에 旦자로 되어 있는데 필자는 문맥상 을본
   을 따랐다.)

의 입장에서 유(儒)와 도(道)를 모두 융섭하였음을 알 수 있다.

또한 그는 당시 사람들이 유·불(儒佛)의 이름을 오인한 것을 비판하고, 유·불의 실상이 궁극에는 다름이 없다고 주장하였다.

> 내가 지난날 공의 문하(門下)에 거하였는데 공이 지금 저의 결사(結社)에 들어와서, 공은 '불지유(佛之儒)'가 되고 저는 '유지불(儒之佛)'이 되어 서로 빈주(賓主)가 되었다가 사제의 관계로 바뀌었으니, <이런 관계는> 예로부터 그러했고 지금 <우리로부터> 시작된 것은 아니거늘, <사람들이> 그 이름을 오인하게 되면 유·불이 매우 다르다고 하나, 그 실상을 알게 되면 유·불이 다름이 없는 것입니다. 공자가 무의(毋意)·무아(毋我)·무고(毋固)·무필(毋必)을 말씀하신 것을 보지 못했습니까? 무진(無盡) 거사가 이것을 해석하기를 "저 무의(毋意)는 반드시 진의(眞意)를 보존함이 있는 것이요, 무아(毋我)는 반드시 진아(眞我)가 맡음이 있는 것이요, 무고(毋固)는 반드시 진고(眞固)가 존재함이 있는 것이요, 무필(毋必)은 반드시 진필(眞必)을 지킴이 있는 것이다."라고 하였습니다. <중략> 무진 거사의 설명은 진실로 나의 마음을 얻었습니다. 이른바 진의(眞意)·진아(眞我)·진고(眞固)·진필(眞必)이란 대개 용처(用處)에 따라 말한 것입니다. 그러므로 이름은 넷이로되 실상을 궁구하여 논하면 분명히 별체(別體)가 없습니다.[84]

이 글은 그가 사마시(司馬試)에 응시했을 당시 좌주(座主)였던 참정 최홍윤(崔洪胤)에게 주는 답서이다. 무의자는 여기서 그를 '불지유

---

84) <答崔參政洪胤>, 『語錄』, 46~47면, 我昔居公門下 公今入我社中 公是佛之儒 我是儒之佛 互爲賓主 換作師資 自古而然 非今始爾 認其名則佛儒逈異 知其實則儒佛無殊 不見孔子曰 毋意毋我毋固毋必 無盡居士釋之曰 夫毋意則必有眞意者存焉 毋我則必有眞我者司焉 毋固則必有眞固者在焉 毋必則必有眞必者守焉 <中略> 無盡之說 實獲我心 所謂眞意眞我眞固眞必者 蓋隨用而說故 有四名 究實而論 的無別體.

(佛之儒)'85)라고 한 반면 자신을 '유지불(儒之佛)'이라고 하여, 서로 스승과 제자를 맺은 것은 지금 처음 있는 일이 아니고 예로부터 있어온 일인데, 다만 사람들이 '의언배의(依言背義)'하여 유·불(儒佛)의 이름을 오인한 결과, 그 실상이 같은 줄 모를 뿐이라는 유·불(儒佛) 일원(一元)을 주장하였다. 그리고 무진 거사가 공자의 사무(四毋)를 선적 차원으로 재해석하여 진의(眞意)·진아(眞我)·진고(眞固)·진필(眞必)이라고 한 전고(典故)를 끌어다가 자신의 유·불 일원에 대한 주장을 뒷받침하였다. 즉 공자의 사무(四毋)는 표면적 명상(名相)에 의거하면 의(意)·아(我)·고(固)·필(必)을 모두 하지 말라는 뜻이나, 그 이면의 뜻을 요달(了達)하면 의(意)·아(我)·고(固)·필(必)이 참으로 있는 것이니, 다만 사무(四毋)는 용처(用處)에 따라 그 이름을 달리 부른 것일 뿐이고, 그 실상을 궁구해 보면 그 이치는 본래 하나라는 견해를 표명하였다. 이러한 그의 견해는, 그가 해탈지견(解脫知見)을 지닌 대선사(大禪師)로서 일찍이 선의 궁극적 경계인 무심삼매(無心三昧)의 경계에서 만법(萬法)을 관통하여 본래 실상이 일원(一元)임을 철저히 깨달아서, '유이다, 불이다' 하는 분별심을 여의고 유교도 하나의 법으로 융섭하여 자연스럽게 유와 불이 다르지 않다고 보는 선적(禪的) 세계관(世界觀)에 근거한 것으로 보인다.

그는 <서생에게 주는 시>에서도 "공자가 그 시초를 발하고 석가(釋迦)가 그 이치를 궁구한 것은 비록 다르지만, 궁극에 유와 불이 일리(一

---

85) 『東文選』에 최홍윤의 글로는 敎書 3편, 表牋 3편, 疏 1편이 실려 있는데, 특히 <大藏道場疏>는 불교 종파에 대한 개설서의 성격을 띤다. 따라서 그가 座主를 맡았던 儒者로서 특히 佛敎에 상당한 조예가 있었던 '佛之儒'임을 알 수 있다.

理)라는 것을 여산(盧山)의 원공(遠公)과 양조(梁朝)의 심약(沈約)이 한 말을 인용하여 주장하였고, 특히 한유가 불교를 배척한 것은 우리 부처가 극성(極聖)임을 모르고 한 말이니 그대[書生]는 다만 그 문장만 취하고 그 뜻은 취하지 말라.”[86]고 당부하였다. 또한 그는 <禪門拈頌序>에서 “요풍(堯風)과 선풍(禪風)이 길이 나부끼고 순(舜) 임금의 해와 부처의 해가 항상 밝아서, 바다는 편안하고 강은 맑으며, 시절은 고르고 세월은 풍년이 들어, 물(物)마다 각각 제자리를 얻고 집집마다 순수하게 무위(無爲)를 즐기기를 바란다.”[87]고 하여, 궁극에 유와 불의 화합을 통해 국태민안(國泰民安)을 기원하였다.

이러한 유·불 일원관은 무신정권하에서 새롭게 등장한 문신들이 불교의 결사 운동에 참가하는 사회 풍조 속에서, 임춘(林椿)이 <小林寺重修記>에서 유교와 불교가 귀결하는 바가 다르지 않음을 주장하고, 특히 중국의 거유(巨儒)인 백거이(白居易)가 불법에 귀의한 예를 든 것에서도 볼 수 있다.[88] 실제 당시 사대부들은 대부분 유·불에 정통한 통유(通儒)들로서, 이들은 고려 말에 정도전(鄭道傳) 등 일부 도학자들이 순유(純儒)를 고집하여 불교를 철저히 배척했던 것과 다르게 유·

---

86) <贈書生詩>, 『語錄』, 65면, 君不見盧山遠公 曾著論如來與周公 發致雖殊 所歸一揆 又不見梁朝沈約 亦有言 孔發其端 釋窮其致 奇歟此二賢 達人 始可與言至道矣 咄哉 韓愈獨擔板 努力區區排釋氏 不知吾佛是極聖 <中略> 君乎若讀退之書 但取其文毋取意.
87) 無衣子, <禪門拈頌序>, 『禪門拈頌拈頌說話會本』, 1면, 所冀 堯風與禪風永扇 舜日共佛日恒明 海晏河淸 時和歲稔 物物各得其所 家家純樂無爲.
88) 林椿, <小林寺重修記>, 『西河集』卷五, 253면, 柳子以爲浮屠之說不與孔子異道 又曰眞乘法印與儒典並用 而人知嚮方矣 然則苟統而混之 儒釋二敎本無異歸焉 是以自晋宋以來 賢士大夫有聞其風而悅之者 若白居易 有唐巨儒也 深信內典 躬行服習 至其晚年 自號香山居士 乃結社於山中 精勤佛事 則其信之可謂篤矣.

불을 대립적으로 보지 않고, 궁극에 유·불이 일원이라는 견해를 보편
적으로 지니고 승려들과 활발한 교유를 가졌던 것으로 생각된다.[89] 그
리고 이러한 유·불 일원에 대한 견해는 불교사적으로 볼 때, 조선 시대
함허당(涵虛堂) 기화(己和)·허응당(虛應堂) 보우(普雨)·청허(淸
虛) 휴정(休靜)에 의하여 계승되었으며, 특히 휴정은 『선가귀감(禪家
龜鑑)』·『유가귀감(儒家龜鑑)』·『도가귀감(道家龜鑑)』에서 유·
불·도의 합일(合一)을 설하였다.[90]

나아가 무의자는 불교의 선(禪)과 교(敎)에 대해서도 그 근원이 본래
일원(一元 : 부처)임을 주장하였다.

> "아, 근래에 들어 불법(佛法)의 쇠함이 심하여, 혹은 선(禪)을 숭상
> 하여 교(敎)를 배척하고, 혹은 교를 숭상하여 선을 헐뜯어서, 자못 선이
> 바로 부처의 마음[佛心]이고 교가 바로 부처의 말씀[佛語]이며, 교가
> 선의 그물이 되고 선은 교의 벼리가 됨을 알지 못하고, 마침내 선·교
> 양가(兩家)가 영원히 원수의 견해를 지어, 법의(法義)가 도리어 모순
> 되는 종(宗)이 되어, 끝내 논쟁이 없는 문[無諍門]에 들어가 하나의
> 진실된 도(道)를 밟지 못하게 되었다. 이 때문에 선사(先師) 지눌(知
> 訥)께서 이것을 애석하게 여겨, 이에 『원돈성불론(圓頓性佛論)』과 『
> 간화결의론(看話決疑論)』을 지으신 것이다."[91]

---

89) 예를 들어 이규보는 <南軒答客>시에서 儒門에서 佛法을 배우는 것을 비난하는
   객에게 "하물며 다시 儒와 佛이 이치가 궁극에 동일한 근원임에 있어서랴? 어느 것
   이 잡되고 또 어느 것이 순수한 것이겠느냐? 쯧쯧, 그대의 의논함이여.[況復儒與
   釋 理極同一源 誰駁又誰純 咄哉渠所論]"라고 대답하여 儒佛一源을 주장
   한 바 있으며, 승려들과 교유한 시가 많이 남아 있다. 李奎報, <南軒答客>, 『
   東國李相國集』 後集 卷六, 195면.
90) 劉明鍾(1975), 100～111면 참조.
91) 無衣子, <圓頓成佛論看話決疑論跋文>, 유영봉 역(1997), 383면, 噫 近來
   以來 佛法衰廢之甚 或崇禪而斥教 或崇教而毀禪 殊不知禪是佛心 教是

위의 글은 선사 지눌이 당시 불교계가 선·교의 종취(宗趣)를 모르고 다만 선종과 교종 각 파의 입장에서 숭선(崇禪)·숭교(崇敎)하여 본래 양종의 근원이 하나[부처]임을 오인하기 때문에 끝내 불도(佛道)를 밟지 못하는 불교계의 현실을 애석하게 여겨 『원돈성불론』과 『간화결의론』을 짓게 된 동기를 밝힌 것이다. 특히 선·교 양종의 관계에 대해서 선은 부처의 마음[佛心]이고 교는 부처의 말씀[佛語]으로, 교가 선의 그물이 되고 선은 교의 벼리가 된다고 간명하게 밝히었다. 이를 보면 그가 선사 지눌의 선·교(禪敎) 일원관(一元觀)을 계승하여 선과 교의 상보적인 관계를 중시하면서도, 특히 선을 교의 벼리라고 하여 무엇보다 깨달음에 이르는 첩경으로서 선의 우위성을 강조하고 있음을 엿볼 수 있다.

실제 무의자는 당(堂)에 올라서 선과 교가 각각 하나의 불도를 얻는 방편으로, 궁극에 불조(佛祖)의 이치는 그 근원에 있어 선과 교가 다름이 없다는 선·교(禪敎) 일원(一元)을 드러내 보인 바 있다.

> 거(渠) 장로(長老)란 사람이 당에 오르기를 청함에 말하기를 "대개 도(道)를 부르짖는 종사(宗師)나 화두를 묻는 선객(禪客)이나 모름지기 불조(佛祖)의 현지(玄旨)란 바야흐로 문구(文句)에 달리 돌아감이 없고, 돌아감에 다른 이치가 없으며, 이치에 다른 근원이 없음을 알아야 하는 것이다."고 하였다.92)

佛語 敎爲禪網 禪爲敎綱 遂乃禪敎兩家 永作怨讐之見 法義二學 返爲矛盾之宗 終不入於無諍門 履一實道 所以先師哀之 乃著圓頓成佛論看話決疑論.

92) <上堂>, 『語錄』, 6면, 渠長老請上堂 云大凡唱道宗師 問話禪客 須識佛祖玄旨 方得句無異歸 歸無異理 理無異源.

즉 도를 부르짖는 종사(宗師)나 화두를 묻는 선객(禪客) 모두가 수행상 근기(根機)의 이둔(利鈍)에 따라 방편상 교와 선으로 나뉠 뿐이지, 그 불조(佛祖)의 현지(玄旨)는 본래 하나[부처]이며, 그 진실된 불도를 성취하면 구경의 경지 또한 하나[똑같음]임을 밝힌 것이다. 이러한 관점은 넓은 의미에서 육조 혜능의 '법본일종(法本一宗)'[93]과 일맥 상통하는 것이다.

또한 그는 선과 교의 질적 차이를 체득한 선각자로서, 당에 올라 선을 통해 견성(見性)하면 단박에 교법(敎法)에 통달할 수 있다고 말하였다.

> 당에 올라 말하기를 "모든 사람들의 자기의 영성(靈性)한 근원[本性]이 곧 보광명지(普光明智)니, 만약 그 속으로 들어가게 되면[見性] 어떤 법을 밝히지 못하며 어떤 일을 알지 못하겠느냐? 그러므로 말하노라. 한 글자를 기록하지 않더라도 일념(一念)으로 일체의 경전을 알 수 있고, 한 법을 이해하지 않더라도 무량한 뜻을 다 알 수 있으며, 한 구절을 설명하지 않더라도 항상 바른 법륜(法輪)을 실천하고, 한 발자국을 내딛지 않더라도 두루 법계(法界)의 벗을 만날 수 있으니, 또한 믿겠느냐?"고 하였다.[94]

---

93) 六祖 慧能은『六祖壇經』<南頓北漸 第七>에서 "法은 본래 宗[근본]이 하나로되 사람에게 남북의 차이가 있을 뿐이고, 법은 즉 종자가 하나로되 견해에 더디고 빠름의 차이가 있으니, 무엇을 돈점이라고 이름 하겠는가? 法에는 頓漸이 없건마는 사람에게 利鈍의 차이가 있기 때문에 돈점이라 이름 하는 것이다.[法本一宗 人有南北 法卽一種 見有遲疾 何名頓漸 法無頓漸 人有利鈍 故名頓漸]" 라고 하여, 禪과 敎의 宗趣는 그 근본이 하나[法本一宗]임을 闡明하였다. 慧能,『六祖壇經』, 67면.

94) <上堂>,『語錄』, 7면, 上堂云 諸人自己靈源 便是普光明智 若入其中 何法不明 何事不了 所以道 不用記一字 念盡一切經 不用解一法 會盡無量義 不用說一句 常轉正法輪 不用擧一步 徧參法界友 還信得麼.

> 당에 올라 말하기를 "한 곳을 통하게 되면[頓悟] 천 곳 만 곳도 일
> 시에 갑작스럽게 통할 수 있고, 한 구절을 이해하게 되면 천 구절 만
> 구절도 한 때에 다 이해할 수 있을 것이다."고 하였다.[95]

무의자는 자신의 본성(本性)이 보광명지(普光明智)임을 깨달으면 일념에 영성(靈性)이 통하여 영묘한 각성이 상대하는 사물에 따라 무심히 응대[靈通應物]하여 실상 그대로 보고 행할 수 있기 때문에, 궁극에 선을 떠나 따로 교가 없고 교를 떠나 따로 선이 없다고 보았다. 따라서 교학의 방편을 따로 빌리지 않아도 선을 통해 바로 돈오(頓悟)하면 바로 일체의 경전의 뜻을 다 알 수 있으며, 또한 항상 바른 법륜(法輪)을 실천하고 두루 법계(法界)의 벗을 만날 수 있다고 주장하여, 특히 선기(禪機)의 즉체즉용(卽體卽用)하는 종횡자재함을 설법하였다.

이상으로 살펴본 결과, 그의 사상은 유·불·도 일원, 선·교 일원 등을 주장하여 궁극에 이치는 다른 근원이 없고 그 참된 근원은 하나라고 하는 일원적(一元的) 성격을 띠고 있다. 이러한 그의 견해는, 고려 사회가 유·불이 표리 관계를 이루면서 불교를 국교로 삼아 불교가 차지하는 비중이 컸던 만큼, 현실적으로는 유·불의 조화를 통해 국태민안을 기원하는 호국(護國) 불교적 성격을 띠고, 불교계에서는 선의 입장에서 교를 융섭하는 방향으로 전개됨을 볼 수 있다. 특히 선사 지눌의 선·교 일원관을 계승하되, 불교사상의 경향은 선을 통해 견성(見性)하면 단박에 교법에 통달할 수 있다는 것을 강조하였다. 따라서 무의자 사상의 핵심에는 선사상(禪思想)이 중심을 잡고 있다고 하겠다.

---

95) <上堂>, 『語錄』, 11면, 上堂云 一處通 千處萬處一時通 一句了 千句萬句一時了.

2) 선사상의 특징

선(禪)은 부처가 성도(成道)한 방법으로, 선적인 의의는 원시(原始)·소승(小乘)·대승(大乘)을 막론하고 전불교(全佛敎)에 일관되는 통불교(通佛敎)적이라고 할 수 있다.[96] 또한 부처의 교설(敎說)이 입정(入定)한 후 설해지고 있다는 점에서 인도 불교의 선과 교는 불가분의 관계에 있다. 그러나 불교가 중국에 전래된 후, 특히 당말(唐末)부터 순수 중국 불교적인 선종이 거의 독점되어 완전히 중국화한 선사상인 조사선(祖師禪)을 형성하였다. 우리나라에서 선은 통일신라 때 당(唐)나라로부터 전래되어 고려와 조선를 거치면서 한국 조계(曹溪) 선종의 독자적인 전개를 통해 불교계의 주류를 이루며 현재까지 그 전통이 계승되고 있다.

선은 본래 인도의 아어(雅語)인 dhyāna 혹은 속어(俗語)인 jhāna의 음역으로 구역(舊譯)에서는 사유수(思惟修)[97]·기악(棄惡)[98]·공덕총림(功德叢林)[99] 등이라 번역하고 신역(新譯)에서는 주로 정려(靜慮)[100]라고 번역하였다. 또한 선정(禪定)은 선나(禪那)의 약칭인 선

---

96) 金東華(1985), 15~16면 참조.
97) 思惟修는 心을 一境에 轉注하여 思慮하는 것은 思惟라 하고, 이와 같은 心理를 漸進하는 것을 修라 하니, 즉 바른 思惟로서 對境을 닦아 나간다는 뜻이다.
98) 棄惡은 欲界의 貪·瞋·睡眠·調戱·疑 등 一切惡을 버리므로 일컫는 말이다.
99) 功德叢林은 선으로 인해 智慧·神通·四無量心 등 모든 공덕이 積聚되므로 結果의 功能에 따라 이름한 것이다.
100) 靜慮는 범어 드야나(dhyāna)는 '深思하다, 熟考하다'는 의미를 가진 말인데, 중국에서 靜慮라 번역한 것이다. 靜은 寂靜의 뜻이며 慮는 等量의 뜻으로 靜心思慮함을 일컫는 것으로, 즉 心體가 寂靜하여 사유할 수 있다는 뜻이다. 舊譯의 사유수가 慮의 뜻만 표현되어 있고 靜의 뜻이 결여되어 있다고 하여 新譯에서는 靜[定]과 慮[慧]의 뜻을 구비하여 정려라 한다.

(禪)과 선의 의역인 정(定)[101]을 병칭하여 널리 불려지고 있는 술어로 보통 삼매(三昧)[102]라고 음역되고, 등지(等持)라고 의역된다. 즉 선은 마음을 일경(一境)에 집중시켜 바른 사유로 대경(對境)을 수습(修習)하되, 안으로 일체의 망념을 여의고 밖으로 모든 법상(法相)의 집착을 끊어, 단도직입적으로 심경(心境)을 허공처럼 하여 단박에 성도(成道)하는 수행 방법이다. 그래서 보통 깨달음에 이르기 위한 지혜를 얻기 위한 방편으로 여겨진다. 그러나 자성정혜(自性定慧)의 입장에서는 정(定)과 혜(慧)가 둘이 아니므로 선정 그 자체가 지혜까지도 의미하며, 궁극에 깨닫고 나면 선은 단지 수행만을 의미하지 않고 이미 그 자체가 각(覺)이다.

그러나 성도한 후의 깨달음의 세계는 '언어도단(言語道斷)·심행처멸(心行處滅)'의 무상(無相)의 경지로서 명상(名相)이 붙은 언어·문자와 본래 무관한 것이기 때문에 스승과 제자 간에도 전수해 줄 수 없고, 다만 철저한 자증자오(自證自悟)를 통해서만 심득(心得)할 수 있다. 따라서 선가에서는 달마(達磨)의 오성론(悟性論)인 '불립문자(不立文字) 교외별전(敎外別傳) 직지인심(直指人心) 견성성불(見性成佛)'을 표방하며 실참실오를 통한 돈오견성법(頓悟見性法)만을 선의 본질로 삼았으며, 역대 불조(佛祖)들이 오직 마음으로써 마음을 전했던 것[以心傳心]이다.

---

101) 定은 선이 마음을 一境에 定止하여 散動한 마음을 여의는 定止寂靜의 뜻이다.
102) 三昧는 梵語 Samādhi의 음사로 三摩地로 음역되며, 心一境性의 상태로서 고요히 생각을 안정시켜 마음을 한 곳에 집중함으로써 산란한 마음[妄念]을 여읜다는 뜻으로 定이라 意譯한다. 또한 삼매에서 觀하는 법을 바로 수용한다는 의미로 正受라고도 意譯한다.

이러한 불립문자의 경계를 언어 표현으로 전하지 않을 수 없을 때, 그 언어의 표현은 되도록 압축 내지는 함축성을 띠어 극도의 상징이 될 수밖에 없고, 따라서 전달자와 전수자가 동등한 상징 의미로 주고받을 때만이 이해가 가능하다.103) 따라서 대중의 근기가 다양한 만큼 언어와 문자의 표현도 다양해지고, 자연 대중의 수효만큼 설법의 내용 또한 많아질 수밖에 없다. 그러므로 불립문자를 표방하는 선가에 오히려 방대한 문헌이 전해지고 있는 것이다.

무의자는 앞에서 살펴본 것처럼 26세 출가 후 주로 각고의 참선 수행을 통해 응신망형(凝神忘形)하여 내심과 외경의 집착을 끊어버린 무심의 경지에 도달하고, 그의 나이 28세에 비로소 지눌에게서 첫 번째 인가를 받게 된다. 이처럼 무의자의 깨달음은 득도인(得度因)104)이 철저한 선에 의거한 무심합도(無心合道)의 돈오돈수(頓悟頓修)에 있었다. 이에 비해 선사 지눌의 득도인은 <보조국사비명(普照國師碑銘)>의 기록에 의하면, 혜능(慧能)의 『육조단경(六祖壇經)』, 이통현(李通玄)의 『화엄론(華嚴論)』, 대혜 종고(大慧宗杲)의 『대혜어록(大慧語錄)』 등 세 차례의 지적인 깨달음을 얻은 후105) 부지런히 정혜쌍수(定

---

103) 이종찬(2001), 15면 참조.
104) 여기서 得度는 覺을 얻는다는 成道의 뜻이며, 得度因은 깨달음을 얻게 된 修行의 因을 말한다.
105) 지눌이 25세에 『六祖壇經』을 열람하다가 眞如自性이 항상 自在하다는 뜻을 깨닫고, 28세에는 李通玄의 『華嚴論』에서 圓頓의 觀門에 潛心하고, 그 뒤 公山 居祖寺에서 夙夜로 定慧雙修하였다. 40세에는 上無住庵에서 內觀에 精神을 오로지하여 『大慧普覺禪師語錄』을 읽고 情見을 여의고 當下에 安樂했다고 하였다. 이를 통해 볼 때 지눌은 因悟而修하는 解悟에 근거하여, 뒤에 漸次로 修學하여 得度하였음을 알 수 있다. 즉 그는 세 차례의 지적 깨달음을 통해 本性이 부처와 다름이 없음을 깨닫고[頓悟], 그리고 이 깨달음에 의거하여 無始以來로 남아 있는 無明習氣를 점차로 修學[漸修]을 통해 除滅해 나감으로써 궁극

慧雙修)한 돈오점수에 있었다. 특히 지눌의 돈오점수는 당나라 종밀(宗密)의 돈오점수설을 받아들여 독자적인 선풍을 확립하여 해동 조계종지(海東曹溪宗旨)를 수립한 것으로 평가된다.[106] 이렇듯 무의자와 선사 지눌의 득도인은 근기(根機)와 숙습(宿習)에 따라 달랐던 것으로 보인다.

또한 무의자는 지눌의 선맥을 계승·발전시키는 입장에서 주로 선문답(禪問答)을 통해 선풍 진작이라는 시대적 사명에 부응하여 더욱 조사선(祖師禪)의 입장을 뚜렷이 하였다.[107] 이것은 지눌이 선의 입장에서 선·교(禪敎) 양종의 대립을 해소하기 위해서 선교일치(禪敎一致)를 주장하고 선종의 종지를 뚜렷하게 표명해야만 했던 시대적 요청에 부응하여, 먼저 선의 올바른 이해를 위해 진심(眞心)을 직설하고 삼종문(三種門)을 주장한 것에서 한 걸음 더 선의 실천으로 나아간 것이라 할 수 있다.

그의 나이 33세에 수선사의 제2대 사주가 되었을 때, 강종이 법요(法要)를 구함에 자신이 실참실오(實參實悟)한 무심을 중심 내용으로 하여 <心要>를 지어 바쳤다. 그가 <심요>를 지어 바친 이유는 본래 깨달음의 최고 경계란 사량분별로 헤아릴 수 없는 적멸처(寂滅處)로 언어도단의 경계에 있으나, 제2의 경지는 의식으로 알 수 있기 때문에 다만 언어 방편으로 현시하여 그 이치를 깨닫게 하기 위한 것이다. 또한

에 佛知見을 了達한 것이다. 金君綬, <普照國師碑銘>, 김탄허 역해(1982), 285～287 참조.

106) 震檀學會(1980), 706면 참조.

107) 김태완은 조사선의 특징이 上堂說法과 禪問答을 통한 직지인심·견성성불의 실천이라고 하였는데, 무의자는 선사의 어록으로 가장 오래된 『진각국사어록』을 남겨 놓고 있어 조사선의 특징을 분명히 보여주고 있다. 金泰完(2001), 70면 참조

그는 반평생을 선종의 대종장(大宗匠)으로 대중을 교화함에 있어 중생
의 근기에 맞는 불조(佛祖)의 경론이나 선적(禪籍)의 내용을 현시하여
선리를 깨달아 견성하도록 계도하였으며, 특히 선의 대중화를 위해 간화
선을 주장하였다. 이에 필자는 그가 선법(禪法)으로 중시한 무심돈오법
(無心頓悟法)과 간화선 수행(看話禪修行)을 중심으로 그의 선사상
의 특징을 살펴보고자 한다.

(1) 무심돈오법(無心頓悟法)

선은 사유수(思惟修)로 망심(妄心)을 여의고 진심을 깨달아 돈오견
성하는 것이 구경처가 되므로, 선에 있어서 어떻게 마음을 닦아야 형적
(形迹)이 없는 마음의 실상(實相)을 요달할 수 있는가에 대한 문제를
해결하는 것이 무엇보다 중요하다 하겠다. 이러한 선은 본래 상근대지
(上根大智)의 수행 방법에 해당하는 것으로, 선을 통해 견성오도하면
비록 사람마다 선법(禪法)이 달라도 궁극의 깨달음의 진원(眞源)인 불
성[眞性]에는 차별이 없다. 다만 각자의 근기와 수행 과정에 따라 자연
스럽게 깨달음의 대소(大小)·심천(深淺)의 차이가 생기고, 또한 각자
의 기연(機緣)에 따라 자신의 체오(體悟) 경험을 바탕으로 표현 방법이
다르기 때문에 역대 조사마다 그 표현 방법에 따라 일물(一物)108)의 다
른 이름[異名]이 생긴 것일 뿐이다. 무의자도 그의 『어록』에서 옛[육

---

108) 함허는 견성한 깨달음 그 자체는 '무엇이다'하고 한마디로 이름할 수 없기 때문
　　에 强稱하여 一物이라 했을 뿐이라고 하였다. 涵虛堂 說誼, <金剛般若波
　　羅蜜經五家解序說>, 『金剛經五家解』, 3면, 然雖如是 一物之言 亦强
　　稱之而已.

신] 가운데 보배[佛性]가 역력히 고명(孤明)한데, 이것을 조계 육조는 본래면목(本來面目)이라 하고, 임제는 무위진인(無位眞人)이라 부르고, 석두는 암자 가운데 죽지 않는 사람이라 일컫고, 동산은 집 가운데 늙지 않는 사람이라 하여, 즉 일물(一物)의 이름은 서로 다르지만 그 깨달음의 진수인 불성 그 자체는 동일한 것임을 밝힌 바 있다.109)

무의자는 각고의 참선 수행을 통해 일체의 망념(妄念)을 초월하여 응신망형의 높은 선의 경계에 이른 결과 선사 지눌의 심인(心印)을 얻어 당시 승속이 숭상하였던 대선사(大禪師)의 지위에 올랐던 인물인 만큼, 그 또한 자증자오한 높은 선적 깨달음을 바탕으로 독자적인 선법을 주장하고 있음을 볼 수 있다.

먼저 강종에게 올린 <심요>에서, 선사 지눌이 『진심직설(眞心直說)』에서 "유미(幽微)하여 생각과 의론이 끊겼다"110)고 표현한 진심(眞心)을 구체적으로 무심(無心)으로 강조하여, 특히 무심이 진심임을 주장하는 무심돈오법을 강조하였다.

> 부처가 말하기를 "이 불법은 사량분별로 헤아릴 수 있는 것이 아니다"라고 하였습니다. 또 이르기를 "보살이 이 불사의(不思議)에 머물러서, 그 가운데 생각을 다하지 못하니, 이 불가사의(不可思議)한 곳에 들어가서는 생각[思]과 생각 아닌 것[非思]이 모두 적멸(寂滅)이다."라고 하였습니다. 그러므로 만약 널리 담론하여 의로(義路)를 구한

---

109) <上堂>, 『語錄』, 3면, 上堂云 記得 古人道 識得衣中寶 無明醉自醒 百骸俱潰散 一物鎭長靈 只今說法聽法 歷歷孤明 勿形段者 豈不是一物 曹溪喚作本來面目 臨濟呼爲無位眞人 石頭謂之庵中不死人 洞山指曰 家中不老者 皆此一物之異名也. (底本의 際字는 乙本에 濟字로 되어 있는데, 際는 濟의 잘못이므로 乙本을 따랐다.)
110) 知訥, 『眞心直說』, 715면, 眞心幽微 絶思絶議.

다면 만론(萬論)과 천경(千經)이 없을 수 없으며, 만약 곧바로 진원
(眞源)에 이를 것을 도모하시려면 어찌 무심무사(無心無事)한 것만
같겠습니까? <중략> 이것[진원을 구하는 것]은 곧바로 무심(無心)을
아는 것이 가장 자기를 반성하는 요체가 되니, 안으로 만약 무심하면
밖에 일이 없게 됩니다. 일 없는 일 이것을 대사(大事)라 이름하고, 무
심한 마음 이것을 진심(眞心)이라 이름합니다. 이른바 무심이란 무심
과 무무심(無無心) 또한 무무심을 다하는 것, 이것이 바로 참 무심이
며, 무사(無事)란 무사와 무무사(無無事) 또한 무무사(無無事)를 다
하는 것, 이것이 바로 참 무사입니다. 만약 일로써 일을 버리려고 하면
일이 더욱 증가할 것이요, 마음을 가지고 무심하고자 하면 마음과 마음
이 도리어 있게 됩니다. <중략> 다만 십이시(十二時) 중에 사위의
(四威儀) 안에서 저 화두를 보십시오. <중략> 다만 때때로 깨달음을
얻고 순간순간 그 일을 생각하신다면 날이 오래되고 달이 깊어짐에 그
공능을 알 수 있을 뿐입니다.[111]

그는 강종(康宗)에게 곧바로 불법(佛法)의 참된 근원에 이르고자 한
다면 무엇보다 사량분별(思量分別 : 망상)을 여의고 의로(義路)가 끊
긴 무심 그 자체를 아는 것이 중요하며, 무심한 마음이 바로 진심(眞心)
임을 밝히고, 나아가 참된 무심이란 무심과 무무심(無無心) 또한 무무
심(無無心)마저 다 끊어버려 일념(一念)도 일으키지 않아서, 안으로
무심(無心)하고 밖으로 무사(無事)한 것임을 강조하였다. 그리고 마음

---

111) <上大王心要>,『語錄』, 23~24면 , 佛言此法 非思量分別之所能解 又
　　云菩薩住是不思議 於中思議不可盡 入此不可思議處 思與非思皆寂滅
　　是故若要廣談義路 不無萬論千經 若圖直造眞源 曷若無心無事 <中
　　略> 是知直下無心 最爲省要 內若無心 外卽無事 無事之事 是名大事
　　無心之心 是名眞心 所謂無心者 無心無無心 亦無無心盡 是眞無心 無
　　事者 無事無無事 亦無無事盡 是眞無事 若以事遣事 事事彌增 將心無
　　心 心心却有 <中略> 但向十二時中四威儀內 看箇話頭 <中略> 但時
　　時擧覺 念念提撕 日久月深 知其功能耳.

을 가지고 마음이 없고자 하면 마음이 도리어 있게 됨을 경계하여, 화두 참구(話頭參究)를 하되 오(悟)와 불오(不悟)에 관여하여 분별심을 두지 말고, 다만 화두참구를 통해 곧바로 일체망념을 여의어 증오(證悟)[112]를 얻게 되면, 날이 오래됨에 홀연히 대오(大悟)를 기약할 수 있다고 하였다. 즉 그는 무심을 정혜(定慧)의 수행을 닦는 공능도 필요 없이[無修之修] 곧바로 망상을 벗어나 진원(眞源)인 불성(佛性)에 이르는 돈오법(頓悟法)으로 강조하여 무심합도(無心合道)의 지극한 이치를 드러내 보였으며, 특히 이러한 무심합도에 이르는 첩경으로서 사량분별이 붙지 않은 격외(格外)의 화두참구를 강조하였다.

이 무심돈오법은 실상 그가 불지견(佛知見)을 요달(了達)하는데 실참실오(實參實悟)한 수증법이었으며,[113] 특히 그는 무심돈오법으로 마음을 요달한 후 만법(萬法)에 통달한 자로 '일처(一處)가 통하면 천처만처(千處萬處)가 일시에 통한다'[114]고 주장하였다. 나아가 그는 마음이 무심한 명경(明鏡)과 같아서 대중의 근기에 맞게[115] 불조(佛祖)의 가르침을 수시수처(隨時隨處)에서 방편으로 설하였다. 실제 그는 대중의 수기응설(隨機應說)을 위해 중국의 역대 선사(禪師)[116]들의

---

112) 證悟는 닦음으로 인해 깨닫는 것을 말함.

113) 무의자는 당에 올라서 "곧바로 무심하면 묵묵히 스스로 계합하니 곧 <불지견에> 성 그 자체가 깨달음의 공덕을 갖추게 되어 자연히 앞에 나타나서 다시 흠이 생기거나 부족함이 없을 것이다."라고 하여, 자신의 선적 체험을 바탕으로 無心合道하면 저절로 佛知見에 契合이 되어서 자신의 本性 자체가 깨달음의 공덕을 갖추어 圓滿具足하게 된다는 것을 설하였다. <上堂>, 『語錄』, 7면, 直下無心 默默自契 則性具功德 自然現前 更無欠小矣.

114) <上堂>, 『語錄』, 11면, 一處通 千處萬處 一時通.

115) 무의자는 당에 올라서 "胡人이 오면 胡人을 비추고 漢人이 오면 漢人을 비춘다.[胡來胡現 漢來漢現]"라고 하여, 즉 사람의 근기와 인연에 따라 無心하게 隨機應說함을 말하였다. <上堂>, 『語錄』, 11면.

선지(禪旨)를 담은 게송과 경론117)을 수시로 인용하여 오리견성하도록 교시하였는데, 단지 그대로 인용하는 차원에 머물지 않고 대중의 근기에 적의하도록 재해석하였다.

또한 무의자는 무심이 바로 절대적인 안심(安心)의 경지에 이르는 선법(禪法)임을 달마(達磨)와 혜가(慧可)의 기연(機緣)을 들어 자세하게 설하였다.

> 당에 올라서 말하기를 "마음으로 짝을 삼지 말라. 무심하면 마음이 절로 편안해진다. 만약 마음을 가지고 짝을 삼는다면 움직일 때마다 곧 마음의 속임을 받을 것이다. 그러므로 이조(二祖)인 혜가(慧可)가 달마에게 '제자의 마음이 편치 못하니 스승님께서 편안하게 해주시기를 청합니다.'라고 말하니, 달마가 '<너의> 마음을 가지고 오너라. 그러면 너에게 편안함을 주리라.'고 대답하였다. <다시> 혜가가 '안과 밖과 중간에 마음을 찾아봤지만 끝내 얻을 수가 없었습니다.'라고 말하니, 달마가 '너에게 안심을 주기를 마쳤으니, 곧 이것이 도리이다.'라고 대답했다." <무의자가> 한참 있다가 다음과 같이 말하였다. "마음을 찾아봐도 마음을 찾을 곳이 없고, 마음을 편안하게 하려 해도 마음을 편안하게 할 곳이 없네. 이로부터 허공에 홀로 드러나니, 의구하게 구름이 걷히면 달이 차갑게 비치네."118)

---

116) 『어록』에 인용된 祖師들의 偈頌은 더욱 다양하고 풍부한데 대표적으로 들어보면, 德山和尙 · 六祖大士 · 黃檗禪師 · 趙州禪師 · 圜悟和尙 · 百丈禪師 · 馬祖禪師 · 大慧禪師 · 臨濟和尙 · 雲門禪師 · 布袋和尙 · 南泉和尙 · 永嘉禪師 · 潙山禪師 · 仰山禪師 · 雪峰禪師 · 弘忍禪師 · 傅大士 등이 있다.

117) 『語錄』에 인용된 經論은 『華嚴經』 · 『圓覺經』 · 『金剛經』 · 『般若心經』 · 『維摩經』 · 『仁王經』 · 『大智度論』 · 『楞嚴經』 · 『法華經』 · 『涅槃經』 · 『思益經』 · 『起信論』 · 『禪要經』 · 『起世界經』 등이 있다.

118) <上堂>, 『語錄』, 11면, 上堂云 莫與心爲伴 無心心自安 若將心作伴 動卽被心謾 所以二祖問達摩 弟子心未寧 請師與安 達摩云 將心來 與汝安 二祖云 內外中間 覓心了不可得 達麼云 與汝安心竟 便是者个道

여기서 무심은 마음을 짝하려는 유위(有爲)의 마음을 두지 않아 억지로 상(相)을 취하려는 분별망념을 모두 여읜 즉 무상무념(無相無念)한 진여자성(眞如自性)을 의미한다. 즉 구름이 순간 걷히면 달이 예전처럼 허공에 홀로 드러나는 것처럼 번뇌망상[무명 : 구름]이 순간 걷히면 의구하게 무심[허공]이 도(道)에 절로 합치되어 진여자성인 불성(佛性 : 달)이 홀로 차가운 보리지(菩提智)를 발하는 것과 같다. 이어서 그는 "내 마음 밖에 따로 마음을 찾을 곳이 없으며, 또한 마음을 찾을 곳이 없기 때문에 마음을 편안하게 할 곳이 따로 없다"고 말하여, 상(相)을 취하는 견해가 오히려 입도(入道)의 큰 장애가 됨을 밝혔다. 즉 내 마음 밖에 따로 마음이 있다고 생각하여 수고롭게 마음을 찾으면, 안과 밖과 중간을 아무리 찾아도 결국 찾을 수 없음을 강조한 것이다. 단지 분별망념을 여읜다면 자연스럽게 무심합도(無心合道)가 되어, 결국 절대 안심(安心)의 경지에 이르게 되는 것이다. 그러나 구경에 절대안심(絶對安心)의 경지를 얻고 나도 그것은 본래 내가 부처임을 깨닫는 데 불과한 것이므로, 깨치기 전이나 깨친 후나 변함없이 의구한 것이다. 이렇게 볼 때, 무심선법(無心禪法)은 무심의 이치를 자각하여 무심의 실상을 체득케 하는 것으로, 결국 무심의 뜻을 체오(體悟)하면 곧바로 성도(成道)하여 따로 깨달을 것도 없고 따로 닦을 것[無悟無修 : 頓悟頓修]도 없는 것이다. 이 글은 육조 혜능이 "무념(無念)[119]함에 일념이 곧 바르고 유념(有念)함에 일념이 삿되니 유무(有無)를 모두 헤아

理 良久云 覓心無心可覓 安心無處可安 從此虛空獨露 依舊雲收月寒.
(達摩와 達麽는 達磨와 통용된다.)

119) 혜능의 무념은 일체의 외부에 물들지 않는 것으로 일체의 망념을 여읜 본성의 본래 상태를 말한다. 鄭性本(1999), 291면 참조.

리지 않는다면 길이 백우거(白牛車)를 몰 것이다."[120]라고 한 말을 연상케 한다.

또한 그는 대중을 교화할 때에도 일관되게 무심을 강조하였다. 희원도인(希原道人)에게 시법(示法)하여 말하기를 "곧바로 무심하면 청정본체(清淨本體)가 스스로 드러나서 마치 큰 해[불성]가 허공에 올라 시방을 두루 비쳐서 다시 장애가 없는 것[121]과 같다."고 하였다. 또한 <소참(小參)>에서 덕산 화상(德山和尚)이 시중(示衆)하여 "다만 일[事]에 무심하면 마음에 일이 없어서 <마음이> 허(虛)하면서 영(靈)하고 공(空)하면서 묘하다."[122]고 말한 것을 인용하여 역시 무심을 설법한 바 있다.

특히 그는 무심의 성상(性相)이 여여(如如)함을 '밝은 거울[明鏡]'의 체용이 일여(一如)함에 비유하여 설명하였다.

> 선덕들의 말과 같이 "적조(寂照)는 둘이 아니고[다르지 않고] 바로 보리상(菩提相)이니, 오히려 밝은 거울이 무심으로 체를 삼고 감조(鑑照)로 용을 삼아 합쳐서 그 상이 되는 것과 같다."고 하였다.[123]

> 사(師 : 무의자)가 이르기를 "선(善)·악(惡)·불(佛)·마(魔)가 다 묘성(妙性)인데, 인연을 따라 변하는 곳에 명상(名相)을 가립(假立)한 것일 뿐이다. 비유하면 명경(明鏡)이 빛깔에 따라 그림자가 나타

---

120) 慧能, 앞의 책, 60면, 無念念卽正 有念念成邪 有無俱不計 長御白牛車.

121) <示希原道人>, 『語錄』, 27면, 但直下無心 本體自現 如大日輪 昇於虛空 遍照十方 更無障碍.

122) <小參>, 『語錄』, 21면, 又德山示衆云 但無心於事 無事於心 虛而靈空而妙.

123) <答鄭尙書邦甫>, 『語錄』, 45면, 如先德云 寂照無二爲菩提相 猶如明鏡 無心爲體 鑑照爲用 合爲其相.

나서, 혹 검은 것 같기도 하고 혹 흰 것 같기도 하지만, 거울이 필경
검고 흰 것은 아니다."고 하였다.[124)

위의 글에서 그는 무심(無心)한 거울의 적체(寂體)와 응용수작(應
用隨作)하는 감조(鑑照)의 작용이 둘이 아닌 보리상(菩提相)으로, 무
심의 실상은 체용(體用)이 일여(一如)하여 무심한 명경(明鏡)과 같다
는 것을 예시하였다. 즉 명경 속에 외경(外境 : 빛깔)이 나타나도 그 명
경 자체는 심사(心思)를 일으키지 않고 여실이견(如實而見)하여 거울
에 비친 빛깔에 따라 흑백을 실상 그대로 무심하게 비출 뿐이고, 흑백의
상(相)을 취하여 거울 자체가 흑백이 되는 것은 아니라는 선리를 드러냈
다. 다시 말하면 그는 무심의 경계를 명경이 한순간에 만상(萬象)을 비
추는 사리(事理)에 비유하여 수오일시(修悟一時)의 돈오돈수(頓悟頓
修)를 밝혔다.

한편 그의 선사 지눌은 <眞心直說自序>에서 진심을 발명(發明)
하는 목적은 대중으로 하여금 입도의 기점(基點)을 삼게 하고자 하는
데 있음을 술회하였다. 그리고 <眞心異名>에서 진심이란 망념을 여
읜 심령(心靈)이 거울처럼 비추는 것으로 본래 법(法)은 하나이나, 그
이름은 인연에 응해 명호(名號)를 세우기 때문에 불교(佛敎)와 조교
(祖敎)가 각각 진심의 입명(立名)이 같지 않다[125)고 언급하였다. 이에
만약 진심을 요달하면 모든 명상(名相)을 알게 되지만 반대로 진심에
어두우면 모든 명상에 모두 막힌다고 하여, 깨달음이란 바로 진심의 요

---

124) <小參>,『語錄』, 20~21면, 師云善惡佛魔 俱是妙性 隨緣似變之處 假
　　立名相耳 譬如明鏡 隨色現影 似黑似白 而鏡 畢竟非黑白也.
125) 知訥,『眞心直說』, 716면 참조.

달에 있음을 강조하였다. 또한 진심을 요달하는 방법으로는 무심법을 가지고 망심(妄心)을 다스려야 함을 역설하고, 조사들이 설한 무심공부를 대략 십종(十種)[126]으로 나누어 그 대의(大義)를 분명하게 보인 후, 그중에 숙세(宿世)로부터 인연 있는 일문(一門)을 닦아 공부하면 망념이 스스로 멸하고 진심이 곧 나타날 것이니, 이 망심을 휴헐(休歇)하는 법문(法門)이 가장 긴요하다[127]고 주장하였다.

따라서 지눌이 주로 무심을 진심에 이르는 수심법으로 강조하여 무심공부를 이론적으로 체계화한 것에 비해, 무의자는 무심하기 위해 따로 무심공부를 할 필요 없이 곧바로 무심하면[直下無心] 바로 진심임을 강조하여 단박에 돈오견성하는 내성(內省)의 요체[128]로써 무심돈법을 주장하였음을 알 수 있다. 즉 지눌의 돈오는 사대(四大)의 가합인 가아(假我)가 본래 부처와 털끝만치도 차이가 없는 진아(眞我)임을 갑작스럽게 깨닫는 것으로, 다만 선의 시작으로서 점차적 수행이 뒤따라야 하

---

126) 知訥, 위의 책, 718~719면. 一.覺察, 二.休歇, 三.泯心存境, 四.泯境存心, 五.泯心泯境, 六.存心存境, 七.內外全體, 八.內外全用, 九.卽體卽用, 十.透出體用.

127) 知訥, 위의 책, 719면, 已上十種功夫法 不須全用 但得一門 功夫成就 其妄自滅 眞心卽現 隨根宿習 曾於何法有緣 卽便習之 <中略> 此箇休歇妄心法門 最緊要故.

128) 무의자는 契渠 상인에게 示法하며 노래를 지어 말하기를 "법은 본래 스스로 묘함이여, 사람이 스스로 추하게 만들고, 물건은 본래 스스로 한가함이여, 사람이 스스로 시끄럽게 만든 것. 옳고 그름을 모두 놓아 버림이여, 자기 몸이 편안해 지는 것. 愛憎을 잊어버리지 못함이여, 장안이 매우 시끄럽구나. 內省의 要諦를 알고자 함이여, 바로 곧 無心함이라. 다만 무심을 얻음이여, 자연히 시끄러움이 없어질 것이라.[歌曰 法本自妙兮 而人自麤 物本自閑兮 而人自鬧 是非都放兮 我國晏然 憎愛未忘兮 長安甚鬧 欲知省要兮 直下無心 但得無心兮 自然無鬧 <後略>]"고 하여, 내성의 요체가 바로 무심임을 현시한 바 있다. <示契渠上人>, 『語錄』, 36면.

는 해오(解悟)를 의미한다.129) 반면 무의자가 주장하는 무심돈오법(無心頓悟法)은 무수지수(無修之修)로 곧바로 무심하면 단박에 깨쳐 일념에 공덕이 구족하여 증오(證悟)와 해오(解悟)에 다 통하고, 수오(修悟)가 일시에 얻어져 정혜(定慧)가 쌍운(雙運)함을 의미한다. 따라서 지눌과 무의자는 불심인(佛心印)을 전수한 사제 관계이지만 선법(禪法)에 있어 각자 독자적인 주장을 전개하였음을 볼 수 있다.

그러나 이러한 상이성은 무의자와 지눌이 근기와 숙습(宿習)에 따라 각자 인연 있는 선법에 의거하여 깨달음을 얻었기 때문에 각자가 깨달은 체험을 바탕으로 자연 강조점이 다를 뿐이며, 실제 돈오점수(頓悟漸修)로 깨닫거나 돈오돈수(頓悟頓修 : 無心頓法)로 깨닫거나 상관없이 깨닫고 나면 깨달음의 진원(眞源) 그 자체는 본질적으로 동일한 것이다.

이러한 무심사상은 중국 선종사에서 육조 혜능(慧能)이 『금강경(金剛經)』의 공관사상(空觀思想)을 의용(依用)하여 무념(無念)·무상(無相)·무주(無住)를 주장한 것130)으로부터 그 맹아가 싹트기 시작하여, 이후 황벽 희운(黃檗希運)에 이르러 특히 강조되면서 중국 선종 전체를 관통하여 일관되게 주장되는 선사상 가운데 하나로,131) 무의자가 중국선의 영향을 받아 독자적인 선풍으로 확립한 것이라 할 수 있다. 이러한 무심돈오법은 당시 신진사인(新進士人)으로서 불법에 조예가 깊었던 이규보가 창복사(昌福寺)에서 행하는 담선방(談禪牓)에서 "만

---

129) 김형효 외 저(1996), 89면 참조.
130) 鄭性本(1999), 96면 참조.
131) 金泰完(2001), 187~188면 참조.

약 마음을 요달하고자 한다면 무심을 요달해야 한다.”132)고 한 것으로 보아 널리 영향을 미친 선법으로 보인다.

이렇게 볼 때, 무의자는 왕과 대중 모두에게 성상(性相)이 여여(如如)한 무심돈오법을 널리 권설(權設)하여 당시 선풍을 진작시키는 데에 견인차 역할을 하였다. 또한 이것은 그가 강종에게 올린 <심요>에서 밝힌 것처럼 바로 고금에 실참실오(實參實悟)한 모양이며, 무의자 자신이 친히 증득한 수증관(修證觀)임을 알 수 있다. 특히 무의자의 무심돈오법은 선이 마음을 깨닫기 위한 수행방법이라는 점에서 본다면, 선의 번잡한 이론 보다 실수(實修)를 강조하여 무심합도의 깨달음 그 자체에 주목하였던 것이다. 이처럼 그가 철저한 실참실오를 통해 도달한 무심돈오는 한국 선종사에 독자적인 경지를 마련해 주었다는 데에 큰 의의가 있다. 실제 그는 이러한 무심의 선적 경계를 거래자재(去來自在)하고 무위무사(無爲無事)한 백운(白雲)133)과 수기응설(隨緣應用)하여 무자성(無自性)한 물[水]134)로 표상화한 다수의 시를 남기고 있다.

(2) 간화선 수행(看話禪修行)

간화선은 중국에서 8세기 말경에 황벽 희운(黃蘗希運)·덕산 선감(德山宣鑑) 등이 공안을 처음 사용한 후, 송대(宋代)에 이르러 대혜

---

132) 李奎報, <昌福寺談禪牓>,『東國李相國集』卷25, 550면, 若欲了心 無
　　　心可了.
133) 入定悟道詩中 無心自在의 시 참조.
134) <示至源上座>,『語錄』, 39면.

(大慧)가 묵조선(默照禪)을 외도(外道)로 비판하고 간화선을 적극 주장하면서 크게 유행하였다. 특히 대혜는 화두를 일체의 사량분별[情識]을 여의도록 하는 절대적인 참선의 방편으로 삼았으며, 조주의 '무자(無字)'와 같은 조사들의 공안[135]을 응용하고 조합하여 자기의 근원적인 마음을 깨닫는 대오(大悟)의 수단으로 주장하였다.[136] 우리나라에서는 지눌이 『대혜보각선사어록(大慧普覺禪師語錄)』을 통해 대혜의 간화선을 처음으로 도입하고 친히 『간화결의론』을 찬술하여 화두참구의 묘밀(妙密)한 지취(旨趣)를 밝혔다. 지눌은 돈교(頓敎)나 원교(圓敎) 중에도 이념(離念)의 근기를 위해 설한 진여이성(眞如理性)의 이언절려(離言絶慮)의 교의가 있으나, 이것은 모두 불법을 지식으로 아는 병이 있기 때문에 무미(無味)한 화두를 참구하여 돈오한 후 일심법계(一心法界)를 증득한 경계와는 같지 않다[137]고 주장하였다. 특히 그는 간화경절 일문(一門)은 교학자는 물론 선문(禪門)의 하열한 근기로서는 절대 알 수 없고, 다만 선문의 상근대지(上根大智)에 해당하는 돈법으로 반드시 활구(活句)를 참구하여 속히 보리를 증득할 것을 촉구하였다.[138] 무의자는 이러한 지눌의 선맥을 계승하여 더욱 간화선의 대중화

---

135) 公案[公府案牘]은 話頭·古則이라고도 한다. 古來 祖師들이 學人의 心地를 밝게 깨닫게 한 言句나 問答 등 佛祖가 機緣에 相契하여 宗綱을 開示한 인연을 수록한 것으로, 中國 唐代에 제창되어 宋代에 성했다고 한다. 후세에 禪門에서 수양하는 學人들이 공부하는 규범을 삼아 관공서의 법률안과 같은 범치 못할 권위를 갖게 되면서 세속에 비유하여 공안이라 한 것이다. 拈은 古則을 들어서 평한다[拈評]는 뜻으로, 禪門에서 說法 중에 古則을 擧示하여 學人의 心地를 계발하였다. 頌은 古則에 담긴 敎法의 이치를 게송으로 읊어 宗旨를 밝힌 것이다.

136) 鄭性本(1999), 467~468면 참조.

137) 知訥, 『看話決疑論』, 733~734면 참조.

138) 知訥, 위의 책, 735면, 禪宗過量之機 話頭參詳 <中略> 忽然噴之一發則

를 위해 노력하였다.

무의자는 앞서 살펴본 것처럼 화두참구를 무심합도에 이르는 첩경으로서 중시하였으며, 특히 망상을 여의고 돈오견성하는 수행방편으로 중시하였다. 이러한 그의 견해는, 그가 <시중(示衆)>에서 정견 도인(正見道人)에게 "망상을 여의고자 하면 간화만한 것이 없다."[139]고 한 글을 통해 확인할 수 있다. 즉 그는 화두참구를 통해 그 순간 망상을 여의고 곧바로 무심의 경계에 도달할 수 있다고 본 것이다. 그리고 무의자가 대중에게 시법하면서 화두참구를 현시한 사실을 통해 당시 일반 대중들의 선에 대한 관심과 근기가 성숙되었음을 알 수 있으며, 그가 이러한 시절 인연(時節因緣)을 따라 선사 지눌이 간화선을 상근대지의 돈오법으로 주장한 것에서 한 걸음 나아가 간화선을 대중적인 선법으로 적극 활용하였음을 알 수 있다. 실제 그의 어록에는 그가 대중을 교화하는데 있어 승속(僧俗)을 막론하고 수행자 자신의 근기에 맞는 화두참구를 적극적으로 권면하여 각로(覺路)로 나아갈 수 있도록 계도하는 선지식으로서의 모습이 생생하게 수록되어 있다.

특히 그는 간화선을 수행의 요체인 지관정혜(止觀定慧) 이외에 가장 빠른 지름길로 주장하였다.

> 수행의 요체는 지관(止觀)과 정혜(定慧)에서 벗어나지 않는다. 제법(諸法)이 공(空)함을 비추어 보는 것을 관(觀)이라 하고, 모든 분별을 쉬는 것을 지(止)라고 한다. 지(止)란 허망함을 깨달아 그치되 마음

法界洞明 自然圓融具德 737면, 伏望觀行出世之人 參詳禪門活句 速證 菩提 幸甚幸甚.

139) <示正見道人>, 『語錄』, 36면, 欲離妄想 莫如看話.

을 써서 억지로 끊는 데 있지 않으며, 관(觀)이란 허망함을 보고 깨닫되 마음을 억지로 써서 고찰하는 데 있지 않다. 경계를 대하여 마음을 움 직이지 않는 것이 정(定)이니 힘써 제어할 수 있는 것이 아니고, 견성 (見性)하여 미혹하지 않은 것이 혜(慧)이니 힘써 구할 수 있는 것이 아 니다. <중략> 비록 그러하나 스스로 공부의 득력(得力)과 부득력(不 得力)을 검토하여 한 소식 들으면[깨달으면] 이에 가할 뿐이다. 이 외 에 간화 일문이 있으니 가장 빠른 지름길이 되며, 지관과 정혜가 자연 히 그 가운데 있다. 그 법은 대혜(大慧)의 서답(書答) 중에 갖추어져 있으니 그것을 보라.[140]

지관(止觀)은 『능엄경(楞嚴經)』과 『원각경(圓覺經)』에 나오는 불 교의 중요한 선법인데, 특히 중국 천태(天台) 지의(智顗)가 심중(心中) 에 지관법문(止觀法門)을 행한 후 크게 발전시켰다. 지(止)는 망념을 지식(止息)하는 것이며 관(觀)은 허망함을 관조하여 진여에 계합하여 깨닫는 것이니, 즉 지는 선정의 승인(勝因)이며 관은 지혜의 유자(由 藉)라 할 수 있다. 이는 당시 우리나라 천태종에서 중시하던 수증법이었 다. 또한 정혜는 본래 불교의 삼학(三學) 중의 이법(二法)으로 전통적 인 불교의 수증관이다. 정은 어지러운 뜻을 거두는 것이고, 혜는 사물의 이치를 관조한다는 뜻이다. 우리나라에서는 특히 지눌이 정혜쌍수를 주 장하였다. 무의자는 정은 경계를 대하여 마음을 움직이지 않는 것이고, 혜는 견성하여 미혹하지 않은 것이라 규정하였다. 이러한 견해는 돈오돈

---

140) <孫侍郎求語>, 『語錄』, 40면, 修行之要 不出止觀定慧 照諸法空曰觀 息諸分別曰止 止者悟妄而止 不在用心抑絶 觀者見妄而悟 不在用心考 察 對境不動是定 非力制之 見性不迷是慧 非力求之 雖然自檢工夫 得 力不得力 消息知時乃可耳 此外有看話一門 最爲徑截止觀定慧 自然在 其中 其法具如大慧書答中 見之.(底本의 印字가 甲本에는 抑字로 되어 있 는데, 필자는 문맥상 갑본을 따랐다.)

수(頓悟頓修)의 명심견성(明心見性)을 주장한 육조 혜능의 정혜불이 관(定慧不二觀)[141]과 일맥 상통하는 것이다. 그런데 무의자는 한 소식 들으면 어떤 선법으로 수행을 하든 모두 가하지만, 특히 지관정혜가 모두 간화 일문에 있음을 천명하여, 화두참구가 깨달음에 이르는 지름길임을 적극적으로 주장하였다. 즉 그는 당시 선수행자들이 자신의 근기에 맞는 화두참구를 통해 곧바로 망념을 여의고 한 소식 들으면 바로 일체 법에 무박무애(無縛無碍)하여, 별도로 지관정혜(止觀定慧)의 수행이 필요치 않다고 이해하고, 특히 간화 일문(看話一門) 안에 지관정혜가 있다고 주장한 것이다.

이렇게 무의자가 간화경절 일문을 명심견성의 수행방편으로 강조한 내용을 살펴보면 다음과 같다.

① 슬프구나. 쓸데없이 묵묵함만 지키는 어리석은 선[守默痴禪]은 벽돌을 갈아서 거울을 만드는 것과 같고, 다만 글자만 찾으려는 미친 지혜는 바다 속에 들어가서 모래를 세는 것과 같다.[142]

② 가령 경론을 강설하고 선을 말하고 도를 말하여 곧바로 천화(天花)가 땅에 떨어지고 돌들이 머리를 끄덕인다 하더라도 또한 이것은 꿀을 맛보는 뜻일 뿐이고 자기 본분의 일과는 아무 상관도 없는 것이다. 내 게송을 들어 봐라 "의통선(義通禪)을 배우지 말라, 뜻으로 통하려고 하면 도안(道眼)이 아니네. 마치 수모아가 밥을 구함에, 새우의 눈을 빌리는 것[水母蝦眼][143]과 같네. 주먹을 투득(透得)하면, 비로소

---

141) 金泰完(2001), 180~185면 참조.
142) <上堂>, 『語錄』, 11면, 悲夫 空守默之癡禪 磨甎作鏡 但尋文之狂慧 入海筭沙.
143) 水母는 입과 눈이 없는 腔腸 동물을 가리킨다. 수모가 이목이 없어 사람을 피할 줄 모르기 때문에, 항상 사람을 보면 놀라는 새우에 의지하여 사람을 피했다고 한다.

참학(參學)의 눈을 갖출 것이네. 붉은 화로의 한 점 눈이고, 바로 총림의 점안이네.144)

③ 다만 화두를 들어 깨닫게 되면 홀연히 신심(身心)이 적멸하고 전후가 다 끊길 수 있으나 적멸한 곳에 머물러서는 안 되며 화두 보기를 그치지 않고 다만 이렇게 공부를 계속하여 문득 탁하고 터지는 것[頓悟]으로 법칙을 삼아야 한다.145)

①과 ②에서는 경론(經論)·논선(論禪)·논도(論道)·심문광혜(尋文狂慧) 등의 교법은 물론이고, 수묵치선(守默痴禪)과 의통선(義通禪) 등의 선법을 통해서는 깨달음에 이를 수 없다는 점을 지적하였고, ③에서는 화두참구가 돈오에 이르는 수행 방편임을 강조하였다. 즉 언어와 문자에 의한 교법은 물론, 침묵과 의로(義路)의 양변(兩邊)을 여의지 못한 사선(邪禪)으로는 돈오견성할 수 없음을 자세히 밝혔다. 이런 이유로 인해서 그는 돈오견성에 이르는 경절문(徑截門)으로 언어와 침묵을 여읜 격외의 화두참구를 일관되게 주장하였다.

나아가 그는 화두참구의 방법을 구체적으로 제시하여 간화 일문에 의한 실수(實修)를 역설(力說)하였다.

이로 인해서 水母目蝦를 특히 주견이 없는 사람에 비유한다.

144) <示中正上座>, 『語錄』, 30면, 假使講經論 說禪說道 直得天花落地 群石點頭 也是咬蚤之義 於自己本分事上 了沒交涉 聽吾偈曰 莫學義通禪 義通非道眼 猶如水母兒 求食借蝦眼 透得个拳頭 始具參學眼 紅爐一片雪 與叢林點眼.(底本의 毋字가 乙本에는 母字로 되어있는데, 毋는 母의 잘못이므로 을본을 따랐다.)

145) <示空藏道者>, 『語錄』, 31~32면, 但提撕擧覺看 忽得身心寂滅 前後際斷 不得住在寂滅處 看話不輟 只伊麼造工夫 以噴地一發爲則.

① 옛 가르침에 의거하여 깊이 상성(上聖)과 하범(下凡)이 동일한 참된 마음이고 동일한 바른 지위임을 믿은 연후에 저 화두를 보아라.146)

② 대혜 선사가 이르기를 "무릇 참선을 배우는 자는 다만 활구(活句)를 참구하고 사구(死句)를 참구하지 말라. 활구에서 완전히 깨달으면 영겁토록 잊지 않을 것이나, 사구(死句)로는 깨친다 하더라도 자기 한 몸도 구제하지 못할 것이다."라고 하였다.147)

먼저 ①에서는 화두참구의 전제로 상성[부처]과 하범[중생]이 동일한 진심(眞心)이며 동위(同位)임을 결정코 믿는 마음[決定信]을 일으킬 것을 강조하였다. 즉 수행자는 내가 본래 부처였음을 믿고 화두참구를 하면 의심으로 생기는 모든 망상을 버리고 곧바로 견성할 수 있기 때문이다. ②에서는 대혜 선사의 말을 인용하여 활구(活句) 참구를 강조하였다. 활구는 사구(死句)와 반대되는 말로 의로(義路)가 통하지 않고 의미를 알 수 없는 말이니, 곧 이러한 활구로 주체적인 의단(疑團)을 일으켜서 간절히 화두를 참구하여 마침내 의심을 타파하면 바로 일체의 분별망상을 여의고 돈오견성하게 되는 것이다. 즉 사구가 의로와 의미로 인해 생기는 문자상(文字相)으로 더욱 망상을 일으켜 입도에 큰 장애가 되는 반면에, 활구는 의로와 의미가 통하지 않기 때문에 쉽게 문자상을 벗어나 궁극에 화두와 내가 혼연일체가 되어, 이에 억지로 힘쓰지 않아도 자연스럽게 망념을 여의고 무심합도의 경지에 이를 수 있기 때문

---

146) <示善安道人>, 『語錄』, 35면, 依上古敎 深信上聖下凡同一眞心 同一正位然後 看个話頭.
147) <示居悅上人>, 『語錄』, 30면, 大慧禪師云 夫參學者 但參活句 莫參死句 活句下薦得 永劫不忘 死句下薦得 自救不了.

이다. 따라서 화두참구는 무심합도의 경지에 이르는 최고의 수행방편임을 알 수 있다.

이러한 간화선 일변도의 입장은 저술 활동을 통해 간화선 대중화의 실천으로 나타났다. 특히 간화선의 참고서인『선문염송』30권은 한국 불교가 간화선 중심의 전통을 형성하는 데 결정적인 역할을 하였고, 현재 한국 불교 강원의 대교과(大敎科)의 하나로 선문의 필독서이다. 또한 『구자무불성화간병론』은 지눌이『간화결의론』에서 대혜의 구자무불성화에 관한 팔종병(八種病)에 이종병(二種病)을 추가하여 십종병(十種病)으로 정리한 것을, 다시 무의자가 지눌의 십종병을 수용하여 간병(揀病)하는 방법을 독립적인 논의 형태로 남겨 화두참구에 대한 이론적 체계를 세운 것이다. 이후 이것은 간화선의 수행 지침서로 무자공안(無字公案)이 한국 불교 제일 공안(第一公案)이 되는 데 지대한 영향을 끼쳤다. 실제 무자 화두는 무의자 이후 고려 후기 태고 보우(太古普愚)·나옹 혜근(懶翁慧勤)·백운 경한(白雲景閑)과 조선 시대 청허 휴정(淸虛休靜)·벽송 지엄(碧松智儼)·부휴 선수(浮休善修)·백파 긍선(白坡亘璇) 등으로 계승되어 한국 불교 제일 공안으로 유행하게 되었다.[148]

이상으로 그가 망상을 여의고 곧바로 무심합도에 이르는 첩경으로 간화선을 강조하고, 화두참구의 오묘한 지취(旨趣)를 현시하여 화두참구가 선문에 돈오견성하는 지름길임을 일관되게 주장함을 볼 수 있다. 특히『선문염송』30권을 편찬하고『구자무불성화간병론』을 짓는 등 저술 활동을 통해 간화선의 본격적인 대중화에 힘썼으며, 그 결과 간화선의

---

148) 權奇悰(1981), 11~15면 참조.

선양을 통해 간화선 수행이 한국 조계종의 정통적인 수행방법이 되는 데 결정적인 계기를 마련해 주었다. 실제 그는 화두의 선지(禪旨)를 혹은 간명하게 직서하거나, 혹은 상징적으로 형상화하는 등 다양하게 시화하였는데, 그의 『보유』에 25수의 작품이 남아 있다.

　지금까지 무의자의 선사상을 살펴본 결과, 그가 선사 지눌의 종지(宗旨)를 계승하는 입장에서 특히 무심돈오법과 간화선 수행의 선법을 중시하여, 당시 선풍의 선양[149]에 힘써 선종의 입장을 더욱 뚜렷이 하였고, 이후 한국 불교의 성격을 선(禪) 중심으로 특징짓는 데 중요한 역할을 하였음을 알 수 있다.

4. 시에 대한 인식

　선시는 선이라는 사상과 시라는 문학의 만남으로 일반 시인들의 시와 크게 다른 점은, 창작 주체가 승려이든 일반 시인이든 상관없이 먼저 선정의 깊은 경계에 들어 무념무상(無念無想)의 불지견(佛知見)을 얻은 뒤 자신의 선적 깨달음[禪覺]을 바탕으로 '상구보리·하화중생'의 큰 뜻[大志]을 시로 형상화한다는 것이다. 그러나 선적 깨달음은 고도의 정신 수양을 요하기 때문에 그 작가층이 주로 선승(禪僧)일 수밖에 없

---

149) 고형곤은 "혜심[무의자]은 宗旨에 있어서는 지눌의 그것을 師資相見了也로서 계승하고 있으나, 學人接化의 宗風에 있어서는 靑出於藍이라고나 할까?"라고 하여, 무의자가 先師 지눌이 표명한 종지를 계승하는 입장에서 한 걸음 나아가 종풍을 선양하는 데 뛰어났음을 평하였다. 고형곤(1971), 381면 참조.

으며, 또한 선적 직관(直觀)의 세계를 시로 형상화하는 데는 상당한 문학적 수법이 요구되므로[150] 창작 실천을 위해서는 선승이라 하더라도 문학적 소양을 갖춘 시승(詩僧)이어야만 수준 높은 선시를 창작할 수 있다. 한편 교승(敎僧)의 경우는 문학적 시재(詩才)가 뛰어나다 하더라도 선오(禪悟)를 깊이 체득하지 못한 한계성으로 인해 고차원의 선시를 기대하기는 어려우며, 다만 교학(敎學)의 입장에서 이해한 선사상을 시로 표출하는 차원의 선시를 기대할 수 있다. 그 외에 일반 시인의 경우 시의 사상적 깊이를 더하기 위해 선사상을 함축하거나 또는 자신이 의도하지는 않았으나 작품 자체에 선취(禪趣)가 묻어나는 경우가 있다.[151]

이에 선시를 광의의 의미로 해석하여 선과 시의 관계를 대별해 보면, 주로 승려들이 선사상을 표현하기 위해서 시의 형식을 차용하는 경우와 그 외에 일반 시인들이 시의 사상성을 위해 선사상을 함축하거나 또는 의도하지는 않았지만 자연 시 속에 선취가 풍부한 경우[152]로 나누어 볼 수 있다.

그러나 일찍이 원호문(元好問)이 ＜贈崇山儁侍者學詩＞에서

---

150) 梁光錫(1993), 143면 참조.

151) 이것은 문학 작품을 작가로부터 독립해서 작품 자체의 내적 가치를 중시하는 新批評의 立場에서 문학 작품을 심미적 창조물로 고찰하여 작가가 의도하지 않았지만 선취가 묻어나기 때문에 禪詩라고 본 것이다. 그러나 문학 작품을 그 작가의 傳記나 歷史의 반영으로 보는 傳統批評의 立場에서 보면 작가가 선승이 아니라는 점과 작자 자신의 선적 깨달음을 詩化한 것이 아니라는 점에서 禪詩라고 볼 수 없는 것이다. 따라서 이 경우는 신비평의 입장에서 작품 그 자체를 禪詩로 평가한 것이다. 월프레느 L. 궤린 외 共著, 鄭在浣·金聖坤 共譯(1980), 16～23면 참조.

152) 後人들이 두보의 "水流心不競 雲在意俱遲"의 시구를 들어 見道語라 여기나, 실상은 두보가 見道한 사람은 아니고 다만 그의 시에 禪趣가 풍부한 것이라 한다. 黃永武(1980), 230면 참조.

"시는 선객(禪客)에게 있어 비단에 꽃을 더한 것이고, 선은 시가(詩家)에게 옥을 다듬는 칼이다."153)라고 한 것처럼, 선과 시의 상보적인 관계를 인정하면서도, 특히 선이 시에 새로운 영향을 주어 시의 면모를 보다 풍부하고 다채롭게 한 선의 작용이 높게 평가되어 온 것이 사실이다.

즉 선승들의 선시는 주로 선의 시에 대한 침투로,154) 자신의 선적(禪的) 오경(悟境)을 자연스럽게 한시로 읊어 내는 협의의 선시에 해당된다고 볼 수 있으며, 특히 선의 사상성과 시의 문학성을 함께 겸비한 시승의 경우는 궁극에 시와 선이 본질적으로 합일되는 시선일여(詩禪一如)의 경지를 보여주고 있다. 필자는 무의자가 일반 문인의 소양을 갖춘 선승으로서 자신의 선적 깨달음을 자연스럽게 시화(詩化)하여 선리나 선취가 풍부한 성공적인 선시를 시집으로 남겨 놓은 시승이란 점에 착안하여, 본고에서는 좁은 의미의 선시에 국한하여 논의를 진행하고자 한다.

무의자는 승려로서 시집을 후세에 남겨 놓을 만큼 창작 활동을 활발히 했던 것에 비해, 시에 대한 자신의 견해에 대해서 체계적인 글을 남겨 놓지 않았기 때문에 그의 시인식을 구체적으로 밝히는 작업은 많은 한계를 지니고 있다. 그러나 그의 선사상이 시에 영향을 주어 선시의 발

---

153) 袁行霈(1987), 107면 참조, 元好問說 : "詩爲禪客添花錦 禪是詩歌切玉刀".
154) 원행패는 시와 선의 소통은 겉으로는 雙方的인 것처럼 보이나 실은 시가 선에게 준 것은 하나의 형식에 불과할 뿐이며, 선이 시에게 준 것은 內省공부와 그 내성으로부터 우러난 理趣로서 즉 선의 시에 대한 침투가 주가 된다고 보았다. 특히 선의 시에 대한 침투를 크게 '以禪入詩'와 '以禪喩詩'의 두 가지 방향으로 고찰했다. 以禪入詩는 선의를 시 속에 끌어 들이는 것을 말하며, 以禪喩詩는 다시 以禪參詩, 以禪衡詩, 以禪論詩로 세분하여 논의를 전개하였다. 袁行霈(1987), 106~107면 참조

홍자로 평가받고 있는 점을 주목해 볼 때, 그의 선사상이 자연스럽게 선시의 문학 형성의 근원이 되어 본격적인 창작 활동이 이루어졌음은 물론이다. 즉 무의자의 선시는, 그의 독특한 선적 사유가 심미 의식, 창작 관념 등에 깊은 영향을 미쳐 새로운 시인식을 형성하고 이러한 바탕 위에서 창작된 것이라고 볼 수 있다. 이에 필자는 선시 형성의 배경 중의 하나로서 무의자 시문에 산견되는 내용들을 종합하여, 그의 시인식을 직관적 심미 의식, 무기교에의 관심, 담박무미의 숭상, 효용론적 인식 등으로 나누어 살펴보고자 한다.

1) 직관적(直觀的) 심미 의식

『열반무명론(涅槃無名論)』에 보면 "깊은 이치[玄道]는 오묘한 깨달음에 있고, 오묘한 깨달음은 곧 진(眞)에 있다."라는 구절이 나오는데, 여기에서 묘오(妙悟)란 불리(佛理)를 깨우치는 신비한 직관적 인식으로 특별히 영혜(穎慧)로운 깨달음을 가리킨다.[155] 그리고 묘오설(妙悟說)의 완성자라고 볼 수 있는 남송(南宋)의 엄우(嚴羽)는 『창랑시화(滄浪詩話)』 <시변(詩辯)>에서 "대저 선도(禪道)는 묘오(妙悟)에 있다고 하는데, 시도(詩道) 또한 묘오(妙悟)에 있다."고 하여, 특히 선도(禪道 : 玄道)를 파악하는 방식인 묘오를 전의(轉義)하여 순수한 심미 파악의 방식으로 주장하였다.[156]

무의자 또한 무심합도(無心合道)로 증득한 각성(覺性)[157]의 영묘

---

155) 이병한 편저(1993), 64면 참조, 玄道在於妙悟, 妙悟在於卽眞.

156) 成復旺 主編(1995), 235면 참조, 大抵禪道惟在妙悟 詩道亦在妙悟.

157) 覺性은 본래 누구나 具足하고 있는 佛性을 수행의 결과 깨달아 證得한다는 의

함[性靈]에 근본하여, 시에 있어서 본질적으로 주객을 초월한 절대 성령(性靈)의 경계에서 무념지(無念智)로써 사물의 실상을 비춰 보는 묘오(妙悟)라는 직관적 심미 의식을 중시하였다. 무념지란 본래 분별이 없는 청정자성(淸淨自性 : 覺性)에 근거하여 생긴 지혜를 의미하며, 널리 그 지혜의 빛이 밝게 빛난다는 의미에서 보광명지(普光明智)라고도 부른다. 선가에서는 특히 일체유심조(一切唯心造)를 주장하여 마음 밖에 따로 하나의 법도 없다고 보며, 나아가 모든 사람은 각자 자기의 심령(心靈)의 진원(眞源)에 보광명지가 구족되어 있고, 그 속에 삼라만상을 다 함유하고 있다고 본다. 따라서 삼라만상은 보광명지의 그림자에 불과한 것으로 생각하며, 이에 삼매(三昧) 속에서 불성의 무념지에 근거하여 모든 실상(實相)을 직관으로 관조하여야만 육근158)과 육경159)에 막힘이 없어 대경(對境)인 색(色)·성(聲)·향(香)·미(味)·촉(觸)·법(法)을 실상인 본래면목(本來面目)160) 그대로 파악할 수 있다고 본다.161) 실제 무의자는 육근을 달관(達觀)162)한 선사로

미에서 붙여진 이름이며, 淸淨自性·眞性·實性 등은 인연에 따라 異名이 생긴 것일 뿐 그 실상에는 차별이 없다.

158) 六根은 六識의 所衣가 되어 육식을 일으켜 對境을 인식하게 하는 근원으로, 眼根·耳根·鼻根·舌根·身根·意根의 六官을 가리킨다. 예를 들면 眼根은 眼識을 내어 色境을 인식하게 된다.

159) 六境은 六識으로 인식하는 對境이 되는 色境·聲境·香境·味境·觸境·法境을 가리킨다. 특히 이 육경이 六根을 통하여 淸淨心을 더럽히고 眞性을 덮어 미혹하게 하기 때문에 六塵이라고도 한다.

160) 本來面目은 天然 그대로 있고 조금도 人爲的 조작을 가하지 않은 姿態란 뜻이다.

161) 그러나 아직 깨닫지 못하고 미혹한 경우에는 본래 具有하고 있는 불성을 깨닫지 못하기 때문에, 그 결과 다만 六根으로 六境을 대하여 六識[心識]이 萬境을 따라 流轉하여 망념분별하는 生滅心을 여의지 못하고 육식에 의해 윤색된 육진의 虛相[幻影]을 삼라만상의 실상인 줄 인식할 뿐이다.

162) 무의자는 <上堂>에서 見聞覺知가 장애가 없고 聲香味觸이 항상 三昧의 경

서, 이러한 오묘한 깨달음을 통해 시적 대상의 실상을 직관하여 대상의
정신을 진실하게 그려낼 수 있어야 한다는 그의 직관적 심미 의식은 시
곳곳에 드러나 있다.

먼저 비 오는 밤에 시중(示衆)하기 위해 지은 시를 보면, 그가 묘오
를 통해 외경(外境)인 빗소리를 체미(體味)하는 직관적 심미 의식을 강
조함을 볼 수 있다.

無端漏洩天機　　　무단히 천기를 누설하는 듯,
滴滴聲聲可愛　　　방울방울 소리마다 정말 좋구나.
坐臥聞似不聞　　　坐臥에 들어도 듣지 않은 듯,
不與根塵作對[163]　根塵으로 상대하지는 말아라.

기구와 승구는 무단히 천기를 누설하는 듯, 빗방울 소리마다 정말 좋
다고 하여, 비 오는 밤에 체감(體感)한 직관적 감흥을 술회하였다. 이
때 빗방울 소리는 귀를 통해 외경의 소리를 받아들이는 감각적인 소리
가 아니고, 선적 직관으로 관조된 경지에서 듣는 자연 그대로의 소리로
바로 불법의 묘오를 의미한다. 특히 전구에서 그는 감각적 소리로 빠져
버릴 것을 염려하여 '좌와에 들어도 듣지 않은 것처럼'이라고 표현하여
시상을 전환시킴으로써 시적 긴장감을 통해 결구법의 묘를 살려 직관적
심미 의식을 잘 드러내고 있다. 따라서 결구에서 육근(六根)과 육진(六
塵)으로 상대하지는 말라고 하였으니, 즉 논리 사유를 뛰어넘어 묘오라

___

지에 있는, 六根을 達觀한 자신의 경지를 설법하였다. <上堂>, 『語錄』, 10면,
上堂 師云 見聞覺知無障碍 聲香味觸常三昧 要識無障碍常三昧麼 照世
無心燈 風吹光不掉 拈拄杖劃一劃.
163) <雨夜示衆>, 『語錄』, 18면.

는 형상사유(形象思惟)의 직접적인 감수를 구할 것을 당부하고 그 속에 선시 특유의 별취(別趣)를 고취시키고 있다. 즉 이 시는 비 오는 모습[景]을 보고 선적 시심(詩心)이 자연스럽게 일어남에 정경(情景)의 교융을 통해 시선일여의 경지를 형상화하였으며, 특히 자연스러운 표현 가운데 선취가 잘 나타나 있다.

또한 무의자는 시인으로서 자신의 의경(意境)을 형상화하는 것에서 한 걸음 나아가 궁극에 직관적 선적 사유를 통해 도달한 선적 경계를 최고의 예술 경계로 삼았는데, 아래 시에 잘 나타나 있다.

心柚綠蠟蠋無烟　　돋은 대는 푸른 밀랍초 심지에 연기 없는 듯,
葉展籃衫袖欲舞　　벌어진 잎은 남빛 적삼 소매가 춤추려는 듯.
此是詩人醉眼看　　이는 시인이 심취한 눈으로 본 것이니,
不如還我芭蕉樹[164]　나를 파초 나무로 되돌림만 못하여라.

1·2구에서는, 파초 중심대가 삐죽 돋아 나온 모양이 마치 푸른 밀랍초 심지에 연기 없는 것 같고, 파초의 벌어진 잎은 마치 남빛 적삼 소매가 막 춤을 추려고 하는 것 같다고 하여, 즉 파초를 보고 형성된 시인의 의경을 감각적 언어와 공교(工巧)한 대우(對偶)를 사용하여 멋스럽게 형상화하였다. 그러나 3구에서는, 다만 이것이 바로 시인이 파초에 심취하여 본 것임을 직서하고, 이어서 4구에서는 나를 파초 나무로 되돌림만 못하다고 하여 선의 세계로 회동시켰다. 즉 그는 시인의 심취한 눈

---

164) <芭蕉>, 『詩集』, 50면. 柚(유자나무 유)는 앞의 心(마음 심)으로 봐서 抽(뽑을 추)의 오자(誤字)이며, 蠋(애벌레 촉)은 뒤의 烟(연기 연)으로 봐서 燭(촛불 촉)의 오자이며, 籃(바구니 람)은 뒤의 衫(적삼 삼)으로 봐서 藍(남빛 람)의 오자이다.

으로 본 파초의 의경을 시[언어]로 형상화하는 것이 자신의 본래면목을
체오(體悟)한 선적 경계만 못하다고 봄으로써 선의 궁극적 가치를 더
높이 평가하였다. 특히 '환(還)'자는 무의자 자신의 일심(一心)을 파초
의 일경(一境)에 되돌림으로써[三昧에 빠져] 선적 직관으로 사물의 본
래면목을 체오한 결과, 주관적 정의와 객관적 물상이 완전히 융합된 물
아일체(物我一體)의 경지에 이름을 집약해 주는 시안(詩眼)이 된다.
이 시를 통해 그가 안식(眼識)에 의한 사변적인 인식 활동에 의하지 않
고 곧바로 직관적 선적 사유를 통해 심안(心眼)으로 외물의 실상(實相)
을 체오하여, 궁극에 물(物)과 아(我)의 본래면목을 회복한 선적 경계를
최고의 예술 경계로 삼았음을 알 수 있다.

실제 그는 같은 제목의 시에서 직관적 심미 의식을 바탕으로 창작한
작품을 남겨 놓고 있다.

<芭蕉>

先開後發亂交攢	먼저 피고 뒤에 피어 어지러이 한데 모여,
淡綠濃蒼匪一蒼	옅은 녹색 짙은 푸름 같은 푸름 아니라네.
帶露芳心淚華燭	이슬 머금은 방심에는 화촉 촛농 떨어질 듯,
戰風輕葉鬪靑鸞	흔들리는 살랑 잎 새 푸른 난새 싸우는 듯.
樵人覆麤是眞夢	나무꾼의 더러움을 가려 주니 참 꿈이요,
居士喩身非正觀	거사 몸에 비유하니 바로 본 것 아니라네.
爭似小庭煙雨裡	어찌 같겠는가? 작은 뜰 안개비 속에서,
蕭然靜坐冷相看	쓸쓸하게 정좌하고 냉정하게 바라보는 것과.
綠羅雨挾千絲骨	녹색 비단 같은 두 뺨 천 가닥의 실 같은 뼈,
碧玉中心一羽梁	푸르른 옥 같은 중심 하나의 깃 같은 기둥.
獵獵輕柔弄風日	경유하게 나부껴서 부는 바람 희롱할 땐,
求鳳翠鳳尾初張[165]	암컷 찾는 취봉 꼬리 처음 활짝 벌어진 듯.

파초는 『열반경(涅槃經)』에서 육신(肉身)을 마치 실질이 없는 파초와 같다고 한 데 의거하여 보통 인신(人身)의 허망함을 비유한다.[166] 그러나 무의자는 이러한 파초의 관념적 비유를 인습(因襲)하지 않고 고정된 관념을 타파하여 독자적인 깨달음의 선적 세계를 추구하는 선사답게 직관으로 관조한 파초의 본래면목을 형상화하고자 하였다. 먼저 1~6구까지는 파초가 어우러진 모습과 아름다운 외형미를 특히 화촉과 청난에 비유하여 읊고, 이어서 나무꾼이 파초로 사슴을 덮어 가린 것은 참 꿈이요, 유마 거사(維摩居士)가 견고함이 없는 파초를 몸의 덧없음에 비유한 것[167]은 정관(正觀 : 直觀)[168]이 아니라고 하였다. 7·8구에서는 어찌 작은 뜰 안개비 속에서 쓸쓸하게 정좌하고 냉정하게 바라보는 것만 같겠는가 하여, 즉 정관으로 냉정하게 진정으로 사물을 인식하는 직관적 심미 의식을 강조하고 있다. 이것은 사물의 안에 정신을 노닐게 하면, 사물과의 이해관계가 생겨 호오(好惡)의 감정이 발생하므로

---

165) 『詩集』, 52면. 樵人覆麤의 麤는 鹿字의 오자이다. 『列子』 <周穆王>편에 "鄭나라 사람 중에 들에서 땔나무를 하는 자가 있었는데 놀란 사슴과 마주치게 되자, 나무꾼이 사슴을 쳐서 죽여 버렸다. 나무꾼은 사람들이 볼까 두려워서 급히 물 없는 못에 사슴을 감추고 파초로 덮어 가린 뒤 매우 기뻐하였다. 조금 있다가 나무꾼은 사슴을 숨겨둔 곳을 잊어버리고는 마침내 꿈이라고 여겼다. 나무꾼이 길을 따라가며 그 일을 읊자, 곁에서 듣고 있던 사람이 그 말에 따라 사슴을 가져가 버렸다. 그는 집에 돌아 와서 아내에게 다음과 같이 말하였다. "지난번에 나무꾼이 꿈에 사슴을 얻고 그 곳을 알지 못했더니, 내가 이제 사슴을 얻었다. 저 나무꾼은 곧 참 꿈일 것이다."라고 한데서 나온 말로, 뒤에 得失이 無常함을 비유하는 말로 쓰였다. 雨는 胅字로 봐서 兩의 오자이다.

166) 陳允吉 지음·一指 옮김(1992), 50면 참조.

167) 李箕永 譯解(2002), 52면 참조. "是身은 如芭蕉라 中無有堅이요" 여기서 파초는 육신의 덧없음[空]을 나타낸 『維摩經』 <方便品>의 열가지 비유[十喩] 중의 하나이다.

168) 正觀은 邪觀의 상대되는 말로, 즉 觀想하려는 경계를 如實하게 直觀하는 것이다.

바른 지견(知見)을 얻어 사물의 실상을 있는 그대로 인식할 수 없기 때문이다. 이에 9·10구에서는 먼저 파초를 직관한 후 파초의 잎을 녹색 비단 같은 두 뺨과 천 가닥의 실 같은 뼈에 의인화하고, 파초의 중심대를 푸른 옥과 하나의 깃에 비유함으로써 파초의 생명적 의미를 구상화하였다. 끝으로 11·12구에서는 경유하게 나부껴서 부는 바람 희롱할 땐 암컷 찾는 취봉 꼬리 처음 활짝 벌어진 것과 같다고 하여, 사물의 완전한 실체를 바로 깨달아 그 내부의 생명적 의미를 찾은 개오(開悟)의 경지를 비유하였다. 이 시를 통해 무의자의 시가 추구하는 곳이 바로 본질적으로 사물의 지극히 참된 생명성을 직관적으로 탐구하여 그것을 형상을 통해 비유[象喩]하는 것으로서 창작의 중심을 삼는 것임을 알 수 있다.

다음은 직관적 심미 의식을 통해 언외(言外)의 묘취(妙趣)를 추구하는 시이다.

<小池>

無風湛不波	바람 없어 담담하게 물결 일지 않으니,
有像森於目	모든 현상 눈앞에 빽빽하구나.
何必待多言	하필이면 많은 말 필요하겠나,
相看意已足[169]	바라보면 뜻이 이미 족한 것을.

선시에서 보통 연못은 인간의 마음을 상징한다. 무의자는 기구에서 특히 자신의 마음이 평안(平安)하여 말이 필요 없는 입정(入定) 상태를 바람 한 점 없어 담담하게 물결이 일지 않는 수평불류(水平不流)의 상

---

169) 『詩集』, 56면.

태170)에 비유하였다. 이러한 입정 상태에서 자연을 직관하는 선적 사유
는 그대로 심미적 사유 방식과 근원적 합일을 이루어 자신의 오경[覺
境·眞境]을 형상화하였다. 따라서 승구에서 모든 현상이 눈앞에 빽빽
하다고 하여, 연못물에 삼라만상이 자연 그대로 비추듯 시인이 자연 현
상을 일정한 심리적 거리를 두고 실상 그대로 직관하는 심미 의식을 보
여주고 있다. 이에 전구에서 하필이면 많은 말이 필요하겠냐고 하여, 오
히려 언외의 지취(旨趣)를 가리켜 묘오의 별취가 있음을 드러내고 있
다. 끝으로 결구에서는 바라보면 뜻이 이미 족하다고 하였으니, 그가 이
미 언어도단(言語道斷) 심행처멸(心行處滅)의 묘오의 경지에 이르렀
음을 볼 수 있다.

이상에서 그는 직관적 사유를 통해 영통응물(靈通應物)171)함으로써
자연의 실상과 생명을 체미(體味)하여 그 진실을 표현하는 것을 최고의
아름다움으로 인식하였으니, 지극히 참된 것[至眞]이 지극히 아름답다
[至美]고 하는 참된 내용의 시를 추구하는 작가 의식을 보여주고 있다
하겠다. 이러한 각성의 영묘함[性靈]에 기본한 직관적 심미 의식은, 일

---

170) 무의자는 河東 鄭參政이 당에 오르기를 청함에 이르기를 "사람이 평온하면 말을
　　하지 않고 물이 평평하면 흐르지 않는다.[人平不語 水平不流]"라고 하여, 사람이
　　無念無想의 禪定에 들어 마음이 安穩한 平靜을 얻으면 말이 따로 필요 없는 경
　　지에 도달하게 되는데, 그것은 마치 물[水心 : 人心]이 바람이 불어 물결[번뇌망상]
　　이 일지 않으면 흐르지 않는 것과 같다고 설법하였다. <上堂>, 『語錄』, 1면.
171) 무의자가 당에 올라서 "지극한 이치는 말로 할 수가 없으며 풀 수도 없고 묶을 수
　　도 없다. 靈通應物하여 항상 눈앞에 있는 것이다.[至理亡言 非解非纏 靈通應
　　物 常在目前]"라고 했다. 즉 明心見性하여 妄心이 다 除滅되고 나면 覺性[佛
　　性]의 靈妙함이 통하여, 마치 거울에 사물이 비치면 그대로 비추어 아는 것처럼 外
　　物의 실상 그대로를 직관으로 관조하여 알게 된다. 따라서 항상 목전에 있는 것처럼
　　환히 알 수 있다고 하였다. <上堂>, 『語錄』, 7면.

반 시인들이 외물(外物)에 감동하여 자신의 성정(性情)을 읊어 내는 시 인식과 비교해 볼 때 시가 본래 심성(心性)의 유출(流出)이라는 측면에서 보면 근본적으로 일치하나, 특히 주객을 초월한 절대 성령에 근거하여 묘오라는 직관적 심미 파악 방식을 중시하여 관조된 자연의 생명과 정신을 담아내고자 한 점은 전대 한국시사에서 볼 수 없었던 독창적이고 참신한 것이라 생각된다. 이러한 심미 의식은 본격적인 선시인(禪詩人)인 그에게서 찾아 볼 수 있는 무의자만의 특징이다. 또한 이를 통해 그가 본질적으로 추구하는 것이 바로 선적 직관에 의해 체오한 성령의 경계[禪的 悟境]를 시화(詩化)하고자 하였던 것임을 알 수 있다.

2) 무기교(無機巧)에의 관심

그는 직관적 심미 의식을 통해 체오한 사물의 내재된 실상을 시선일여의 경지로 형상화하는 것을 창작의 중심으로 삼아, 특히 창작에 있어서 천진(天眞)의 자연스러움을 강조하고 인위적인 기능을 경계하여, 문학 수련에 의한 까다로운 수식과 문학적 기교를 철저히 배제하는 무기교의 태도를 중시하였다. 이는, 그가 궁극적으로 시와 선의 근원적 합일을 통해 자신의 선적 오경을 억지로 꾸민 흔적 없이 자연스럽게 이뤄내고자 한 것이다.

그런데 이러한 창작 태도는, 그가 젊은 시절에 유학(儒學) 수업을 통해 문학 수련을 마치고 또한 내외의 경서에 정통하여 전고(典故)를 많이 알고 있었으며, 특히 태학생 시절에 지은 <野行>시172)에 문학적

---

172) 崔滋 著·朴性奎 譯(1984), 269면 참조, "바구니 옆에 끼고 뽕 따는 여인은 봄

기교가 돋보이는 것으로 보아, 출가 전의 창작 태도와 대비되는 면모라
할 수 있다.

아래 천진(天眞)을 강조한 글을 통해 인위적 조작을 뛰어넘어 참된
자연스러움을 지향하는 그의 태도를 엿볼 수 있다.

到處不安排	이르는 곳에 억지로 안배하지 말고,
隨緣無造作	인연을 따라서 조작하지도 말라.
若不任天眞	만약 천진에 맡기지 않는다면,
續鳧而截鶴	오리 다리 잇고 학의 다리 잘라야 하리.
世間出世間	세간과 출세간에는,
染淨及善惡	染淨과 善惡이 있는 것.
無取捨愛憎	애증을 取捨하지 않는다면,
自然不被縛173)	자연히 속박되지 않게 되리라.

그는 선악(善惡)과 애증(愛憎)을 여읜 청정자성에 근본하여 억지로
안배하거나 인연에 따라 조작하지 말고 다만 거짓이 없는 천진자연(天
眞自然) 그 자체에 내맡겨야, 비로소 경(景)을 만나면 손가는 대로 묘
취(妙趣)를 이뤄내서 절로 시선일여의 경지를 이룰 수 있다고 본 것이
다. 즉 천진무위(天眞無爲)에 맡겨 만물의 내적 정신과 교융하여 물아
(物我)가 일체(一體)한 경지에서 인연 따라 조작 없이[隨緣無造作]

빛을 담고, 삿갓 쓰고 도롱이 걸친 노인은 빗소리 머리에 이고 있네.[臂筐桑女盛春
色 頂笠簑翁戴雨聲]” 이 시는 엄격한 平仄을 준수한 근체시로, 들판을 지나가면
서 시인의 심상을 통해 보이는 봄날의 정경을 특히 ‘盛’과 ‘戴’라는 동적인 표현을
사용하여 생동감 있게 묘사하였고, 또한 臂筐과 頂笠, 桑女와 簑翁, 盛과 戴, 春
色과 雨聲 등 絶妙한 對句를 사용하여 짜임새 있는 구법을 사용하여 정교하게 형
상화한 작품이다. 최자는 이 시를 두고 氣와 語가 함께 살아 있다고 평하였다.
173) <答崔尙書瑀>, 『語錄』, 44면.

자연스럽게 사물의 실상 그대로의 진면목을 형상화할 수 있음을 강조한
것이다. 이러한 천진(天眞)한 자연스러움은 고도의 정신 수양과 문학
수련이 없이는 이뤄낼 수 없는 높은 예술 경계라 할 수 있다.

또한 그는 <誡技能>에서 철저하게 유심유위(有心有爲)의 기능
을 경계하였다.

大德無爲絶技能	大德이란 무위하여 절로 기능이 끊어지니,
不須工巧學多能	공교롭게 하고자 많은 기능 배울 필요 없네.
有能常被無能使	유능한 이 늘 무능한 이의 부림 받게 되니,
須信無能勝有能[174]	무능함이 유능함보다 나음을 믿어야 하리.

1·2구는 대덕(大德)이란 무위하여 기능이 절로 끊어져 버린다고
하여, 대덕과 기능의 모순 관계를 통해 공교롭게 하고자 하여 많은 기능
을 배우는 것은 필요 없는 일임을 드러냈다. 이에 3구는 유능한 이가 늘
무능한 이의 부림을 받게 되는 현실적 상황을 통해 오히려 기능을 배우
는 것을 경계하였다. 끝으로 4구에서는 그렇기 때문에 무능함이 유능함
보다 나음을 믿고 무심무위(無心無爲)한 도의 대덕(大德)에서 우러나
는 자연스러움이 무엇보다 중요함을 역설하였다. 이것은 노자가 "교묘
한 자는 졸렬한 자의 종이다(巧者 拙之奴)"라고 말한 것과 일맥 상통
하는 것으로, 이런 견해가 시를 지을 때도 철저하게 인위적인 기교를 배
척하게 한 것이다.

이상으로 그가 창작에 있어서 특히 인위적인 수식과 기교를 가하지
않고 다만 무심(無心)한 선적 경계에서 천진자성(天眞自性)에 맡겨

---

174) 『詩集』, 56면.

수시수처(隨時隨處)에 자연스럽게 무위이작(無爲而作)하여 부화(浮華)함을 버리고 진실한 시를 창작하는 것을 높은 표준으로 삼았음을 알 수 있다. 이러한 창작 태도는 당시 소동파(蘇東坡)를 천편일률적으로 모방하고 황정견의 영향으로 시작법(詩作法)에 있어 용사(用事)를 중시하던 시단의 상황을 고려해 볼 때 독창적이라고 할 수 있겠다.

3) 담박무미(淡泊無味)의 숭상

무의자는 창작에 있어서 인공적인 조탁을 배제한 무기교(無技巧)에 관심을 둔 것처럼, 비평에 있어서도 부화농염(浮華濃艶)한 풍격을 추구하지 않고 담박무미한 풍격을 최고로 삼았다.

> 밥상에 오른 골동갱(骨董羹)[175]을 먹는 것이 비록 입에는 맞지만 품격이 매우 낮다. 명수(明水)와 대갱(大羹)은 담박무미(淡泊無味)하여 신명(神明)에게 바칠 수 있다.[176]

그는 밥상에 오른 골동갱(骨董羹)이 비록 입에는 알맞지만 품격이 낮은 것에 비해, 제사상에 오른 명수(明水)[177]와 대갱(大羹)[178]은 그 맛이 담박무미하여 그 품격이 신명(神明)에게 바칠 만큼 높다고 보았다. 실제 오관(五官)으로 맛볼 수 있는 오미(五味)는 각각의 맛이 분명

---

175) 골동갱은 魚肉과 菜蔬 등을 섞어서 끓인 국을 말함.

176) <上堂>, 『語錄』, 4면, 是盤遊飯骨董羹 雖適於口 品格甚卑 明水大羹 淡乎無味 可以薦於神明.

177) 명수는 제사를 지낼 때 떠놓는 맑고 깨끗한 물을 말함.

178) 대갱은 五味를 가하지 않은 고깃국이란 뜻으로, 즉 五味로 調味를 하지 않아도 참된 맛이 우러나는 음식을 가리킴.

하여 무궁한 여운[遺味]이 부족하며, 또한 섞으면 잡미(雜味)가 생겨 순수하지 못하다. 반면 오미의 감관을 초월한 맛으로서의 무미(無味)는 명수(明水)와 대갱(大羹) 같아서 오관으로 맛볼 수는 없지만 신교(神交)로써 알 수 있는 묘미(妙味)가 있다. 따라서 명수와 대갱의 담박무미는 오관의 감관 밖에 초월하여 무심무념(無心無念)한 성령(性靈)의 경계에서 직관으로 체미할 수 있는 도의 지극한 순미(純味)를 말한 것이다. 이처럼 그가 담박무미한 품격을 추구한 것은, 평소 무심합도(無心合道)의 경지에서 성령의 감수를 순응하고 천진자연(天眞自然)을 체현하며 살았던 그의 소박하고 담박한 정신 경계에 기인한 것이라 생각된다.

일반적으로 시문의 풍격이 담박하다는 것은 농려화염(濃麗華艶)에 상대하여 평화청담(平和淸淡)한 것을 지칭하며, 이러한 풍격은 특히 소박한 자연미를 중시하여 조구상(造句上)에 있어 다른 사람을 경동(警動)하게 하는 말을 억지로 짓지 않고, 그 결과 부화농염(浮華濃艶)한 외적 형식미보다 무욕무사(無慾無私)한 정신미를 추구하여 자연스럽게 고차원의 순수한 의경을 추구하게 된다.

이러한 견해는 일찍이 노자(老子)가 "음악과 떡은 길 가는 나그네를 멈추게 하지만, 도가 입에서 나오면 그저 담박하여 맛이 없으며, 이를 보아도 볼만한 것이 없고 들어도 들을 만한 것이 없다."[179]라고 하여, 즉 무위자연(無爲自然)의 형이상학적인 도는 담박무미하여 무색(無色)·무취(無臭)하기 때문에 형이하학적인 이목(耳目)의 감관(感官)

---

179) 감산대사 저·송찬우 옮김(1995), 126면, 樂與餌 過客止 道之出口 淡乎其
    無味 視之不足見 聽之不足聞.

으로 보거나 들을 수 없다고 주장하여 가장 이상적인 심미 표준으로 담박무미를 제시했던 것과 일맥 상통하는 것으로 생각된다.

또한 그는 평소 무심무사(無心無事)한 가운데 속진(俗塵)을 초월한 청정무욕(淸淨無慾)한 탈속의 선적 세계에서 느끼는 진리의 경계를 깨끗한 가을날 조계수미(曹溪水味)의 청정(淸淨)한 경계에 우의(寓意)하여 담박한 풍격으로 읊어 냈다.

> 曹溪之水淡常秋　　조계의 물 맑기가 항상 가을물 같으니,
> 不許蒼龍乍入頭　　창룡이 잠깐 머리 들이밂도 허락하지 않네.
> 設使和雲出山去　　설사 구름과 어우러져 산을 나간다 하더라도,
> 難教淸潔混常流[180]　청결함으로 常流와 섞이게 하긴 어려우리라.

여기서 조계는 공간적으로는 당시 그가 머물렀던 조계산을 직접 가리키나, 조계산이 당시 선종의 중심 도량이었던 만큼 중의적으로 조계선(曹溪禪)을 의미하는 것으로 보인다. 위의 시에서 그는, 조계의 수미(水味)가 맑기가 항상 가을과 같아서 창룡(蒼龍)[181]처럼 상서로운 물건도 더할 것이 없고, 더구나 구름[번뇌]과 어우러져 속진(俗塵)에 나가도 그 조계수(曹溪水)의 청결(淸潔)함으로 인해서 세속의 범용(凡庸)한 무리[常流]에 물들지 않는다고 형상화하였다. 이처럼 선악(善惡)의 취사(取捨)를 일체 여읜 조계 선미(禪味)의 깨끗한 경계를 소박한 표현 속에 담담한 어조로 선리를 붙여 묘미(妙味)를 살린 작품을 통해, 그가 시의 내용과 형식의 조화를 통해 궁극에 시선일여의 경지를 형상화한

---

180) <小參>, 『語錄』, 21면.
181) 창룡(蒼龍)은 전설 중의 靑龍으로 상서로운 물건을 뜻한다.

담박한 시를 최고의 풍격으로 여겼음을 알 수 있다.

이상으로 그가 명수(明水)와 같이 깨끗하고 대갱(大羹)과 같이 오미를 가하지 않아도 참된 맛이 우러나는 담박무미한 시를 이상적으로 여겼음을 알 수 있다. 또한 그는 조계(曹溪) 선미(禪味)의 깨끗한 진리의 경계를 꾸밈없이 담박한 풍격으로 읊어 내어 시선일여의 경지를 보여주고 있다.

4) 효용론적(效用論的) 인식

상승(上乘)의 학문일수록 불완전한 언어로 진리의 실상을 온전히 표현할 수 없다는 언어의 한계성을 인정하고 철저한 자득자오(自得自悟)를 중시한다. 선종 또한 달마(達磨) 이후 "문자로 나타내지 못하므로 가르침[敎] 밖에 따로 전함이 있는 것이니 곧바로 인심을 가리켜서 본성을 보아 깨달음을 이룬다[不立文字 敎外別傳 直指人心 見性成佛]"라고 하는 말에 근거하여, 본질적으로는 언어상(言語相)이 적멸(寂滅)한 불법(佛法)을 언어로 표현할 수 없다는 절언지법(絶言之法)을 주장하고, 언어와 문자 이전에 명심견성(明心見性)하는 돈오만을 인정하는 언어의 무용론적 입장을 표방하였다. 그러나 다른 한편으로는 중생의 깨달음을 위해서 진실된 불법의 이치를 담은 언어의 효용적 가치를 크게 인정하여, 언어에 의거하여 언어를 떠난 진여의 세계[離言眞如]를 언전(言詮)으로 교설하였다. 즉 선종의 언어관은 본질적으로 언어의 무용론을 주장하는 한편, 방편적 차원에서 언어의 효용적 가치를 크게 인정하고 있다.

그리고 언어의 효용적 가치는 다만 언어에 의지하여 불조(佛祖)의 뜻을 얻어 입도(入道)하는 방편으로서만 인정하여, 망상분별이 붙은 일상 언어를 경계하고, 또한 언어문자상(言語文字相)에 집착하여 자신의 지견(知見)을 내어서 불조의 본의(本意)를 잃어버리는 과실(過失)을 철저히 경계한다. 특히 문자에 미혹되지 않아야 성인(聖人 : 佛陀)의 뜻을 체오할 수 있다고 주장하여, 언전(言詮)에 집착하여 도리어 진원(眞源)을 미혹하거나, 또는 문자를 애당초 버리고 그 근원을 찾아가는 흐름조차 미혹해서는 안 됨을 강조하였다.[182]

무의자는 이러한 선종의 언어관을 계승하고 있는데, 그의 <禪門拈頌集序>에 잘 나타나 있다.

> 살피건대 세존(世尊)과 가섭(迦葉)으로부터 대대로 이어받아 등불과 등불이 다함없이 번갈아 가며 비밀히 부촉(附囑)함으로써 바른 전함을 삼았다. 그 바로 전하는 데의 은밀한 부촉의 곳은 말뜻으로 드러나지 않음은 아니나, 말뜻이 족히 미치지 못하는 까닭으로 비록 가리켜 보임이 있으나 글자를 세우지 아니하괴[不立文字] 마음으로써 마음을 전할 뿐이었다. 호사자(好事者)들이 억지로 그 자취를 기억하고 책에 실어서 전해 이제에 이르렀으니, 즉 그 거친 자취야 진실로 족히 귀함이 아니나, 흐름을 더듬어 근원을 얻고 끝을 의지하여 근본을 앎에 해롭지는 않다. <중략> 그러므로 여러 곳의 존숙(尊宿)들이 글자를 벗어나지 않괴[不外文字] 자비를 아끼지 아니하여서 혹은 징(徵)하고 혹은 염(拈)하며 혹은 대(代)하고 혹은 별(別)하며 혹은 송(頌)하고 혹은 가(歌)하여 깊숙한 뜻을 드러내고 뒷사람에게 남겨줌으로써 무릇 바른 눈[正眼]을 열고 현기(玄機)를 갖추게 하여 삼계(三界)를 포함시키고 사생(四生)을 건져 주고자 하는 자라면, 이것을 버리고서 무슨 방

---

182) 涵虛堂 說誼, 『金剛經五家解』, 47면, 若着文字 見派迷源 若捨文字 望源迷派 源派俱不迷 方入法性海.

법이 있을까.[183)

즉 그는 세존(世尊)과 가섭(迦葉) 이래로 전등(傳燈 : 傳法)에 있어서 문자로 세울 수 없기 때문에[不立文字] 마음으로써 마음을 전할 수밖에 없던 근본적인 입장을 수용하는 한편, 호사자(好事者)들이 문자로 전하는 내용이 조박하나 그 흐름을 더듬어 근원을 얻는 데는 해롭지 않다고 하여, '현도지구(現道之具)'로서의 문자의 효용적 가치를 인정하였다. 특히 중생의 정안(正眼 : 慧眼)을 열어주는 교화적 방편으로서 문자를 벗어날 수 없는 불외문자(不外文字)의 입장을 역설하였다.

또한 그는 임의대로 정(情)에 통한 세간의 언어와 문자를 경계[184)하는 한편, 언어와 문자 중에도 여래(如來)의 진실된 말[185) 한 마디가 범부중생을 성인으로 바꾸어 놓을 수 있다는 언어·문자의 대중 교화적 가치를 크게 인정하였으며, 특히 진실된 말은 우리 선가(禪家)의 도(道)

---

183) 無衣子, <禪門拈頌集序>, 『禪門拈頌拈頌說話會本』, 1면. 詳夫自世尊
迦葉已來 代代相承 燈燈無盡 遞相密付 以爲正傳 其正傳密付之處 非
不該言義 言義不足以及故 雖有指陳 不立文字 以心傳心而已 好事者
强記其迹 載在方冊 傳之至今 則其麤迹 固不足貴也 然不妨尋流而得源
據末而知本 <中略> 是以諸方尊宿 不外文字 不恡慈悲 或徵或拈 或代
或別 或頌或歌 發揚奧旨 以貽後人 則凡欲開正眼具玄機 羅籠三界 提
拔四生者 捨此奚以哉.
184) 무의자는 <奉和地藏一僧統>시에서 "세간의 문자와 성명은 임의대로 정에 통
하거나 정에 속한 것이라. 앎이 끊어지고 견해 그치면 마음이 드러나고, 바람 고요하
고 물결 쉬면 바다는 맑고 평안하네.[世間文字與聲名 任是情通也屬情 解絶
見止心顯現 風靜波息海淸平]"라고 하였다. 『詩集』, 63면.
185) 『金剛經』 <第十四 離相寂滅分>에서 "須菩提야, 여래는 참다운 말을 하는
자며, 실다운 말을 하는 자며, 사실과 같이 말하는 자며, 거짓이 아닌 말을 하는 자
며, 다른 말을 하지 않는 자이다.[須菩提 如來 是眞語者 實語者 如語者 不誑
語者 不異語者]"라고 하여, 여래의 眞實語에 대한 내용이 자세히 보인다. 涵虛
堂 說誼, 『金剛經五家解』, 82면.

의 씨앗이 된다고 주장하였다.

> 여래(如來)가 출세하여 열반묘심(涅槃妙心)과 상락아정(常樂我
> 淨)을 가리켜 내었으니, 비유하면 또한 단약 한 개가 쇠에 붙으면 쇠가
> 금으로 변하는 것과 같아서 지극한 이치의 한마디 말이 범부중생을 변
> 화시켜 성인으로 만드는 것이다.186)

> 진실된 말은 사람과 하늘을 다 감동시킬 수 있으니, 참으로 오가(吾
> 家)의 도의 씨앗이 되는 것이다. 청컨대 노력해서 스스로 저버리지 말
> 고 마땅히 투철히 증득하는 것으로써 법칙을 삼아야 할 것이며 널리 대
> 중을 구제하는 것으로 기약해야 하느니라.187)

즉 그는 이치가 담긴 진실된 언어는 인천(人天)도 감동시키는 감화
력이 있기 때문에, 수행자들은 언어 속에 담긴 진실된 뜻을 알고, 먼저
개오기연(開悟機緣)으로 삼아 투철히 증득하여 자각(自覺)을 성취하
는 것으로써 법칙을 삼고, 나아가 대중을 구제하는 각타(覺他)를 실천
해야 한다고 강조하였다. 이는 그가 진실된 말이 바로 자각[自利]과 각
타[利他]의 이리문(二利門)의 입도방편(入道方便)이 됨을 인식한 것
이다. 실제 그는 강종에게 올린 <心要>에서 "산승[무의자]이 감히 혈
을 찾아서 침을 놓지는 못하더라도 그 병에 따라서 약을 처방한 것이니,
쇠를 단련하기 위해서 숫돌을 만들며 내를 건너기 위해서 배를 만드는
것과 같습니다."188)라고 하여, 무의자 자신이 친증(親證)한 심요(心要)

---

186) <小參>, 『語錄』, 19면, 如來出世 指出涅槃妙心常樂我淨 譬如還丹一
　　粒 點鐵成金 至理一言 轉凡成聖.
187) <示契渠上人>, 『語錄』, 36면, 誠言實語 可以感動於人天 眞吾家種草
　　也 請努力勿自負 當以徹證爲則 弘濟爲期.

를 밝힌 글이 강종의 무명(無明)의 병을 치료하는 약이 되어 강종을 피
안(彼岸)에 이르게 하는 배[舟]가 됨을 말한 바 있다. 이러한 입장은 부
처가 중생의 무명(無明)의 병을 고쳐주기 위해 팔만사천법문을 설한 것
과 제조(諸祖)가 중생의 근기에 맞는 선문답(禪問答)으로 명심견성(明
心見性)하게 한 입장을 따른 것이다.

또한 그는 현학적으로 그 뜻을 아는 데 그치거나 언전(言詮)에 빠짐
을 경계하고, 특히 진정한 언어의 가치란 말속의 함축된 뜻[旨趣]을 얻
어 스스로 안으로 성찰(省察)하여 자심(自心)을 깨닫는[心得] 데 있음
을 주장하였다.

> 만약 말을 잊고 뜻을 얻으며 뜻을 잊고 마음을 요달(了達)하여 때에
> 항상 어둡지 아니하고 여실(如實)히 닦을 수 있다면 백천삼매(百千三
> 昧)와 무량묘문(無量妙門)이 문득 현전(現前)할 것이다.[189]

> 혹 밝은 자는 그 뜻을 얻고 어두운 자는 언전(言詮)에 빠지니, 이것
> 을 일러 배우는 자가 비록 언전의 뜻을 얻었다 하더라도 돌이켜 자심
> (自心)을 깨닫지 못하면 일생(一生)을 허송세월(虛送歲月)하는 자가
> 많다고 하는 것이다.[190]

그리고 이처럼 언어에 대한 효용적 가치를 인정하는 측면은 문학에
대한 긍정적 인식 태도에서 그대로 드러나고 있다. 특히 중국 시승(詩

---

188) <上康宗大王心要>, 『語錄』, 24면, 山僧敢不得穴加針 應病進藥 鍊金
　　作礪 濟川作舟乎.
189) <答襄陽公>, 『語錄』, 41면, 若能忘言得意 忘意了心 時常不昧 如實而
　　修 則百千三昧 無量妙門 頓得現前.
190) <示寶城魏通判>, 『語錄』, 38면, 或曉而得其旨 或昧而溺於詮 謂之學
　　雖得詮下之旨 而不知返悟自心 虛送一生者 多矣.

僧) 가운데 한산(寒山)191)의 시가 평이(平易)하면서도 중생의 병[無明]을 고치는 약[菩提 : 지혜]으로써 선지(禪旨)가 풍부함을 인정하여 친히 대중교화의 방편으로 활용한 바 있다.

> 한산의 시를 읽어 보니 많이 약을 개발한 것이 있으나 다 갖추어 진술할 수가 없고, 다만 몇 수만을 기억하여 여러 사람에게 들어서 보이노라. 그[한산] 시는 다음과 같다. "어느 집이 길이 죽지 아니하는가? 죽는 일은 예부터 균일한 일이라. 비로소 팔 척(八尺)되는 사나이를 생각해 보니, 잠깐 사이 한 줌의 먼지로 변해 버리는 것을. 황천에는 새벽이 없건만 푸른 풀 봄 오는 걸 아네. 가고 이르는 곳 모두 마음이 상하는 곳, 솔바람이 시름으로 마음을 죽이는 듯하네." <중략> 또 이르기를 "매우 귀하도다. 천연물(天然物))이여, 하나뿐이고 짝이 없는 것. 그것을 다른 데서 찾아도 볼 수 없고, 출입에 문호가 없네. 찾으면 마음 속에 있고, 뻗으면 일체처(一切處)에 있네. 너희들이 만약 믿어 수용치 못하면 서로 만나도 만난 것이 아니니라."고 하였다. <중략> 무의자가 이르기를 한산은 무엇을 얻었느냐? 노파의 간절한 자비의 마음을 얻었느니라. 여러분들은 자세히 보아라. 글에 나타난 것이 알기 쉬워서 주해가 따로 필요하지 않으니라. 그러나 혹 무진등(無盡燈)이라고 이름하고, 혹은 심왕주(心王主)라고 이름하며, 혹은 불과(佛果)라고 이름하고, 혹은 천연물(天然物)이라고 이름하며, 혹은 정령물(精靈物)이라고 이름하여, 그 이름이 비록 허다하나, 실상에는 차별이 없는 것이다.192)

---

191) 한산은 唐나라 사람으로 寒山子 혹은 寒山이라고도 하며, 그의 生卒연대에 대해서는 인물의 실재를 시사하는 신빙성 있는 전기적 증거가 거의 없어 정확하게 考究할 수 없으나, 중당시기의 인물로 보는 것이 일반적이다. 그는 吟詩하고 唱偈하기를 좋아하여 시 삼백여 수를 남겼으며, 후인들이 『寒山子詩集』3권으로 편집하였는데, 본격적인 禪詩의 시초가 되고 있다. 또한 天臺三隱[豐干·拾得·寒山] 가운데 한 사람으로 중국 불교시사에 중요한 禪詩人이다. 그는 不僧不俗한 天眞漢으로 불려지며 六朝 간의 艶麗綺靡한 流弊를 벗어나고 오로지 心靈의 활동을 부르짖어, 그의 시는 선적인 경계를 직서한 것이 특징이라고 한다. 김달진 역주·최동호 해설(1996), 3면 참조, 楮柏思(1981), 232~233면 참조

　나아가 그는 언어와 문자 가운데 언전에 빠지기 쉬운 산문보다 함축적인 시의 효용적 가치를 중시하였다. 무의자의 『어록』을 보면, 그가 하화중생(下化衆生)을 위해 수기응설(隨機應說)한 심오한 선지(禪旨)를 논리적인 산문으로 설명하기보다 함축적인 시로 현시(顯示)하여 대중 스스로 오리견성(悟理見性)할 수 있도록 개오기연(開悟機緣)을 마련해 주고 있음을 도처에서 확인할 수 있다.

　이상으로 그는 선종의 언어관을 계승하는 입장에서 '현도지구(現道之具)'로서 언어와 문자의 가치를 인정하는 효용론적 인식을 지니고 있음을 알 수 있다. 특히 중생의 병[無明]을 고쳐 '명심견성(明心見性)'하게 한다는 교화적 측면에서, 선지(禪旨)가 풍부하면서도 주해(註解)가 필요 없는 평이한 시를 중시하였다. 이처럼 시교(詩敎)의 기능을 중시하는 효용론적 인식은 당시 유가의 문학관과 상통하는 것으로 보이나, 다만 근본 목적에 있어서 선가는 대중 각자의 깨달음을 위한 방편으로 선시를 적극 활용하여 명심견성하게 한다는 개인적 가치에 관심을 둔 반면, 유가는 도덕 정치를 이상으로 삼아 시교(詩敎)를 통해 백성의 성정을 순화 함양하고 특히 풍간(諷諫)·미자(美刺)를 통해 이풍역속(移風易俗)의 사회적 가치를 중시하였다.

　지금까지 살펴본 결과, 무의자의 시에 대한 인식은 절대 성령의 경계

---

192) <小參>, 『語錄』, 20면, 暫讀寒山詩 多所發藥 不可具陳 只記得數首 擧似諸人 其詩曰 誰家長不死 死事舊來均 始憶八尺漢 俄成一聚塵 黃泉無曉日 靑草有知春 行到傷心處 松風愁殺人 <中略> 又云可貴天然物 獨一無伴侶 覓他不可見 出入無門戶 促之在方寸 延之一切處 汝若不信受 相逢不相遇 <中略> 師云寒山得伊麼老婆心切 諸人各字細思看 文顯易知不須注解 然或名無盡燈 或名心王主 或名佛果 或名天然物 或名精靈物 名雖許多 實無差別.

에 근본하여 묘오라는 직관적 선적 사유를 통해 사물의 실상과 생명을 관조하여 형상화하는 직관적 심미 의식을 중시하였음을 알 수 있다. 이러한 시의식은 창작과 비평에도 많은 영향을 주었다. 창작에 있어서는 문학적 수식과 기교를 초연히 뛰어넘어 무심한 선적 경계에서 천진(天眞)에 맡겨 문득 경(景)을 만나면 자연스럽게 묘취를 이뤄내는 무기교에 관심을 두었다. 비평에 있어서는 부화농염(浮華濃艶)한 외적 형식미보다 대갱(大羹)과 명수(明水)와 같은 담박무미(淡泊無味)한 정신미를 높은 예술 경계로 삼았다. 또 다른 측면으로 현도지구(現道之具)로서의 언어·문자의 효용적 가치를 인정하여, 특히 명심견성(明心見性)의 시교(詩敎)를 위해서 주해가 필요 없는 평이하면서 선지가 풍부한 시를 중시하는 효용론적 시인식을 지녔음을 볼 수 있다. 이러한 주체적인 시인식은, 그가 자신의 문학적 소양과 선적 자각(自覺)을 바탕으로 문학의 가치를 인정하는 입장에서, 궁극에 시문학과 선사상이 차별 없는 근원적 합일을 통해 시선일여의 경계를 추구한 작가 의식의 소산이라 생각된다.

Ⅲ. 무의자 선시의 세계

1. 형식상의 특징

무의자의 시작품은 대부분이 그의 『시집』에 수록되어 있고, 그 외에
『어록』에 설법(說法)할 때에 남긴 게송과 시가 다수 전해 오고 있으며,
『보유』에는 『선문염송』에 실린 무의자의 작품이 전재(轉載)되어 있다.
그러나 최자의 『보한집』에 전하는 <野行>시와 <去國諫臣圖>시
가 『시집』에 전하지 않고, 또한 그의 시집에 <寓居轉物庵 5수>라
고 되어 있지만 다만 3수만 수록되어 있는 점 등을 종합해 볼 때, 그의
작품은 현전하는 것보다 훨씬 많았을 것으로 생각된다.

구체적으로 그의 작품을 살펴보면, 『시집』에는 고체(古體)와 근체
(近體)의 한시 외에도 게송(偈頌) 1수와 사(詞) 1수를 포함하여 250
수의 작품이 실려 있으며, 『어록』에는 한시 45수·게송 22수(한시체로
지은 게송 21수를 포함)가 전하고, 『보유』에는 시 2수·사 1수·『선
문염송』에서 전재한 염송(拈頌) 24제 25수가 전하여, 현전하는 작품은
총 345수이다.[193] 이에 필자는 현전하는 무의자 시 345수를 대상으로

---

193) 무의자 시는 詩題와 함께 詩首가 병기되어 있는 경우도 있으나 그렇지 않은 경우
　　도 있다. 또한 제시된 詩首와 수록된 詩首가 일치하지 않는 경우도 있다. 예를 들
　　면 별도로 詩首가 병기되어 있지 않은 <惜春>시는 오언절구와 칠언고시 2首로
　　되어 있고, <題金剛庵西臺>시도 1·2·4구에 平聲 支韻으로 압운한 칠언고
　　시와 2·4구에 刪韻으로 압운한 칠언절구 2首로 되어 있다. 또한 <寓居轉物庵
　　五首>라고 되어 있으나 실제 단지 3首만 실려 있고, <求法學瑞巖主人公話
　　作偈 七偈>라고 되어 있으나 6首만 실려 있다. 그 외에도 <雙峰大老見贈>
　　과 <楓岳逈禪師見予開堂錄 以詩賀之> 2수는 쌍봉 대로와 풍악 형 선사가

100 무의자의 선시 연구

형식상의 특성을, 특히 시형(詩型)과 시운(詩韻)을 중심으로 살펴보고
자 한다.

먼저 무의자의 시를 시형별로 나누어 비교해 보면 아래 <표~1>[194]과
같다.

〈표~1〉

| | 古 體 詩 | | | | 近 體 詩 | | | | | | | 俳 體 詩 | | 詞 | 偈 | 其他 | 合計 |
| | 齊 言 | | | 雜 言 | 絶 句 | | | 律 詩 | | 排 律 | | 寶塔詩 | 回文詩 | | | | |
	四古	五古	七古	雜古(歌行)	五絶	七絶	六絶	五律	七律	五排	七排						
詩集	1	64	94	5	9	51	1	7	7	3	·	1	[5]	2	1	4	250
語錄	1 (1)	6 (8)	10 (3)	(3)	6 (2)	18 (4)	·	2 ·	·	·	·	·	·	·	(1)	2	45 (22)
補遺	·	(5)	(9)	1 (1)	·	1 (7)	·	·	·	·	·	·	·	1	·	(3)	3 (25)
	3	83	116	10	17	81	1	9	7	3	·	1	[5]	3	2	9	345
	212				118												

위의 표를 근거로 하여 무의자 시의 시형의 특징을 정리해 보면,

첫째, 시형에 따른 작품 수를 살펴보면, 칠언고시(七言古詩) 116
수·오언고시(五言古詩) 83수·칠언절구(七言絶句) 81수·오언절

무의자에게 보내준 시로, 실상은 무의자가 지은 작품이 아니다. 따라서 詩題와 병기
된 詩首만을 따져서는 확실한 무의자의 詩首를 알 수가 없는 실정이다. 이에 필자
가 『詩集』, 『語錄』, 『補遺』에 현재 전하는 무의자 시를 재조사한 것이다.
194) 회문시[5] : 회문시는 <四時有感回文>1題 4首(오언고시 4수)와 <宿八嶺寺東
齋 次李敬尙韻回文> 1題 1首(五言 律詩)가 있어, 모두 2題 5首이다. 5는 회문
시의 총 詩首를 표시한 것이며, [ ]는 回文詩의 詩首를 五言 古詩와 五言 律詩에
서 계산하였으므로 생략표시를 한 것이다. 또한 ( )는 偈頌·拈頌 가운데 漢詩體에
해당하는 詩首를 표시한 것이며, 기타는 6언 2구나 3구로 지은 것을 표시한 것이다.

구(五言絶句) 17수·오언율시(五言律詩) 9수·잡언고시(雜言古詩) 10수·칠언율시(七言律詩) 7수·사언고시(四言古詩) 3수·오언배율(五言排律) 3수 등을 창작하였다. 또한 배체시(俳體詩)[195]인 회문시(回文詩) 5수[196]와 보탑시(寶塔詩) 1수[197], 작례(作例)가 희소한 육언절구(六言絶句) 1수[198]를 남겨 놓고 있는 점과 어부사(漁父詞)·갱루자(更淚子) 등의 선구적인 사작품(詞作品)[199]을 남겼다. 이를 통해 그가 다양한 시형[200]에 능숙했으며, 특히 사(詞)의 율조(律調)에 밝았다는 것을 알 수 있다. 이처럼 일반 문인에 비해 많지 않은

---

195) 俳體詩는 일종의 諧謔詩이자 遊戲詩인데 ①回文詩 ②打油詩 ③竹枝詞, 柳枝詞, 棹歌 ④寶塔詩 ⑤轆轤詩 ⑥十七字詩 ⑦禽語詩 ⑧玉連環 등이 있다. 金相洪(1997), 59면 참조.

196) 回文詩는 순서대로 읽거나 거꾸로 읽어도 뜻이 통하고 韻이 맞게 지은 시로, 무의자는 <四時有感回文>시 4수와 <宿八嶺寺東齋次李敬尙韻回文>시 1수를 남겨 놓았다.

197) 보탑시는 마치 삼각형 모양으로 탑과 같은 형태가 되어 이름이 된 것으로, 무의자는 1字 2句로 시작하여 한 자씩 증가해 10字 2句까지 지은 <次錦城慶司祿從一至十韻>시 1수를 남겨 놓았다.

198) <盆池> 盆池陷在竹邊(平平仄仄仄平) 鏡匣常開目前(仄仄平平仄平) 倒卓千竿碧玉(仄仄平平仄仄) 圓涵萬里靑天(平平仄仄平平) 이 시의 韻脚은 邊, 前, 天으로 下平聲 제1 先韻으로 압운하였고, 平仄의 格律을 준수한 六言四句이다. 따라서 근체시의 격률성인 押韻律, 音數律, 音調律을 모두 준수한 六言絶句詩이다. 『詩集』, 51면.

199) 詞文學은 고려 문학이 宋문학의 영향을 받아 유행한 것이나, 詞의 曲調 즉 調譜를 이해하기가 어려워 詞의 律調에 밝은 李奎報·無衣子·李齊賢 등 몇몇 문인들에 의해서만 창작되었다. 무의자의 <更漏子>는 詞調名으로, 따로 시의 제목은 전하지 않는다. 무의자의 <更漏子>는 溫庭筠의 <更漏子>의 규격을 그대로 따라 字數律과 脚韻 등이 철저히 지켜지고 있는 전형적인 작품이다. 또한 <漁父詞>는 詞의 <憶王孫>의 7·7·7·3·7의 字數律과 每句 押韻의 격식을 그대로 지키고 있다. 李丙疇·李鍾燦외 4인 共著(1991), 161～165면 참조.

200) 이종찬은 『詩集』의 禪詩를 논하면서 무의자 詩體의 多樣性에 대하여 자세히 고찰하였다. 李鍾燦(2001), 189～196면 참조.

작품을 창작하면서 오히려 어느 일정한 시형에 얽매이지 않고 다양한 시형을 두루 사용하였다는 것은 선리의 핵심인 명심견성(明心見性)의 해탈 지향적인 성격으로 인해 형식에 있어서 어느 일정한 격식에 구애받지 않고 자유자재로 창작한 결과로 볼 수 있다.

둘째, 그는 다양한 시형을 두루 사용하면서도 특히 고체시(212수)가 근체시(118수)보다 배나 많으며, 그 중에 칠언고시는 약 3분의 1을 차지할 만큼 매우 많음을 볼 수 있다. 이렇게 고체시가 월등히 많은 이유는, 고체시가 근체시보다 정형성(定型性 : 格律性)이 약한 편이고, 그 중에 특히 칠언고시는 구수(句數)·압운(押韻)·평측(平仄) 등 운율상의 어떤 구속도 받지 않는 시형으로 가장 창달(暢達)하고 순구(順口)한 표현 감각을 갖춘 낭송성(朗誦性)이 높은 시형[201]이므로, 그가 출가 후 무심(無心)한 선적 경계에서 일어나는 시심(詩心)을 인공적인 수식을 가하지 않고 수시수처(隨時隨處)에서 자연스럽게 읊어 내는데 가장 좋은 시형으로 선호한 결과라 볼 수 있겠다. 실제『보한집』에 남아 있는 20대에 지은 <野行>시[202]와 40대에 지은 <去國諫臣圖>시[203]를 비교해 볼 때, 전자가 평측(平仄)의 음조율(音調律)을 준수하고 있는 근체시(近體詩)인 것에 비해, 후자는 고체시(古體詩)에 가까움을 볼 수 있다. 최자에게 시적 재능을 인정받은 작품이 근체시인 것으로 보면, 특히 젊은 시절 근체시에 뛰어났음을 알 수 있는데, 실제 남아

---

201) 申用浩 編述(2001), 143면 참조.
202) <野行> 臂筐桑女盛春色(仄平平仄仄平仄) 頂笠簑翁載雨聲(仄仄平平仄仄平) 崔滋 著·朴性奎 譯(1984), 397면.
203) <去國諫臣圖> 壁上何人畵此圖(仄仄平平仄仄平) 諫臣去國事幾乎(仄平仄仄仄平平) 山僧一見尙惆愴(平平仄仄仄平仄) 何況當塗士大夫(平仄平平仄仄平) 崔滋 著·朴性奎 譯(1984), 405면.

있는 그의 작품은 고체시가 훨씬 많다. 이러한 사실은 그가 출가(出家) 후에 특히 고체시를 즐겨 사용하였음을 보여주는 좋은 예라 할 수 있다.

셋째, 불교 문학의 한 운문 양식인 게송204)은 『불광대사전(佛光大辭典)』에 의하면, 광의(廣義)와 협의(狹義)의 두 가지 뜻이 있다고 한다. 광의의 게(偈)는 십이부교(十二部敎)205) 가운데 gāthā[伽陀]와 geya[祇夜]를 모두 포괄하는 것으로, 즉 부처의 교의를 운문으로 요약한 게송체를 말한다. 그러나 가타(伽陀)는 고기게(孤起偈)를 의미하며, 기야(祇夜)는 중송게(重頌偈)를 의미하여, 그 함의에는 차이가 있다. 이 중에 특히 가타(伽陀)만을 가리켜 협의의 게라 하며, 음역하여 가타(伽陀·伽他)·게타(偈陀·偈他)라 하고, 의역하여 풍송(諷誦)·게송(偈頌)·조송(造頌)·고기송(孤起頌)·부중송게(不重頌偈)·송(頌)·가요(歌謠)·성가(聖歌)라고 한다. 그리고 게는 범문(梵文) 문헌 중에 특정 음절수(音節數)와 장단으로 조성된 운문을 가리키는 것으로 불교 삼장(三藏 : 經·律·論)에 모두 통용되어 게의 종류 또한 많은데, 특히 불전(佛典) 가운데 가장 상용되는 것은 양구(兩句) 팔음절(八音節)이다. 이 범문(梵文) 게송이 한역(漢譯)되면서 사자(四

---

204) 偈는 범어 伽陀[Gatha]의 약칭이며, 頌은 그 뜻을 한역한 것으로, 偈頌은 梵語와 漢語의 並稱이다. 게송은 보통 長行의 散文體로 된 경전의 1절 또는 총결한 끝에 長行에 없던 것을 偈文으로 읊는 孤起偈[孤起頌]가 있으며, 앞의 長行의 散文體 經文에서 설한 본문의 내용을 다시 거듭 偈文으로 맺는 重頌偈가 있다. 이를 엄격히 구분하면, 孤起偈는 十二部敎 가운데 伽陀에 해당하며, 重頌偈는 祇夜에 해당하나, 이 둘은 모두 偈頌體의 語句[偈語]이므로 일반적으로 게송을 말할 때는 이 둘을 모두 포함한다. 長行은 운문체의 게송에 대하여 주로 교리를 설명하는 산문체의 경문을 말한다.

205) 불교 경전의 문체·문장 및 기술의 형식과 내용 등을 12가지로 분류한 것이다. 즉 經, 孤起頌, 重頌, 無問自說, 未曾有法, 如是語, 因緣, 比喩, 本生, 授記, 論議, 方廣 등을 말한다.

字)와 오자(五字)가 각각 양구(兩句)·양행(兩行)을 이루어서 보통 사구(四句)가 일게(一偈)를 이루게 되는데, 이러한 운문적 성격 때문에 외형적으로 보면 한역 게송이 한시(漢詩)와 동일한 것 같으나, 엄밀히 말하면 한시의 운율(韻律)206)이 없다는 면에서 한시와 엄격히 구별이 된다고 하겠다. 다만 게송 중에 한시를 차용하여 한시의 운율을 따라 지은 작품, 즉 한시체로 지은 게송은 한시로 분류할 수 있을 것이다. 그런데 그가 무신란 이후 아직 성율(聲律)이 제대로 갖추어지지 않았던 시문학적 상황207)에서, 일반 문인도 아닌 시승(詩僧)으로 게송을 대부분 한시를 차용하여 지었고, 특히 성운(聲韻)의 규율인 압운(押韻), 평측(平仄), 대구(對句) 등을 엄격히 준수하는 근체시로 다수 지었다는 사실은 시문학 분야에서 높이 평가할 만하다. 중국의 경우 당(唐)에서 근체시가 성행될 때, 불전적인 게송이 근체시의 압운과 격조를 따르게 되면서 일반 시문학의 중심을 이루게 되었다208)는 사실을 놓고 비교해 볼 때 그 시사적 의의를 과소평가할 수 없다.

　다음으로 무의자의 시운(詩韻)의 특징을 살펴보고자 한다. 이에 그의 시를 고체시(古體詩)와 근체시(近體詩)의 압운에 따라 정리해 보면

---

206) 한시는 그 音律의 아름다움을 중히 여겨, 특히 일정한 형식과 규칙에 따라 짓게 되어 있다. 한시 운율의 삼요소를 音數律, 音調律, 押韻律이라 한다. 특히 근체시에는 음수율, 음조율, 압운율을 모두 엄격히 적용할 것을 요구하며 근체시와 고체시를 구분하는 핵심 기준은 음조율에 있다. 음수율은 각 구에 일정한 낱말 수를 갖추어야 한다는 것이며, 음조율은 聲調[平仄]의 대립과 조화를 통해 한시의 음악적 미감을 발현할 수 있도록 하는 것이고, 압운율은 정해진 구의 끝 글자는 같은 운에 따르는 글자를 넣어야 한다는 것이다. 申用浩 編述(2001), 42면 참조.
207) 詩의 聲律은 李齊賢에 와서 제대로 갖추어지기 시작하다가, 이후 中國 遊學派인 李穀, 三隱인 李穡·鄭夢周·李崇仁 등에 의해 완전히 갖추어지게 된다.
208) 인권환(1999), 56면에서 재인용.

아래 <표~2>와 같다.

<표~2>

| | 古 體 詩 | | | | 近 體 詩 | | | | | | |
| | 齊 言 | | | 雜 言 | 絶 句 | | | 律 詩 | | 排 詩 | |
	四古	五古	七古	雜古 (歌行)	五絶	七絶	六絶	五律	七律	五排	七排
平韻	3	35	60	1	14	74	1	8	7	3	·
仄韻	·	16	17	1	3	5	·	1	·	·	·
通韻	·	16	14	·	·	2	·	·	·	·	·
換韻	·	16	25	8	·	·	·	·	·	·	·
合計	3	83	116	10	17	81	1	9	7	3	·
總合	212				118						

위의 표를 통해 무의자 시의 압운의 특징을 살펴보면,

첫째, 고체시의 압운[209]은 일운도저(一韻到底)·통운(通韻)·환운(換韻)의 압운법을 자유롭게 사용하고 있다. 일운도저의 시는 평운고풍(平韻古風)이 측운고풍(仄韻古風)에 비해 훨씬 많은 것으로 나타나는 한편, 측운고풍(仄韻古風)이 측운(仄韻)에 속한 운자의 수가 비교적 적어서 압운하기가 어려운 것에 비해 다수의 작품을 남기고 있음을 볼 수 있다. 다음으로 통운(通韻)에 있어서는 평성통운(平聲通韻)뿐만 아니라 상거통압(上去通押)·입성통압(入聲通押)이 다양하게 이루어지고 있으며, 나아가 우연출운법(偶然出韻法)을 사용한 고시

---

209) 고체시의 압운은 근체시에 비하여 비교적 자유로운 편으로, 한 수의 시에 한 운만을 쓴 一韻到底나, 韻目表上 인접해 있고 음이 유사한 몇 개의 운을 혼용하여 압운한 통운이나, 중간에 운을 몇 차례 바꾸어 압운한 轉韻[換韻]하는 방법이 있다. 신용호 편술(2001), 34면 참조.

등을 통해 먼저 압운할 글자를 정해 놓고 고심해서 짓지 않고 임의대로 무위이작(無爲而作)하는 작시 태도의 일면을 엿볼 수가 있다. 우연출운법은 시 전편에 어느 하나의 운을 쓰면서 단 일개 운각(韻脚)만 출운(出韻)이 된 것을 말하며, 작가가 전혀 통운(通韻)할 뜻이 없었는데 고풍(古風)이기 때문에 이런 융통성이 허용된다고 생각해서 지은 것이다.210) 예를 들면, 무의자의 <爲鎭兵作偈告衆>시는 칠언고시로 시 전편에 거성(去聲)인 갈운(曷韻)을 쓰면서 힐운(黠韻) 한 개의 운각만이 출운(出韻)이 되며, <次韻答之>시는 오언고시로 전편에 평성(平聲)인 미운(微韻)을 쓰면서 지운(支韻) 한 개의 운각만이 출운인 것을 볼 수 있다. 끝으로 환운에 있어서는 의미 단락으로 환운하는 경우도 있지만, 뜻에 따라 평운과 측운을 자유롭게 교체하며 압운하여 무애(無碍)하게 변화를 주며 자신의 시의(詩意)를 남김없이 펼쳐 보인 수의환운(隨意換韻)한 시가 많음을 볼 수 있다. 특히 이러한 수의환운한 시는 일운도저가 평무일망(平蕪一望)한 시가 되기 쉬운데 반하여, 장단(長短)·질서(疾徐)·소밀(疏密)·다과(多寡)·경중(輕重) 등을 정감(情感)과 경물(景物)에 따라 자유롭게 변화시켜 창의력을 활발하게 현시(顯示)할 수 있게 되는211) 특징이 있다. 예를 들면, 무의자의 <小字金剛經贊>시는 사언고시(四言古詩)로 평성인 어운(魚韻)·거성인 개운(箇韻)·상성인 마운(馬韻)·상성인 가운(哿韻)·평성인 선운(先韻)·거성인 한운(翰韻) 등으로 불규칙적으로 수의환운하면서 『금강경』의 요점과 부처의 금강경 설법의 의미, 나아가 수도

---

210) 신용호 편술(2001), 37면 참조.
211) 신용호 편술(2001), 39면 참조.

자 경연(炅然)이 사경한 소자금강경(小字金剛經)을 칭찬하는 내용을 막힘없이 써 내려갔다. 따라서 그가 시운(詩韻)에 능통하여 자유자재하게 시를 지었던 시승이었다는 것을 알 수 있다.

둘째, 근체시의 압운을 보면 평운(平韻)으로 일운도저(一韻到底)한 시가 105수이며, 측운(仄韻)으로 압운한 시가 9수이다. 원래 근체시는 평운으로 일운도저하는 것을 원칙으로 한다. 그는 이러한 평운 일운도저법을 대체로 준수하면서도, 한편 근체시 압운법의 예외에 속하는 비안입군격(飛雁入群格)과 비안출군격(飛雁出群格)의 통운시(通韻詩)212)를 짓기도 하였다. 예를 들면, <無縫塔>은 7언 절구인데 기구는 산운(刪韻)이며 승구와 결구는 한운(寒韻)으로서, 즉 기구(起句)를 통운(通韻)으로 지은 비안입군격에 해당한다. <何必話>는 7언 절구인데 기구와 승구는 우운(尤韻)이며 결구는 우운(虞韻)으로서, 즉 결구(結句)를 통운(通韻)으로 지은 비안출군격에 해당한다. 또한 측운 근체시, 즉 고체시와 유사하며 근체시와 고체시의 교계처(交界處)에 위치한 시형으로 입율적(入律的) 고풍(古風)이라 불리기도 하는 시를 짓기도 하였다. 예로 <送六眉上人省親>213)·<示了嘿>214)·<送天台

---

212) 近體詩 押韻法의 例外로, 絶句에서 起句를 通韻으로 지은 것을 飛雁入群格이라 하고, 結句를 通韻으로 지은 것을 飛雁出群格이라 한다. 金相洪(1997), 103면 참조.
213) 上聲 麌韻으로 韻脚은 父·住이다. 七言絶句 仄起式이다.
　　行盡迢迢千里路(平仄平平平仄仄) 白雲兒就靑山父(仄平平仄平平仄)
　　同身共命不相知(平平仄仄仄平平) 雲自下來山自住(平仄仄平平仄仄)
　　<送六眉上人省親>, 『詩集』, 56면.
214) 入聲 職韻으로 韻脚은 嘿·得·息이다. 七言絶句 平起式이다.
　　心常了了口常嘿(平平仄仄仄平仄) 且作伴癡方始得(仄仄仄平仄仄仄)
　　師佁藏錐不露尖(平仄仄平仄仄平) 是名好手眞消息(仄平仄仄平平仄)
　　<示了嘿>, 『詩集』, 61면.

遍照先師應詔出山>[215] 등을 들 수 있다. 이러한 사실을 통해, 그가 한시의 운율을 엄격히 준수하는 근체시의 원칙을 대체적으로 따르면서도 때로는 시의를 위해 근체시의 격률의 속박에서 벗어나 비안입군격(飛雁入群格)과 비안출군격(飛雁出群格)과 같은 통운시나 측운 근체시인 입율적 고풍 등을 임의대로 융통성 있게 활용하고 있음을 볼 수 있다.

다음으로 그가 사용한 운목(韻目)을 정리하면 아래 <표~3>[216]과 같다.

〈표~3〉

韻目		東	冬	江	支	微	魚	虞	寒	刪	灰		眞	文	元
	平聲	東	冬	江	支	微	魚	虞	寒	刪	灰		眞	文	元
		13	4		18	3	2	4	5	9	12		20	2	3
	上聲	董	腫	講	紙	尾	語	虞	早	潸	賄		軫	吻	阮
					4		2	7		1					
	去聲	途	宋	絳	寘	未	御	遇	翰	諫	卦	隊	震	問	願
					1			2				1			1
	入聲	屋	沃	覺					曷				質		月
			1	1					1				2		1

韻目		先	蕭	豪	歌	麻	陽	康	靑	蒸	尤	侵	覃	鹽	咸
	平聲	先	蕭	豪	歌	麻	陽	康	靑	蒸	尤	侵	覃	鹽	咸
		24	1	1	3	1	14	26	1	3	15	13	2		1
	上聲	銑	篠	皓	哿	馬	養	梗	逈		有	寢	感	琰	豏
							1								
	去聲	霰	嘯	號	箇	禡	漾	敬	徑		宥	沁	勘	豔	陷
		2		1					1						
	入聲	屑					藥	陌	錫	職		緝	合	葉	洽
		5					1	2		2		1		1	1

---

215) 上聲 麌韻으로 韻脚은 虎·聚다. 七言絶句 仄起式이다.
　　三十餘句同去住(平仄平平平仄仄) 相隨一似風從虎(平平仄仄平平仄)
　　乘春別指帝鄉歸(仄平仄仄仄平平) 何日山中復相聚(平仄平平仄平仄)
　　<送天台遍照先師應詔出山>, 『詩集』, 52면.
216) 이 표는 『奎章全韻』을 바탕으로 무의자가 詩에서 사용한 韻目만을 조사한 것이다.

위의 표를 보면 무의자는 압운함에 있어 평성의 관운(寬韻)과 중운(中韻)을 주로 사용하면서도 측성의 착운(窄韻)과 험운(險韻) 등의 군색(窘塞)한 압운을 함께 사용하여 평운·측운의 그 어디에도 편파적으로 얽매이지 않고, 또한 관운(寬韻)·중운(中韻)·착운(窄韻)·험운(險韻)[217]을 다양하게 활용하여 운목활용의 난이도(難易度)도 무시하며 자유롭게 운자를 끌어다 쓰는 호방광달(豪放曠達)한 경향을 보여주고 있다.

이상으로 살펴본 결과, 그는 시형에 있어서 어느 일정한 형식에 얽매이지 않고 다양한 시형을 두루 사용하면서 특히 근체시보다 정형성(定型性)이 약한 고체시 중 낭송성(朗誦性)이 높은 칠언고시(七言古詩)를 즐겨 사용하며, 게송을 대부분 한시체로 지었음을 알 수 있다. 또한 시운에 있어서 고체시는 일운도저(一韻到底), 통운(通韻), 환운(換韻) 등 자유롭게 압운하고, 근체시도 대체적으로 근체시 압운법을 준수하면서 시의를 위해서는 격률에 구애받지 않고 운목을 선택하는 경향이 호방광달함을 볼 수 있다. 이러한 형식상의 특징은, 그가 원숙한 시재를 지닌 시승으로 임운자재(任運自在)하는 인품을 겸하여서 한시의 형식에 지나치게 구속받지 않고 자유자재로 창작한 결과라고 생각된다.

---

217) 各韻이 포괄하고 있는 字數는 서로 달라, 넓은[寬] 운은 매우 자유스럽지만 좁은[窄] 운은 군색함을 면치 못하게 한다. 시운을 넓고[寬]·좁은[窄] 정도에 따라 다음 네 가지 종류로 나누어 볼 수 있다. (平韻을 예로 들어 仄韻까지 포괄한다. 즉 平聲 支韻이 寬韻이면 上聲 紙韻과 去聲 寘韻도 寬韻에 속하게 된다.) 寬韻 : 支·先·陽·庚·尤·東·眞·虞 / 中韻 : 元·寒·魚·蕭·侵·冬·灰·齊·歌·麻·豪 / 窄韻 : 微·文·刪·靑·蒸·覃·鹽 險韻 : 江·佳·肴·咸, 洪瑀欽 編譯(1983), 38면 참조.

2. 내용상의 분류

선시는 불교시[218]의 한 영역[219]으로서, 선사가 명심견성(明心見性)한 자신의 선각(禪覺)을 바탕으로 '상구보리(上求菩提) · 하화중생(下化衆生)'의 대지(大志)를 읊은 시를 말한다. 특히 훌륭한 선시는 선적 깨달음을 성취하고 게다가 전인(前人)의 작시 규율을 깊이 체득하여 궁극에 선경(禪境)과 시경(詩境)이 융화된 경계에 이른 사람이라야 창작이 가능하다.

무의자는 출가 전에 유업(儒業)을 통해 일반 문인으로서의 소양을 갖추었고, 출가 후 고준(高峻)한 참선 수행으로 응신망형(凝神忘形)의 높은 선적 깨달음을 증득하였다. 그 결과 자신의 선적 경계를 예술 경계로 승화시킨 고차원의 선시를 성공적으로 이뤄냈다. 특히 그가 24세에 사마시(司馬試)에 합격하여 입신출세(立身出世)할 수 있는 사대부(士大夫)로서의 삶의 기회를 스스로 버리고, 26세에 불문(佛門)에 귀의하여 출가자로서의 '상구보리 · 하화중생'한 실천적 삶과 독자적으로 이룩한 선사상은 그의 시세계에 많은 영향을 끼쳤다.

실제 그의 『시집』과 『어록』 등에 남아 있는 작품 가운데 어렸을 때 지은 <孤憤歌>와 <代天地答> 2수를 뺀 나머지 작품은 모두 출

---

218) 저백사는 시는 言志이므로, 불교시는 승려의 大志인 '上求菩提 · 下化衆生'과 四弘誓願인 衆生無邊誓願度, 煩惱無盡誓願斷, 法門無量誓願學, 佛道無上誓願成의 大願을 말로 드러낸 것이라 하였다. 楮栢思(1981), 231면 참조.

219) 인권환은 불교 시문학을 禪詩, 讚詩, 偈頌, 歌頌, 일반 불교시 등으로 나누어, 특히 선시를 불교 시문학의 한 영역으로 보았다. 인권환(1999), 27면 참조.

가 후 선사(禪師)로서 선적 자각(自覺)을 토대로 한 '상구보리·하화
중생'의 삶을 폭넓게 형상화한 것이 대부분이다. 즉 그의 선시는 주로
상구보리[自覺]하는 과정에서 청정자성(淸淨自性)의 절대 성령(性
靈)의 경계를 수시로 자연스럽게 시화하거나, 또는 하화중생[覺他]을
실현하는 과정에서 대중의 오리견성(悟理見性)을 위하여 다양한 선지
(禪旨)를 시로 읊어 내는 범주를 크게 벗어나지 않으면서, 선적인 자각
을 바탕으로 승속과 교유하며 지은 시들이 보인다. 그 외에 그의 나이
54세에 몽고 침략이라는 시대적 상황에 직면하여 당시 선종을 이끈 대
선사로서 대중에게 우국애민(憂國愛民)의 충정(忠情)을 촉구한 시가
남아 있다.[220]

 이에 무의자 선시의 세계는 입정오도시(入定悟道詩), 대중교화시
(大衆敎化詩), 승속교유시(僧俗交遊詩)를 중심으로 검토하고자 한
다. 먼저 입정오도시에서는 상구보리의 측면에서 선적 자각을 통해 증득
한 오경(悟境)을 형상화한 작품을 살펴보고자 한다. 다음으로 대중교화
시(大衆敎化詩)에서는 하화중생의 측면에서 각타(覺他)를 위해 수기
응설(隨機應說)한 선지(禪旨)를 다양하게 형상화한 작품을 살펴보고
자 한다. 끝으로 승속교유시에서는 그가 승속불이(僧俗不二)의 입장에
서 자신의 선적 정서를 읊어 낸 시들을 살펴보고자 한다.

---

220) 여기에 해당하는 시는 내용상 무의자 자신의 禪的 思惟나 情緒가 직접 드러나지
　　 않고 있어 論外로 하였다.

1) 입정오도시(入定悟道詩)

깨달음이란 궁극의 경지에서 보면 동일한 것이나, 깨달음에 이르기까지의 실상을 추구해 보면 수행자 근기의 심천(深淺)에 따라 깨달음에 지속(遲速 : 漸頓)과 대소(大小)의 차이가 있다. 무의자는 상근대지(上根大智)로 무심합도의 돈오를 통해 대오(大悟)를 성취하여, 이미 행주좌와(行住坐臥) 일체가 다 선(禪)[221]으로 무위자재한 대선사였다. 그리하여 그는 자신이 명심견성(明心見性)한 성령(性靈)의 경계에서 자아와 우주의 본질인 진리(眞理)를 직관한 깨달음의 경계[悟境]를 읊어 내는 것을 창작의 중심으로 삼았다. 그의 시에 나타난 선적 오경(悟境)의 내용을 성령의 경계[222]에 따라 단계별로 살펴보면 크게 입정관조(入定觀照), 심경양망(心境兩忘), 무심자재(無心自在)의 경지로

---

221) 무의자가 헌양 객사에서 당에 올라 말하기를 "가면서도 선을 하고 앉아서도 선을 하니 <즉 행주좌와가 모두 선이니> 語默動靜 그 자체가 편안하다. 모든 사람들은 安然한 이 일체를 아는가?[巘陽客舍上堂云 行亦禪坐亦禪 語默動靜體 安然 諸人要識安然底一體麽]"라고 하였으니, 그가 이미 四威儀가 모두 자유자재한 大禪師였음을 볼 수 있다. <上堂>, 『語錄』 10면.

222) 禪家에서는 깨달음을 위한 心要에 있어 무엇보다 內省[內修]을 통한 自覺을 중시하며, 특히 먼저 內心을 비워[心空] 外境이 절로 비워지는 경계[境自空]를 최고의 경계로 삼는다. 『圓覺經』에서 "사랑을 버리고 喜捨를 즐기는 것 또한 사랑의 근본을 불어나게 하는 것이다.[棄愛樂捨 還滋愛本]"라고 하여, 愛慾을 버리려고 하는 것이 도리어 사랑의 근본이 된다고 하였다. 이와 같이 편벽되게 마음에 있는 경계를 버리려고 하면 도리어 그것에 집착하게 되어 더욱 버릴 수가 없고, 만약 그 愛慾 등의 경계를 없애고자 한다면 마땅히 그 愛慾의 마음을 잊어버리는 忘心[無心]의 방법이 최선이라는 것이다. 따라서 선가에서는 內心과 外境의 관계에 따라 覺者와 迷者의 차이가 생기고, 또한 깨달음의 크고 작음[大小]에 따라 性靈[心靈]의 深淺이 생기게 된다. 성령의 경계는 六識에 의한 사변적 인식 활동을 경험하지 않고 곧바로 三昧를 통해 마음으로 佛法의 理致를 깨달아 宇宙와 自我의 본질을 體悟하는 절대 진리의 경계, 즉 주객을 초월한 淸淨自性에 근본하고 있는 절대 心性의 경계를 말한다.

나누어 볼 수 있다. 따라서 필자는 입정오도시(入定悟道詩)를 구체적
으로 첫째 입정관조의 시, 둘째 심경양망의 시, 셋째 무심자재의 시로
세분하여 살펴보고자 한다.

(1) 입정관조(入定觀照)의 시

입정관조의 경지는 시각(始覺)의 단계로 선정(禪定)에 들어 생각이
안정되고 마음이 안온(安穩)해지면 내심(內心)이 경안(輕安)하여 각성
(覺性)의 진지(眞智)로 외물(外物)의 실상(實相)[223]을 직관적으로 관
조하는 개오(開悟)의 경지를 뜻한다.

먼저 시간에 따라 전향의 변화하는 모습을 통해 입정관조의 과정을
비유적 심상으로 형상화한 작품을 살펴보면 아래와 같다.

<篆香>

縷縷香烟上	줄줄이 향 연기 계속 타올라,
綿綿靜室中	끝없이 고요한 방안에 피네.
一鑽龜兆現	한번 뚫으면 점괘 나타나고,
九曲蟻絲通	아홉 구비에 개미 실 통하는 듯.
古鏡韜光黑	옛 거울 검은 빛은 숨겨지고,
寒灰發焰紅	찬 재에 붉은 불꽃 발하누나.
重重開錦縫	겹겹의 비단 휘장 열어 놓으니,
寶卽妙當風[224]	바람 맞이한 묘한 자세 보배롭네.

---

223) 實相은 있는 그대로의 모습이란 뜻으로, 虛相에 상대되는 말이다. 선가에서는 만
　유의 실상[본체]은 見聞覺知의 分別智로 思惟[妄念]하여 구할 수 있는 것이 아
　니며, 오직 淸淨自性[覺性]에 근거한 無念智로 直觀[直心正觀·正觀]하여
　趣證할 수 있다고 본다.
224) 『詩集』, 52면.

수련은 전자(篆字) 글씨처럼 구불구불 전향이 끝없이 타오르는 정실(靜室)의 고요한 분위기를 통해 입정(入定)의 자세를 묘사하였다. 특히 루루(縷縷)와 면면(綿綿)의 첩어를 대우(對偶)로 놓아 전향이 길게 타오르는 모습을 리듬감 있게 표현하여 선정에 몰입해 들어가는 정신 상태를 비유하였다. 함련은 입정(入定)하여 사리(事理)를 관조하는 선적 경지를 전고(典故)를 사용하여 함축적으로 표현하였다. 즉 3구에서는 옛날에 피흉취길(避凶趣吉)하기 위해 향을 사르고 점을 쳐서 한번 뚫으면 점괘가 나타나는 것에, 입정하여 사리를 관조하면 점괘가 나타나는 듯 환히 비추어 알게 되는 경지를 비유하였다. 그리고 4구에서는 아홉 구비에 개미 실이 통하는 것에 향이 끝없이 굽이굽이 길게 타오르는 모습을 비유하여, 선정에 깊이 몰입하여 사리에 막힘이 없는 관조의 경지를 형상화하였다. 경련은 옛 거울 검은 빛은 숨겨지고 찬 재에 붉은 불꽃 발한다고 하여, 관조를 통해 사리를 탐구하여 지혜를 얻게 되면 모든 번뇌망상[古鏡의 검은 빛]은 자연히 사라지고 칠정(七情)의 부침(浮沈)이 없는 냉정한 마음의 상태[찬 재]에서 영원한 무념지(無念智 : 불꽃)가 발하게 되는 선리를 특히 찬 재와 붉은 불꽃의 상징적 심상을 통해 형상화하였다. 끝으로 미련은 선정에 들어 모든 이욕(利慾)을 떨치고 묘오(妙悟)를 얻은 뒤 승속불이(僧俗不二)의 자세로 세상을 바라보는 초탈한 모습을, 마치 향이 다 탄 뒤 겹겹의 비단 휘장을 열고 바람[번뇌]을 맞이하는 묘한 자세에 비유하여 보배롭다고 하였다. 따라서 이 시는 깊이 선정에 몰입하여 선도(禪道)를 추구하는 그의 수도자(修道者)로서의 진면목이 잘 나타난 작품이라 하겠다.

특히 그는 입정관조의 경지를 맑은 연못으로 잘 형상화하였다.

<淸潭>
寒於味釋氷　　　녹은 얼음 맛보는 것보다 차고,
瑩若新磨鏡　　　맑기는 새로 닦은 거울 같아라.
只將一味淸　　　다만 一味의 맑음 가지고서도,
善應千差影225)　　수많은 그림자 잘 응하는구나.

　　1구는 맑은 연못의 물이 차기가 마치 녹은 얼음을 맛보는 것보다 차갑다고 하여 선정에 든 냉철하고 깨끗한 정신 상태를 상징적 심상으로 형상화하였다. 2구는 새로 닦은 거울의 맑음에 입정(入定)하여 얻은 직관적 깨달음의 청정한 지혜를 비유하였다. 3구와 4구는 다만 일미(一味)226)의 맑은 맛을 가지고서도 수많은 그림자 잘도 조응한다고 하여, 돈오(頓悟)로 인해 생긴 일미평등(一味平等)한 청정보리(淸淨菩提)로 세상의 천변만화(千變萬化)에 조응하는 직관적 관조의 묘용(妙用)을 형상화하였다. 즉 이 시는 그가 선적 사유를 통해 자증(自證)한 직관적 깨달음의 묘오(妙悟)와 묘용(妙用)을 평범한 자연 현상의 하나인 청담(淸潭)의 체용(體用)227)에 대비시켜 형이상학적으로 읊어 내어, 내면의 철리적 깊이가 두터운 작품이다. 이 시를 통해 깨달음의 혜안(慧眼)으로 자연 속의 사사물물(事事物物) 하나하나를 참신하게 바라보며 그 속에 내재된 선리를 직접 체오(體悟)하는 진정한 선사의 모습을 엿볼 수 있다.
　　다음은 한밤중에 입정관조(入定觀照)하는 모습을 정태적(靜態的)

---

225) 『詩集』, 55면.
226) 一味는 純一味의 뜻으로, 선에서는 특히 一味禪이라 하여 점진적인 선에 대해서 頓悟頓入한 선을 의미함.
227) 淸潭의 體用이란 맑은 연못의 바탕 자체가 밝은 성질[瑩]로서의 體와 그 밝은 성질로 인해 만물을 그대로 비추는 작용을 말함.

으로 묘사한 작품이다.

<隣月臺>
嚴巒屹屹知幾尋　　우뚝 솟은 바위들 몇 길인지 알겠냐마는,
上有高臺接天際　　위에 있는 높은 누대 하늘 끝에 맞닿을 듯,
斗酌星河煮夜茶　　北斗로 길은 은하수로 한밤에 차를 달이니,
茶煙冷鎖月中桂[228]　차 연기가 차갑게 달 속 계수 감싸도다.

인월대(隣月臺)란 제목에서 시사하듯 달과 이웃할 만큼 높은 곳에 위치하여 달을 보기 쉽고, 또한 주위가 공활해서 달이 뜨면 언제라도 먼저 인월대를 비춤을 알 수 있다. 1구는 우뚝 솟은 바위들 몇 길인지 알 수 없다고 하여, 입정(入定)한 후에 깨달음의 깊이가 무변무량(無邊無量)하여 얼마인지 알 수 없는 선경(禪境)을 비유하였다. 2구는 그러나 그 위에 있는 인월대는 하늘 끝에 맞닿을 듯 높다고 하여, 분명히 깨달음의 구경처(究竟處)가 있음을 확신하는 자신의 신념을 상징적으로 형상화하였다. 즉 무의자에게 인월대는 단순히 경치를 구경하고 쉬는 대(臺)로서의 의미보다 오도처(悟道處)로서의 의미를 지님을 알 수 있겠다. 이어서 3구는 한밤중에 입정하여 높은 선적 경지에 몰입한 고도의 정신 세계를 북두(北斗)로 은하수 물을 길어다 밤에 차를 달인다고 하여 상상적 심상으로 형상화함으로써 탈속한 분위기를 자연스럽게 연출하고 있다. 끝으로 4구는 선정 속에서 달과 같이 뚜렷이 지혜가 밝아 관조하는 상태를 차 연기가 차갑게도 달 속 계수 감싼다고 하여 높은 정신적 경계에 있음을 정태적으로 묘사하였다. 특히 3구와 4구는 입정관조

---

228) 『詩集』, 57면.

의 불가사의(不可思議)한 경계를 깨끗하면서 평이한 시어에 담아내고, 정신적으로 고도의 경지에 있음을 상상적 심상으로 잘 형상화하여 행간 사이에 자연스럽게 선취(禪趣)가 묻어난다.

　이상으로 살펴본 결과, 그가 먼저 입정하여 생각이 고요한 가운데 직관으로 요달한 성령의 참된 경계[眞境]를 곧바로 선리나 선지가 담긴 선어(禪語)를 설리적(說理的)으로 직서하여 생경하게 표현하지 않고, 주변 속의 평범한 사물과 자연 현상 등에 자신의 심오한 선적 경지를 고도의 비유적·상징적·상상적 심상 등의 수사를 활용하여 참신하게 형상화하여 행간(行間)과 자간(字間) 사이에 언외(言外)의 의미를 풍부하게 함축하고 있어서 시적 내면이 탄탄하다.

（2） 심경양망(心境兩忘)의 시

　심경양망의 경지는 입정관조의 경지에서 한 걸음 나아가 내심(內心)과 외경(外境)이 모두 허공처럼 텅 빈 극증(極證)의 경지로, 참선 수양을 통해 망념을 소진(消盡)한 진심(眞心)과 외경의 실상이 일여(一如)하여 주체의 성령 세계[眞心]와 객체의 현상 세계[法界]가 간격 없이 융합하여 능소(能所)[229]가 따로 없는 물아일체(物我一體)의 경지, 즉 인법(人法)[230]이 쌍망(雙忘)한 고차원의 경지[231]를 의미한다. 이 심경

---

229) 能과 所는 竝稱이다. 능은 能動으로서 동작의 주체를 말하며, 소는 所動으로 동작의 대상을 말하는 것으로, 즉 主客을 의미한다.
230) 人法은 人과 法을 병칭한 것으로, 人이 마음의 작용을 갖추고 있는 사람을 뜻하는 반면, 法은 넓은 의미에서 사람을 제외한 一切萬法을 뜻한다. 따라서 人法雙忘은 心境兩忘과 표현만 다르지 그 의미는 같은 것이다.
231) 涵虛堂 解, 『圓覺經』, 極證之境 人法雙忘 雙忘亦寂.

양망은 사람의 원적(圓寂)한 본심(本心 : 佛心)이 허공처럼 텅 비어 분별을 여읜 무념무상(無念無相)의 경계[232]에서 만법(萬法 : 對境)을 그대로 비출 뿐, 만법을 따라 유전하지 않는 경지를 말한다. 그러므로 심경(心境)이 마치 허공이 텅 비어 사심(私心) 없이 담연(湛然)하게 사물의 형상을 그대로 비추어서 간격 없이 일여(一如)가 되므로 자연스럽게 물아일체의 경지를 이루게 되는 것이다.[233]

아래 시는 비 온 뒤에 소나무 산을 보고 읊은 것이다.

<雨後松巒>

雨霽冷出浴	비 개니 차기가 목욕하고 나온 듯,
嵐凝翠欲滴	남기가 엉기니 푸르름이 방울질 듯.
熟瞪發情吟	오래도록 바라봄에 정감 일어 읊조리니,
渾身化寒碧[234]	온몸이 차고 푸르게 변한 듯하네.

1·2구는 빗기 머금은 소나무 산의 청신한 인상을 마치 목욕하고 나온 듯 차갑고 남기가 엉겨 그 푸름이 방울져 떨어질 듯하다고 하여, 비가 온 뒤 소나무 산의 모습[境]이 마음에 따라 변화된 경계[境從心變]를 촉각적 심상과 시각적 심상을 통해 참신하게 묘사하였다. 이어서 3구

---

232) 그는 <法語>에서 "참된 마음은 相이 없다[無相]. <中略> 湛然하고 圓寂하여 心境이 一如한 것이니, 만약 다만 이와 같을 수 있다면 곧 그 자리에서 갑작스럽게 깨칠 수 있을 것이다."라고 하여, 心境一如 즉 物我一致의 頓悟의 경지를 설법하였다.

233) 이러한 물아일체의 경지는 조선조 성리학자들이 성리학적 사유를 바탕으로 외물에서 理를 감지하여 그 理를 자신이 지니고 있는 理와 합일시켜 外物의 理와 內我의 理가 하나로 된 理智的 상태의 물아일체와는 그 의미상 현격한 차이가 있다. 李敏弘(2000), 119~121면 참조.

234) 『詩集』, 53면.

는 그러한 산을 오래도록 바라봄에 정감(情感)이 일어 읊조린다고 하여
마음이 경계에 따라 변하는 경계[心隨境轉]를 말하였다. 끝으로 4구는
온통 내 자신도 차고 푸르게 변한 듯하다고 하여, 심경양망하여 온몸을
통해 진실을 체득하게 되는 물아일체의 선적 경지를 '물화(物化)'로 형
상화하였다. 특히 이 시는 심경양망의 선리를 시절인연에 따른 자연 현
상 즉 비 온 뒤의 소나무 산의 청신한 모습으로 표상해 내어 절로 선취
가 풍부한 작품이라 할 수 있다.

다음은 심경양망의 돈오(頓悟)의 경지를 형상화한 작품이다.

<池上偶吟>
微風引松籟　　　미풍에 이끌린 소나무 소리,
蕭蕭淸且哀　　　쓸쓸히 맑고도 또한 슬프네.
皎月落心波　　　밝은 달 물결 속에 떨어지니,
澄澄淨無埃　　　맑고 깨끗해서 티끌이 없네.
見聞殊爽快　　　보고 들음 자못 상쾌하여서,
嘯咏獨徘徊　　　읊으며 나 홀로 배회하누나.
興盡却靜坐　　　흥이 다함에 문득 정좌하니,
心寒如死灰235)　　마음 차기가 식은 재와 같네.

이 시는 연못가에서 우연히 읊조린 작품이다. 1·2구는 연못가에서
감흥이 일어남에 홀연히 자신도 모르게 감정을 옮겨 물(物)에 들어간 상
태를 읊었다. 3구는 밝은 달[佛性]이 물결 속에 떨어졌다고 하여, 어느
새 시인의 청정한 도정(道情)의 내심(內心)과 외경(外境)이 양망(兩
忘)하여 명심견성한 돈오의 경지를 비유하였고, 이어서 4구는 깨달음의

---

235) 『詩集』, 52면.

실체인 달을 맑고 깨끗해서 티끌조차 없는 청정한 심경으로 형상화하였다. 특히 락(落)의 동적 이미지와 정(淨)의 정적 이미지의 대비적 조화를 통해 심경양망의 경계를 생생하게 묘사하였다. 다음으로 5·6구는 그러한 묘오(妙悟)의 순간에 느끼는 흥취로 인해 새삼 보고 듣는 모든 것이 자못 상쾌하고, 나아가 흥취에 취하여 그 선열(禪悅)을 만끽하고 홀로 시를 읊조리며 배회한다고 자신의 진심(眞心)을 꾸밈없이 내보였다. 끝으로 7, 8구에서는 흥이 다 함에 문득 정좌(靜坐)하니 마음이 차기가 마치 식은 재와 같다고 하여, 즉 묘오의 흥취도 거기에 집착하면 또한 번뇌가 됨을 알기에 그것에 집착하지 않고, 흥이 다함에 다시 정좌하니 자연히 마음이 차분해진 선적 경계를 읊고 있다.

그는 이러한 심경양망의 경지를 임성소요(任性逍遙)의 경지로 형상화하기도 하였다.

<遊山>

臨溪濯我足	시냇가에 임해서 내 발을 씻고,
看山淸我目	산을 보고 내 눈을 맑게 하네.
不夢閑榮辱	쓸데없이 영욕을 꿈꾸지 않으니,
此外更無求236)	이 밖에 다시 구할 것이 없네.

1·2구는 이미 내외(內外)의 심경(心境)을 모두 허공처럼 비워 방소(方所)에 따라 외물(外物)에 응하는 경지를 '아(我)'의 자증(自證)적 입장에서 시냇가에 임해서 내 발을 씻고 산을 보고 내 눈을 맑게 하는 임성소요(任性逍遙)의 경지로 형상화하였다. 따라서 3·4구에서는

---

236) 『詩集』, 55면.

마음이 도(道)의 경지 속에 충만한 결과 쓸데없이 세속의 영욕(榮辱)을 헛되이 꿈꾸지 않게 되니 이 밖에 다시 구할 것이 없다고 자족(自足)한 심회를 토로하였다. 그가 특히 1, 2구에서 '아족(我足)'·'아목(我目)'이라고 하여 '아(我)'를 직접 드러낸 것은 세속과의 모든 공리적 관계를 벗어나 탈속청정(脫俗淸淨)한 자연 속에서 자증자오(自證自悟)한 심경양망의 선심(禪心)을 자각적 입장에서 곧바로 꾸밈없이 읊었기 때문이다.

이와 같이 무의자는 심경(心境)이 양망하여 온몸을 통해 진리를 현현(顯現)하는 물아일체의 성령의 경계를 다만 시절인연을 따라 자연스럽게 읊었을 뿐, 시어의 내밀성을 의도하지 않았다. 그런데도 오히려 그의 심오한 선사상과 시적 재능의 조화를 통해서, 심경양망(心境兩忘)의 선리가 자연스럽게 시어에 녹아들어 절로 선미(禪味)를 느낄 수 있는 시를 성공적으로 이루어낸 것이다. 또한 내외의 심경을 다 잊어버린 청정(淸淨)한 내면 세계를 형상화한 시를 통해 순수한 의경을 추구하는 시인의 모습을 엿볼 수 있다.

(3) 무심자재(無心自在)의 시

무심자재의 경지는 특히 심경양망의 돈오(頓悟) 후에 선상(善相)과 악상(惡相)의 모든 외경(外境)에 무심하여 자재(自在)함을 얻은 경지를 말한다. 즉 무심[237]이 이치에 계합[無心合道]하여 수시수처(隨時

---

237) 無心은 마음에 心體가 없는 것을 말하는 것이 아니고 다만 心中에 한 물건도 없는 息妄의 상태, 즉 妄念을 여의어 一點의 思慮分別하는 생각이 머물러 있지 않은 無念無想의 경지를 말한다.

隨處)에 운수(雲水)처럼 임운자재(任運自在)[238]하여 무위무사(無爲無事)하고, 심광체반(心廣體胖)하여 순경(順境)에는 물론 역경(逆境)에도 마음에 동요가 없어 일념(一念) 일진(一塵)도 일어나지 않는 대오(大悟)의 경지를 말한다. 즉 내심[我]이 외경[物]을 대함에 무분별의 바른 지견[正知見]으로 관조하여 자연 능소(能所)의 분별이 없게 되며 원만대지(圓滿大智)가 구족하여 마치 마음이 티없는 명경(明鏡)이 사물을 비추는 것과 같아서, 이에 이르면 무심무위(無心無爲)하여 절로 심사(心事)가 모두 한가롭게 되며, 또한 임운자재(任運自在)하여 수연안분(隨緣安分)하는 지족(知足)의 즐거움이 있게 된다. 이에 무심자재의 대오의 경지는 무심무사(無心無事)의 한정(閒情)과 수연안분(隨緣安分)의 지족(知足)의 경지로 나누어 살펴보고자 한다.[239]

① 무심무사(無心無事)의 한정(閒情)

먼저 그가 평소 무심의 경지에서 절로 느낀 한정 속에 선미가 묻어나는 시를 들어 보면 아래와 같다.

---

238) 自在란 보통 自由自在한 것을 뜻하나, 禪家에서는 함허가 『원각경』 〈威德自在章〉에서 풀이한 것처럼, 悲와 慧가 서로 따르고 慈와 威가 함께 행해질 때에 얻게 되는 높은 경지로, 마음이 너그럽고 몸이 편안하며, 마음이 가볍고 自適하며, 유쾌하고 즐거워서, 위험에 임해서도 坦然히 근심이 없는 高次元의 境地를 일컫는 말이다. 涵虛堂 解, 『圓覺經』, 悲智相導 慈威竝行 然後得名爲自在者也 而云自在者 心廣體胖 輕安暢適 臨危處險 坦然無憂之謂也.

239) 無心無事의 閒情과 隨緣安分의 知足의 경계가 실제상에 있어 확연히 구분되는 것이 아니며, 단지 무의자의 시에 주로 나타난 내용을 중심으로 편의상 나누어 본 것이다.

<宿八嶺寺東齋 次李敬尙韻 回文>

境幽乘逸興	지경이 그윽해 逸興을 타고,
是處遍搜尋	이 곳을 두루 찾아 다니네.
靜院憐無事	고요한 禪院 일 없음 사랑스럽고,
高庵可豁心	높은 암자 마음 활짝 열 만하네.
逈雲磨絶壁	멀리 구름은 절벽에 닿았고,
啼鳥隱深林	우는 새 깊은 숲에 숨어 있네.
永味眞眞味	참되고도 참된 맛을 길이 맛보리니,
幸爲離緩簪240)	속세 떠나 편히 쉼이 다행이로다.

이 시는 팔령사 동재에서 하룻밤 묵으면서 지은 작품이다. 수련은 지경이 그윽한 팔령사 동재에서 자연스럽게 일어나는 일흥(逸興)을 타고 그 곳의 경관을 두루 찾아다니는 유취(幽趣)를 읊었다. 함련은 속세와 떨어진 고요한 절에서 무사무위(無事無爲)한 한정(閒情)을 사랑하고 높은 암자에서 깨달음을 향해 마음을 활짝 열고 있는 구도자(求道者)의 진면목을 형상화하였다. 경련은 무심합도하여 초범(超凡)한 깨달음을 얻은 자신을 무심히 절벽에 닿은 구름에 비유하고, 나아가 그 도를 세상에 드러내지 않고 깊은 곳에 유거(幽居)하여 홀로 선열(禪悅)을 만끽하며 사는 자신을 깊은 숲에서 우는 새에 비유하였다. 따라서 미련에서는 이러한 참된 맛[眞味]을 길이 맛보리라는 다짐과 속세를 떠나 마음 편히 쉼이 다행스러운 일이라고 내심을 표백해 내고 있다. 여기서 무의자가 추구하는 진미(眞味)란 바로 경정인한(境靜人閒)하여 속기(俗氣)가 없는 선적 세계에서 홀로 느끼는 무심무사(無心無事)한 선미(禪

---

240) 『詩集』, 56면, 簪帶는 관에 꽂는 비녀와 띠란 뜻으로 '벼슬아치'를 이른다. 緩帶는 허리띠를 느슨하게 한다는 뜻으로 '마음 편히 쉼'을 이르는 말이다. 여기서 緩帶라고 하지 않고 緩簪이라고 한 것은 韻字에 구애를 받아 帶字를 대신해 簪字를 쓴 것이다.

味)를 뜻함을 알 수 있다. 특히 이 시는 고박(古朴)한 어조로 유정(幽靜)한 의경을 형상화하여, 시사(詩思)가 진념(塵念)을 다 버린 탈속한 정(脫俗閒情)한 데에 이르렀다.

또한 그는 저물녘에 날이 개자 그 한가로운 순간에 느낀 무심무위(無心無爲)한 한정(閒情)을 청신(淸新)하게 시화하였다.

<晚晴>
點開山色看無厭　　점점 개는 산색은 마냥 봐도 싫지 않고,
洗出鶯聲聽更新　　씻은 듯한 꾀꼬리 소리 들을수록 더 새롭네.
多謝晚霖特一霽　　고마워라, 늦장마가 특별히 활짝 개어
着些滋味慰閑人241)　이런 滋味 접하게 해 閑人을 위로해 준 것.

1·2구는 날이 점점 개는 산색[시각적 심상]과 씻은 듯한 꾀꼬리 소리[청각적 심상]를 절묘하게 결합하여 비가 갠 저물녘의 산뜻한 인상을 정경(情景)의 일치를 통해 잘 형상화하였다. 또한 동적인 개자(開字)와 출자(出字)를 놓아 막 개기 시작하는 순간을 생동감 있고 선명하게 묘사하였다. 그러나 이것은 단순히 경치를 묘사하는데 그치지 않고, 도미(道味 : 禪味)로 산색과 꾀꼬리 소리를 내면화하여 자신의 무심무위(無心無爲)의 경지를 비유한 것이다. 따라서 3·4구에서는 그렇기 때문에 늦장마가 특별히 한번 활짝 개서 이런 자미(滋味 : 道味)를 접하게 해주니 한가로운 사람인 바로 자신을 위로해 준 것이 고맙다고 하였다. 여기서 늦장마는 오랜 수행공부 기간을 비유하고, 또한 늦장마가 특히 한번 활짝 갰다고 하는 것은 홀연 마음이 대오(大悟)한 돈오의 경지

---

241) 『詩集』, 57면.

를 비유한 것이다. 따라서 이러한 깨달음의 과정에서 느끼는 자미(滋味)가 한가로운 자신을 위로해 주는 것이라 술회하였는데, 그 속에는 깨달음의 경지에서 느끼는 도미(道味)를 계속 추구해 가리라는 의지를 은근히 담고 있다.

이러한 무심무사한 한경(閒境)을 특히 백운(白雲)의 상징적 심상으로 읊은 것이 돋보인다.

<和天居上人雨後看山>
雨後春山勢萬般　　비 온 뒤에 봄 산의 모습은 만 가지인데,
最憐蕞翠白雲閑　　푸른 숲 백운의 한가로움 가장 사랑스럽네.
白雲散處頭頭露　　흰 구름 흩어진 곳에 物마다 모습 드러내고,
望盡遠山山外山242)　　멀리 먼 산을 바라보니 산 밖에 또 산이로다.

기구와 승구는 비가 온 뒤에 봄 산의 모습이 평소와 달리 만 가지로 각양각색 새로운데 그 중에서도 푸른 숲에 백운의 한가로움을 가장 사랑한다고 하였다. 즉 여기서는 한가로이 떠다니는 백운의 양태에 무심무사(無心無事)한 가운데 한가로이 소요자재(逍遙自在)하는 자신의 모습을 상징적으로 읊어 내어 절로 묘미(妙味)가 있다. 이어서 전구는 흰 구름 흩어진 곳에 산마다 그 모습을 드러낸다고 하였다. 이 때 흰 구름은 승화된 번뇌를 상징하며, 그것이 흩어진 곳에 산마다 그 모습이 드러난다고 한 것은, 승화된 번뇌가 보리가 되는 그 순간 적조(寂照)의 경지

---

242) 『詩集』, 63면. <示中正上座>에 "與叢林點眼"이라 하고, <竹尊者>시에 "標致生蕞林"이라고 한 것을 볼 때, 당시 叢과 蕞가 모양이 비슷하여 서로 통용되었던 것으로 보인다. 이러한 용례를 근거로 하여 이 시의 蕞翠를 叢翠로 해석하였다. <示中正上座>, 『語錄』 30면.　<竹尊者>, 『詩集』 52면.

에서 물(物)마다 그 완전한 실체를 바로 알게 됨을 비유한 것이다. 끝으로 결구는 이러한 깨달음의 경지를 멀리 먼 산을 바라보는 것에 절묘하게 비유하고, 그러나 산 밖에 또 산이 있다고 하여 끝없는 깨달음을 따라 일어나는 방외(方外)의 맛을 '산외산(山外山)'이라는 언어 밖에 두어 끝없는 선미(禪味)를 남기고 있다. 따라서 이 시는 전혀 선(禪)을 이야기하지 않으면서도 비 온 뒤의 백운의 한가로움을 뛰어난 시적 형상력으로 시화하여 행간마다 자연스럽게 선미가 물씬 배어나는 작품이라 할 수 있다. 특히 이 시는 백운이란 평범한 제재를 사용하되 시어를 애써 다듬은 흔적 없이 무심무사(無心無事)한 경지를 최대한 온축하여 담박하게 읊어 내어 심원한 풍격을 이룬 수작(秀作)으로 무의자 선시의 한 특징을 보여준다 하겠다.

또한 그는 무심무사(無心無事)한 운수심(雲水心)으로 일생을 마치겠다는 결연한 의지를 담아냈다.

<寓居天冠山義相庵　見夢忍居士留題　次韻叙懷>
前略

竟日松風淸可耳	하루 종일 솔바람 맑아 들을 만하고,
有時山月好知音	때로 산의 달빛 날 알아주는 훌륭한 벗.
儂家幸自脫羈絆	나의 집은 다행히도 절로 굴레 벗어나서,
誓畢一生雲水心243)	맹세컨대 일생을 雲水心으로 마치리라.

이 시는 천관산 의상암에 우거하며 무위한도인(無爲閒道人)으로 지내는 한가로운 경계를 구체적으로 낮에는 솔바람의 맑은 소리를 귀로

---

243) 『詩集』, 56면.

듣고, 밤에는 때로 나를 알아주는 유일한 벗인 산의 달빛을 이웃하는 데
에 붙여 읊었다. 따라서 나의 집[몸]은 다행히도 절로 세속의 굴레를 벗
어난 탈속한 경지에 있게 되는 것이며, 그래서 그것에 편안하여 자신은
맹세코 일생 동안 무심자재(無心自在)한 운수심(雲水心)으로 살아가
리라 고백하였다. 여기서 운수심은 무심무욕(無心無慾)한 선심(禪心)
을 상징하는 것으로, 그가 일생 동안을 이러한 선심 속에서 고고(孤高)
한 독자적인 경지를 추구한 선사였음을 알 수 있다. 이 작품은 송풍(松
風)과 산월(山月)이란 익숙한 제재를 차원 높은 한가로운 경계로 자연
스럽게 형상화한 담박한 시이다.

다음은 이미 오도(悟道)의 경지에서 자유자재한 무심무사(無心無
事)의 한정(閒情)을 생동감 있게 묘사하고, 나아가 오도자(悟道者)의
무상심(無相心)과 무상행(無相行)을 함께 보여주는 작품이다.

<春日遊山>

春日正暄姸	봄날이 정히 따뜻하고 고와서,
出遊心自適	나와 노니니 마음이 자적하네.
陽崖採蕨薇	볕드는 언덕에서 고사리 캐고,
陰谷尋泉石	그늘진 계곡에서 샘과 돌 찾네.
巖溜冷飛淸	바위 사이 찬물은 맑게 날리고,
溪花紅蘸碧	시내의 꽃 붉음이 푸름에 잠겼네.
高吟快活歌	소리 높여 쾌활한 노래를 부르고,
散步愛幽僻244)	산보하며 유벽함을 사랑하네.

1·2구는 추운 겨울 뒤에 도래한 봄날 산에 온통 꽃이 펴서 따뜻하

___

244) 『詩集』, 55면.

고 고와 절로 흥을 타고 산에서 노니니 자연 풍류에 마음은 스스로 만족한 한정(閒情)을 담아내고 있다. 이에 3·4구는 이런 봄날 자연 속에서 무위의 행을 즐기는 무심한 모습이 정경(情境)의 융합을 통해 잘 나타나고 있다. 특히 양안(陽崖)과 음곡(陰谷)의 공간적 대구를 놓아 산을 자유자재로 유희하는 멋을 한껏 드러냈다. 다음으로 5·6구는 바위 새의 찬물은 맑게 날리고 붉은 꽃 푸른 시내에 잠겨 있다고 하여, 사물을 관조하여 견성오도(見性悟道)하는 순간의 선적 경계를 절묘한 비유를 써서 잘 형상화하였다. 즉 바위 새 찬물이 맑게 날린다고 한 것은 번뇌 속에서 나오는 맑고 냉철한 지혜를 비유하고, 붉은 꽃이 벽계(碧溪)에 잠겨 있다고 한 것은 지혜란 따로 마음 밖에 있는 것이 아니라 본래 자기의 성품 안에 간직하고 있음을 비유한 것이다. 끝으로 7·8구는 자연을 관조하고 나서 얻은 선열(禪悅)로 소리 높여 쾌활한 노래를 부르고 또한 산보하며 사람의 발길이 이르지 못한 유벽(幽僻)한 곳을 사랑한다고 하여, 즉 무의자 자신이 깨달았다고 하는 아상(我相)에 머물지 않고 선현들이 미처 깨닫지 못한 높은 경지를 추구하는 구도자(求道者)의 참모습을 반영해 내고 있다.

그는 무심무사한 선사의 진면목을 특히 허심(虛心 : 無心)을 지닌 대나무에 탁물우의(托物寓意)하여 읊기도 하였다.

<竹尊者>

我愛竹尊者	내가 대나무를 사랑함이여,
不容寒暑侵	寒暑의 침범을 용납하지 않네.
經霜彌勵節	서리 뒤 더욱이 절조 힘쓰고,
終日自虛心	온종일 스스로 마음 비우네.

月下分淸影　　달빛에 맑은 그림자 드리우고,
風前送梵音　　바람에 梵音을 전해주네.
皓然頭載雪　　하얗게 머리에 눈을 이어서,
標致生叢林245)　아름다운 모습이 총림에 이네.

　　이 작품은 허심을 지닌 대나무의 성품을 높이 평가하여 존자(尊者)
라 칭하여 읊은 영물시(詠物詩)이다. 존자는 원래 범어 Arya의 의역
(意譯)으로 지덕(智德)을 겸비한 고승을 가리키는 말인데, 이 시에서는
특히 한서에 굴하지 않는 절조(節操)와 물욕(物慾)에 물들지 않는 허심
을 지닌 고승을 구체적으로 비유하였다. 수련은 대나무를 사랑하는 이유
중에 첫번째로 한서의 침범을 용납하지 않는 꿋꿋한 성품을 드러냈다.
즉 이것은 수도자가 세상의 희비[寒暑]에 부침하지 않고 항상 참선을
통해 적연부동(寂然不動)한 자세를 견지함을 비유한 것이다. 함련은
대나무의 성품을 구체적으로 서리 내린 뒤에 더욱 절조에 힘쓰고 온종
일 스스로 마음을 비웠다고 하였다. 이것은 무의자 자신이 많은 시련과
어려움을 겪으면서 더욱 정진수행하여 마침내 생사(生死)의 관문(關
門)을 통과하여 마음의 참된 근원[佛性]을 얻고 보니, 그것은 특별한
것이 아니라 바로 대나무의 본래 성품이 텅 빈 것처럼 본래 공(空)한 허
심(虛心)임을 친증(親證)한 오도의 경지를 형상화한 것이다. 즉 마음이
란 바다에 바람이 불면 파도가 일다가 한 순간 바람이 그치면 본래의
고요한 바다의 상태로 돌아가는 것처럼, 번뇌망상이 순간 일어나면 마음
이 외물(外物)을 좇아 동요하다가 한 순간 번뇌망상이 사라지면 본래
공(空)한 상태로 돌아가 무심(無心 : 虛心)하게 되는 것이다. 따라서

---

245) 『詩集』, 52면.

130 무의자의 선시 연구

경련은 대나무가 달빛에 맑은 그림자 드리우고 바람에 범음(梵音)[246]
을 전해준다고 하여, 유심(有心)하게 외물(外物)을 좇는 것[逐物]이
아니고 무심하게 외물을 따라[順物] 자유자재하는 경지를 청아(淸雅)
한 의경으로 형상화하여 언외(言外)에 묘취(妙趣)가 풍부하다. 끝으로
미련은 정진수행 끝에 청정보리의 깨달음을 얻어 무념지(無念智)를 발
하는 수도자의 참모습을 마치 하얀 눈[無念智]을 머리에 이어 그 아름
다운 모습이 총림에 돋보이는 대나무의 모습으로 대상화하여 그려냈다.

② 수연안분(隨緣安分)의 지족(知足)

그는 무심자재한 경지를 구체적으로 행주좌와(行住坐臥)가 모두 선
인 수연안분하는 경지로 형상화하였다.

<和雙峰長老感春>
春信何曾取捨來   봄소식이 어찌 일찍 取捨하고 오겠는가,
到頭隨分有花開   결국 분수 따라 꽃이 핌이 있을 뿐이네.
可憐枯木無情久   애석하구나, 이 고목이 무정한 지 오래돼서,
幾度寒暄竟不廻[247]   몇 번 안부 물어 왔지만 끝내 못 간 것이.

1·2구는 봄소식이 일찍이 무심하게 취사(取捨) 없이 와서 결국 분
수 따라 꽃이 핌이 있을 뿐이라 하여, 선승의 본분 또한 선을 하고 싶다
고 선을 하고 선을 하고 싶지 않다고 선을 하지 않는 것이 아니라 행주
좌와 사위의(四威儀)가 모두 선으로 근기에 따라 깨달음의 차이가 있

---

246) 범음은 맑고 깨끗한 음성이란 뜻으로, 불·보살의 음성 곧 교법을 설하는 소리나
    經을 읽는 소리를 의미한다. 여기서는 대나무의 맑은 소리가 無情說法을 含意하
    기 때문에 범음이라 한 것이다.
247) 『詩集』, 55면. 寒暄은 추위와 더위란 뜻으로, 전하여 時候의 문안을 가리킨다.

을 뿐 열심히 수행하다 보면 누구나 어느 때에 문득 깨달음을 얻을 수 있다는 뜻이다. 즉 봄바람이 무사(無私)하여 고하(高下)가 없지만 꽃가지가 절로 짧고 깊이 있어 분수 따라 꽃이 피는 자연의 이치에 자신이 깨달은 선리를 온축하여 형상화한 것이다. 이어서 3ㆍ4구는 이 고목이 무정한 지가 오래되어서 쌍봉 장로가 몇 번이나 안부를 물어 왔지만 끝내 찾아가 보지 못한 애석한 마음을 표현하였다. 그러나 애석하다고 직서한 마음 이면에는 자신을 무정한 오랜 고목에 비유함으로써, 이미 행주좌와 그 자체가 선(禪)인 진정한 선사로서 세상 인연에 얽매이지 않고 초연히 수연안분하는 모습을 담아내고 있다.

그는 무심자재로 인해 수연안분하는 즐거움을 형상화하기도 하였다.

<知足樂>

浮雲富貴奈吾何	뜬구름 같은 부와 귀가 나를 어찌 하겠는가,
隨分生涯亦自佳	분수 따라 사는 생애 또한 절로 아름답네.
但不愁來何必酒	다만 근심 없다면 술이 무슨 필요 있나,
得安心處便爲家248)	마음 편한 곳 얻으면 바로 집인 것을.

이 시는 선사로서 도를 증득하여 얻은 수연안분의 경지에서 느끼는 지족의 즐거움을 형상화한 작품이다. 먼저 1구를 살펴보면 세상 사람이면 누구나 추구하는 부귀에도 동요치 않는 선사의 응연부동(凝然不動)한 모습을 호방한 기상으로 "뜬구름 같은 부귀가 나를 어찌 하겠는가?" 하고 반어법을 사용하여 강조하였다. 이어서 2구는 분수 따라 사는 생애 또한 절로 아름답다고 하여 한 벌의 옷과 바리 하나를 가지고 산중에서

---

248) 『詩集』, 51면.

고요하게 안분낙도(安分樂道)하는 자신의 삶을 아름답게 여겨 스스로 만족하는 도인(道人)의 모습을 형상화하였다. 다음으로 3구는 시상(詩想)을 반전시켜 세상 범부들이 근심을 풀기 위해 술을 먹는 것과 달리, 무의자 자신은 마음속에 털끝만큼도 근심이라곤 없는 수연안분하는 도인으로 살기 때문에 술의 공효(功效) 또한 필요 없음을 호방한 어조로 표현하였다. 끝으로 4구는 하늘과 땅 사이에 몸 하나 누울 만한 곳이라도 마음만 편하면 그곳이 바로 자신의 집이라고 하였으니, 그가 이미 인간의 사고(四苦)인 생로병사(生老病死)를 완전히 해탈하여 마음에 따로 취사(取捨)가 없고 능소(能所)도 없는 안분지족한 한도인(閒道人)임을 알 수 있다.

또한 그는 남들이 알아주기를 구하지 않고 스스로 만족할 줄 아는 참된 수도자(修道者)의 모습을 형상화하였다.

<蓼花>

抱節殊凡草	마디를 품어 여느 풀과 다른데,
秋深色轉奇	가을이 깊어 색 더욱 기이하네.
自甘班葦立	갈대의 반열에 서길 달게 여기고,
應不要人知	남들이 알아줌을 바라지 않네.
香遞風輕處	향기는 살랑 바람에 바뀌고,
光生日照時	꽃빛은 환한 햇빛에 발하네.
江湖無限意	강호의 한량이 없는 마음,
對此足開眉[249]	너를 대하니 웃을 만하네.

수련은 여뀌꽃이 여느 풀과 달리 마디를 품었는데 가을이 깊어지자 더욱 색이 기이하다고 하였다. 마디는 보통 군자의 지조를 상징하나 여

---

249) 『詩集』, 52면.

기서는 수도자의 정진에 대한 굳은 결심을 상징하며, 따라서 여뀌꽃이 마디를 품어 보통 풀과 다른 것처럼 정진에 대한 굳은 결심을 한 수도자는 범부중생과 자연 다르다는 것이다. 또한 이러한 마디를 품은 여뀌꽃[수도자]이 가을이 깊어지자 색이 더욱 기이해 보이는 것처럼 굳은 결심으로 정진하여 수행이 깊어지면 수도자의 지혜가 더욱 뚜렷이 드러난다는 것이다. 함련은 갈대의 반열에 같이 서기를 달게 여기고 남들이 알아줌을 바라지 않는다고 하여, 먼저 도를 깨닫고 나서 갈대 즉 범부중생과 같이 처함을 달게 여기는 화광동진(和光同塵)[250]의 경지를 비유하였다. 나아가 자신의 높은 도를 남이 알아주기를 바라지 않는다고 하였으니, 이미 무의자가 자족한 무심적멸(無心寂滅)의 경지에 이르렀음을 알 수 있다. 경련은 향기는 살랑 바람에 바뀌고 꽃빛은 환한 햇빛에 발한다고 하여, 즉 향기는 수도자의 지혜로 번뇌가 승화된 것이며, 그 꽃빛[지혜의 빛]은 환하나 햇빛에 드러날 때[대중들 앞에서 설법을 할 때] 더욱 발함을 비유한 것이다. 끝으로 미련은 이렇게 수도자가 위로 보리를 구하여[上求菩提] 아래로 중생을 끝없이 제도하고자 하는 마음[下化衆生]으로 살아간다면, 그것은 마치 강호의 한량없는 뜻으로 여뀌꽃을 봄에 만족해 웃을 만한 것과 같이 도(道)로 충만할 수 있음을 비유하였다. 이 시는 전체적으로 뜻이 자족한 시인의 심경(心境)을 평범한 여뀌꽃에 묘유(妙喩)하여 자연스럽게 심경(心境)과 시경(詩境)이 융합된 시선일여(詩禪一如)의 경지를 보여주는 담박한 작품이다. 이처럼 자연

---

250) 佛・菩薩이 중생을 구제하기 위한 방법으로 無漏의 智光을 잠깐 숨기고, 煩惱 汚濁의 世塵에 섞여서 중생들에게 인연을 맺게 하고, 마침내 불법으로 끌어 들이는 것을 말한다.

스럽고 담박한 무의자의 선시는 그의 인격을 반영해 내고 있다고 할 수 있다.

이상으로 살펴본 결과, 무의자는 평소 무심무사(無心無事)의 한정(閒情) 속에서 소요자재(逍遙自在)하는 성령(性靈)의 경계를 자신의 선적 자각을 바탕으로 자연의 참신한 경계에 붙여 꾸밈없이 읊었는데, 특히 백운(白雲)의 상징적 심상으로 형상화하여 담박하게 읊거나 허심(虛心)을 지닌 대나무에 탁물우의(托物寓意)하여 선취가 절로 배어나는 차원 높은 선시(禪詩)를 이뤄냄을 볼 수 있다. 나아가 수연안분(隨緣安分)의 경지로 형상화한 시를 통해, 세상 인연에 얽매이지 않고 초연히 안분락도(安分樂道)하여 무심자족(無心自足)한 해탈의 경지에 이른 대선사(大禪師)의 진면목을 엿볼 수 있다. 특히 무심자재(無心自在)의 시는 그의 무심합도(無心合道)의 경지를 직접 시화(詩化)한 것으로, 이처럼 그의 선사상과 시세계의 일치를 보여주는 작품을 통해 그의 시 또한 선적 묘오(妙悟)의 본질적 세계를 형상화하는데 주력하였음을 알 수 있다.

2) 대중교화시(大衆敎化詩)

무의자는 반평생을 수선사(修禪社)의 사주(社主)로서 대중이 근기에 따라 앓는 선병(禪病)에 마땅한 약이 되는 방편을 인연 따라 수시로 시설하여, 대중이 자신의 근기와 인연에 맞는 수행 방편을 찾아 불법의 이치를 깨달아 자신의 불성을 볼 수 있도록 다양하게 개오기연(開悟機緣)을 마련해 주었다. 특히 그는 먼저 상구보리하여 자각(自覺)을 성취한 선각자(先覺者)로서 나아가 하화중생(下化衆生)하는 각타(覺他)의 정신을 구현하기 위해 근기에 따른 선병(禪病)을 치료할 수 있는 약(藥)이 되는 선리(禪理)나 선지(禪旨)를 폭넓게 시로 담아냈다. 이렇게 오리견성(悟理見性)에 목적을 둔 대중교화시는 넓은 의미에서 불법의 현시(顯示)라 할 수 있다. 그리고 이러한 시들은 시제 자체에 내용상 작가의 의도가 두드러지게 나타남을 볼 수 있다. 예를 들면 <譯誠>·<誠技能>·<靈上人求六箴> 등은 특히 참선 수행에 있어 경계하는 뜻을 시로 담아 교화하였고, <混元上人請圓覺經讚> 14수·<小字金剛經贊幷序> 등은 주로 경전의 내용을 시로 담아 교화한 것이고, <猪子話>·<摩尼話>·<佛性話>등은 화두 24개를 시화한 작품이다. 이렇게 볼 때, 그가 효용론적 시인식을 바탕으로 인연 따라 근기에 맞는 다양한 선지를 한시의 형식에 담아 대중 교화적인 측면에서 오리견성의 방편으로 활용하였음을 알 수 있다. 이에 필자는 시제에 현저하게 드러나는 작가의 의도에 주목하여 대중교화시의 내용을 시법시(示法詩), 잠계시(箴誡詩), 찬경시(讚經詩), 염송시(拈頌詩) 등 네 범주로 나누어 봄으로써 무의자 시세계의 다양한 측면을 검토하고자 한다.

(1) 시법시(示法詩)

시법시는 법을 현시(顯示)하여 대중을 교화한 시로, 구체적으로 불법(佛法)을 보인 시와 수심법(修心法)을 보인 시로 나누어 살펴보고자 한다.

① 불법(佛法)을 보인 시

불법은 좁은 의미로는 부처가 증득한 법계(法界)의 진리를 무명중생(無明衆生)의 근기에 따라 설법한 팔만사천(八萬四千)의 법장(法藏)을 가리키며, 넓은 의미로는 부처가 소득(所得)하는 법인 법계의 진리와 소지(所知)하는 법인 일체제법(一切諸法)을 모두 불법이라 한다.

먼저 상당법회(上堂法會)에서 대중에게 선적 자각을 바탕으로 불법의 실상(實相)을 현시한 시를 들어 보면 아래와 같다.

法法無根不自生	모든 법은 뿌리가 없어 절로 못 자라니,
不生之法若爲明	자라지 못하는 법이 분명한 듯 하네.
明明向道元無事	밝고 밝은 도를 향하는 건 원래 무사한 것,
無事何勞强着精[251]	무사하니 어찌 수고롭게 억지로 정신을 쏟겠는가?

이 시는 임오(壬午)년 시월(十月) 십사일(十四日)에 하동(河東) 양경사(陽慶寺)에서 당에 올라 지은 작품이다. 기구와 승구는 무시이래(無始以來)로 본래 뿌리가 없어 생멸(生滅)이 따로 없기 때문에 오히려 시공(時空)을 초월하여 영원히 우리 목전에 분명히 실재(實在)하는 불법의 실상을 간명하되 함축적으로 표현하였다. 이어서 전구와 결구는 우리 앞에 역력하게 분명히 존재하는 무상무위(無相無爲)한 불도(佛道)를 구하는 방법은 멀리 마음 밖에 따로 있는 것이 아니고 가까이 무사(無事)한 자기 마음에 있는 것임을 드러냈다. 즉 불도는 원래 무심무사(無心無事)한 것인데 사람들이 억지로 유심유위(有心有爲)하여 수

---

251) ＜上堂＞, 『語錄』, 10면.

고롭게 정신을 낭비하여 도를 찾기 때문에 오히려 천만리 도와 어긋나게 됨을 반어법을 통해 강조한 것이다. 따라서 참으로 불도를 향해 구하고자 한다면 마음의 조작[有爲]을 억지로 지어 마음 밖에서 따로 구하지 말고, 안으로 무심히 번뇌망상을 일으키지 않아서 무사(無事)하면 곧 무심합도(無心合道)하여 단번에 자신의 불성을 보고 불도를 깨치게 된다는 것이다. 따라서 이 시는 무의자가 대중에게 불법의 실상은 무위무사(無爲無事)하여 생멸(生滅)이 따로 없기 때문에 무심(無心)하면 되는 것인데, 범부중생(凡夫衆生)은 억지로 자신의 정신을 쏟아 마음 밖에서 도를 구함으로 본래 실체가 없는 번뇌망상이 마구 일어나서 오히려 도와 더욱 멀어지게 되는 것이니, 헛되이 도를 구하는데 시간을 허비하지 말고 안으로 자신의 불성을 찾아 각성(覺性)을 수순(隨順)하여 닦아야 함을 보인 것이다.

그는 무상무위(無相無爲)한 불법의 대자대비(大慈大悲)한 덕용(德用 : 은혜)을 비의 상징적 심상으로 형상화하였다.

蕭蕭百草頭	쓸쓸한 온갖 풀끝마다,
滴滴一般濕	빗방울 뚝뚝 어디에나 스며드네.
枯根甘自休	마른 뿌리에 단비 절로 아름답지만,
非干雨不及252)	줄기가 아니면 빗물 미치지 못하네.

이 시는 비 오는 밤에 대중에게 보인 것이다. 기구와 승구는 쓸쓸한 풀끝마다 빗방울 뚝뚝 스며든다고 하여, 비 내리는 밤의 시절인연을 따라 부처의 대자대비(大慈大悲)한 불법을 형상화하였다. 여기서 풀은

---

252) <示衆>, 『語錄』, 18면. 干은 幹의 뜻으로, 干과 幹은 통용됨.

무명과 번뇌로 가득 찬 중생을, 방울방울 떨어지는 비는 부처의 자비[253]를 상징한다. 전구는 마른 뿌리에 단비 절로 아름답다고 하여, 부처의 감로수(甘露水)를 갈망하는 중생에게 부처의 자비로운 은혜는 진정 아름다운 일임을 드러냈다. 특히 미혹한 중생을 마른 뿌리에 비유한 것은, 중생들이 깨달음의 뿌리를 내리지 못하고 오히려 탐애(貪愛)로 인해 부처의 일미평등(一味平等)한 자비를 깨닫지 못하는 중생의 빈약한 정신상태를 형상화한 것이다. 그러나 결구에서 줄기가 아니면 빗물이 미치지 못한다고 하여, 중생에게 베푸는 부처의 자비가 진실로 아름다운 일이지만 누구나 그 자비를 받을 수 있는 것이 아니고, 독실한 신행(信行)으로 참선 수행하여 나아가지 않으면[줄기를 뻗어나가지 않는다면] 스스로 자비를 체감할 수 없다는 함축적인 뜻을 담아내고 있다. 즉 부처는 본래 무사평등(無私平等)한 성인(聖人)으로 누구에게나 자비의 비를 내려 주지만, 실제 스스로 신행(信行)을 닦아 부처의 자비를 입을 수 있는 근기와 인연을 짓는 실참실오(實參實悟)가 매우 중요함을 강조한 것이다. 특히 이 작품은 비 내리는 자연의 이치 속에 담긴 대자대비한 불법의 현의(玄義)를 그 자리에서 평범한 표현 속에 담아 현시함으로써 대중들로 하여금 눈앞에 보이는 일체제법(一切諸法)이 바로 불법의 현현(顯現)임을 깨닫도록 하는 선각자의 수연응설(隨緣應說)하는 면모가 잘 나타나 있다.

다음은 무의자가 상당법회(上堂法會)에서 부처가 『원각경(圓覺經)』[254]에서 설하신 원각(圓覺)을 들어 불법의 원만각성(圓滿覺性)을 보

---

253) 일반적으로 자비의 慈는 일체중생에게 藥을 준다[與藥]는 뜻이며, 悲는 고통을 없애 준다[拔苦]는 뜻이다.

인 시이다.

修圓覺爲我伽藍　　원각을 닦는 곳 우리 절이고,
說大方無盡法界　　대방무진법계를 설하는 곳이라.
時處帝網現重重　　時時處處에 제망처럼 거듭 나타나니,
一切智通無障碍255)　일체 지혜를 통하면 장애가 없으리라.

이 시는 임오년 시월 십사일에 하동 양경사에서 경찬회를 시작하며 상당하였을 때 지은 작품이다. 기구와 승구는 절256)이란 수도처(修道處)로 원각을 닦는 곳이며 또한 홍법처(弘法處)로 부처의 대방무진법계를 설하는 곳이라고 하여, 절의 참된 의미를 말하였다. 본래 원각은 부처의 원만한 깨달음을 지칭하는 것으로, 일체 유정중생(有情衆生) 또한 본래부터 원만한 영각[圓覺]이 있으나, 다만 중생은 무명(無明)에 가려 생사윤회에 떨어져서 해탈하지 못하는 것뿐이다. 따라서 발심수행(發心修行)하여 무명의 때[垢]를 다 소멸하면 바로 그 자리에서 청정각성(淸淨覺性)이 나타나서 곧바로 원각(圓覺)이 이 우주법계에 충만구족(充滿具足)하게 되며, 나아가 자신이 곧 부처이므로 내 몸이 바로 부처가 있는 절이 되는 것이다. 이처럼 그는 대선사(大禪師)답게 불

---

254) 『원각경』의 원명은 『大方廣圓覺修多羅了義經』으로 대승의 圓頓의 敎理를 말한 것이다. 부처가 神通大光明藏三昧에 들어서 모든 淨土에 나타나니 文殊·普賢菩薩 등 十二 大士가 차례로 因地修證法門을 청하여 질문하자, 부처가 하나하나 대답해 준 것으로, 一經 十二章으로 구성되어 있으며, 大乘經典에 속한다.

255) <上堂>, 『語錄』, 3면.

256) 절의 사전적 의미는 佛像을 모시고 僧侶들이 거주하면서 佛道를 닦고 敎法을 연설하는 집을 가리킨다.

상을 모신 집이라는 뜻의 일반적인 절의 의미에서 한 걸음 나아가 철저하게 선적 깨달음을 중시하는 입장에서, 내 자신이 본래 원만구족한 청정자성을 깨닫고 나면 아심(我心)에 절로 원각의 깨달음[부처]을 구족하여 자불(自佛)이 바로 진불(眞佛)이 되는 것[257]이니, 따로 절을 찾을 필요가 없음을 강조한 것이다. 따라서 전구에서는 그 원각체(圓覺體)의 광대무변(廣大無邊)함을 형상화하여 시시처처(時時處處)에 제석천(帝釋天)의 보망(寶網)[258]처럼 거듭 나타난다고 한 것이다. 끝으로 결구에서, 일체지(一切智)를 통하면 원각의 묘용(妙用)은 인연을 따라 응변(應變)하여 일마다 장애가 없어 무애자재(無碍自在)하리라는 것을 말하였다.

다음은 그가 시자(侍者)인 자한(自閑)이 게송(偈頌)을 구함에, 불법의 무애자재함을 청산(靑山 : 佛法)과 백운(白雲 : 行脚僧)[259]이란 원형적 상징을 사용하여 선리를 담아 읊은 작품이다.

<示自閑>
終日靑山在白雲　　종일토록 푸른 산 흰 구름 속에 있고,
白雲終日在靑山　　흰 구름은 종일토록 푸른 산에 있네.

---

257) 慧能, 앞의 책, 78면, 汝等 心若險曲 卽佛在衆生中 一念平直 卽是衆生成佛 我心自有佛 自佛是眞佛 自若無佛心 何處求眞佛 汝等自心是佛 更莫狐疑.
258) 帝釋天의 寶網은 帝網으로, 帝釋網·因陀羅網이라고도 한다. 제석천왕의 궁전에 달려 있는 보배 그물을 가리키며, 그물코마다 寶珠를 달았고, 그 보주마다 각각 다른 낱낱 보주의 影像을 나타내고, 그 한 보주의 안에 나타나는 일체 보주의 영상마다 또 다른 일체 보주의 영상이 나타나서 중중무진하게 된다고 한다. 이에 화엄에서는 一과 多가 相卽相入하는 典例로 들고 있다.
259) 禪僧이 구름이나 물처럼 정처 없이 행각함을 보통 雲水 또는 雲水衲子[雲衲]라고 한다. 여기서는 다만 구름만을 든 것이다.

山不顧雲雲戀山　　산은 구름 안 돌아보나 구름 산에 있으니,
山與白雲俱自閑260)　산과 구름 모두가 저절로 한가롭구나.

　　먼저 1·2구는 종일토록 푸른 산은 흰 구름 속에 있고 흰 구름은 종일토록 푸른 산에 있다고 하여, 동일한 시어를 반복하되 순서를 바꾸어 새로운 의미를 창출함으로써 오히려 반복되는 리듬감 속에 풍부한 이취(理趣)를 담아내어, 그 결과 불법을 직접 말하지 않으면서도 언외(言外)에 불법의 참된 뜻을 절묘하게 함의하고 있다. 특히 묵묵히 변함없는 청산과 무애자재(無碍自在)한 백운의 양태에, 만고에 불변하는 불법(佛法 : 靑山)과 거래(去來)가 자재한 선승(禪僧 : 白雲)이 서로 자유자재한 관계를 상징적으로 형상화하였다. 즉 출가한 선승은 본래 불법을 깨닫기 위해 출가를 하였지만, 그렇다고 해서 불법에 집착하여 구애받게 되면 오히려 수도에 장애가 되어 불도(佛道)와 천만리 어긋나게 되며, 또한 불법도 선승을 속박하지 않아서 마침내 서로 무애자재(無碍自在)해야만 진정한 해탈을 증득할 수 있다는 깊은 선리를 함축하고 있다. 따라서 3구는 청산은 구름을 돌아보지 않으나 산봉우리엔 항상 구름이 있다고 하여, 즉 부처의 진법(眞法)은 우주자연의 법계에 변만(偏滿)하여 그 자체가 밝게 드러나서 별도로 구름을 돌아보는 데 마음을 두지 않으나, 수도자들은 자신의 눈앞에 항상 현전(現前)한 진리를 보고 있는 무심자재(無心自在)한 상태를 형상화하였다. 끝으로 4구는 청산과 백운이 모두 절로 무위무사(無爲無事)하여 도(道)로 충만한 한가로운 경지에서 무애자재할 수 있다고 하여, 특히 '자한(自閑)'에 이 시

---

260) 『詩集』, 61면.

의 주제를 응집해 놓았다. 따라서 이 시는 무의자가 시자인 자한이 자신의 법명(法名)인 자한(自閑)의 의미를 심득(心得)하는 것이 바로 불법을 깨닫는 깨달음의 길[覺路]임을 일깨워 주어, 자한 네가 찾는 불법이 따로 고원한 데 있는 것이 아니라 바로 너 자신의 본래면목[주인공]을 찾는 데 있음을 보인 것이다. 특히 청산과 백운이란 원형적 심상을 사용하면서도 시의(詩意)를 새롭게 구사(構思)함으로써 어법(語法)이 신기(新奇)하고 언외(言外)에 선리를 내재하고 있어 무한한 선미(禪味)를 느끼게 해주는 작품이라 하겠다.

또한 무의자는 선사 지눌이 증득한 청정진심(淸淨眞心)의 오경(悟境)을 형상화하여 달마(達磨) 선사(禪師)의 서래의(西來意) 즉 불법의 대의를 선적 경지로 시화하였다.

春深院落淨無埃　　봄 깊은 정원은 깨끗해 티끌조차 없고,
片片殘花點綠苔　　조각조각 진 꽃은 푸른 이끼에 점이네,
誰道少林消息絶　　누가 소림의 소식이 끊어졌다 말하는가?
晚風時送暗香來261)　　늦바람이 때로 은은한 향기 보내오누나.

이것은 지눌의 원적일(圓寂日 : 제삿날)에 당에 올라서 보인 시이다. 먼저 기구는 봄 깊은 정원은 깨끗해 티끌조차 없다고 하여, 봄 깊은 정원에 지눌 선사(禪師)의 깊은 깨달음을 비유하여 그 분이 생전에 보여 주신 한 점 티끌[번뇌]도 없는 청정(淸淨)한 의경으로 형상화하였다. 이어서 승구에서는 조각조각 진 꽃은 푸른 이끼에 점찍어 놓은 듯하다고 하였다. 보통 꽃은 선적 상징으로 깨달음을 의미하는데, 여기서는 조각

___

261) <上堂>, 『語錄』, 3면.

조각 진 꽃이라고 하였으니, 지눌 선사가 열반하며 남긴 깨달음을 의미한다 하겠다. 또한 푸른 이끼는 사람들의 발길이 닿지 않는 곳에 끼는 것이니, 아직 사람들이 도달하지 못한 깨달음의 독자적인 경지를 비유한다. 전구에서는 "누가 소림의 소식이 끊어졌다 말하는가?" 라고 하여, 반어법을 사용하여 지눌 선사가 이 동토(東土)에 달마의 서래의(西來意)를 전하였다고 강조하였다. 끝으로 결구에서는 사람들이 비록 지눌 선사의 깨달음을 알지 못하고 소림의 소식이 끊어졌다고 생각하는 것과 달리, 무의자는 늦바람에 은은하게 실려 오는 꽃향기를 온몸으로 느낄 수 있는 것처럼 너무나 분명하게 감오(感悟)할 수 있음을 봄날의 서정에 붙여 읊어 내고 있다. 따라서 이 작품은 선사 지눌이 증득한 한 점 티끌조차 없는 경계를 아름다운 자연 경치에 비유하여 청정한 의경으로 형상화하여, '소림 달마의 서래의(西來意)가 무엇이냐? 바로 지눌 국사처럼 원만각성(圓滿覺性)을 수순(隨順)하여 다시 번뇌를 일으킴이 없는 청정무구(淸淨無垢)한 진심(眞心)을 찾는 데 있다'는 것을 대중에게 일깨워 주는 시이다.

이상으로, 그가 선적 자각을 바탕으로 가장 절근(切近)한 시절 인연(時節因緣)에 따라 불법의 무상무위(無相無爲), 대자대비(大慈大悲), 원만각성(圓滿覺性), 무애자재(無碍自在), 청정진심(淸淨眞心) 등의 유현(幽玄)한 뜻을 교리적으로 설명하지 않고, 오히려 평이한 시어를 사용하면서도 짧은 시형식 속에 선리를 붙여 함축적으로 형상화함으로써, 대중들로 하여금 불법의 다양한 함의(含意)를 쉽게 촉처견도(觸處見道)하여 스스로 심득(心得)할 수 있도록 현시함을 볼 수 있다. 또한 심오한 불법에 대한 선적 깨달음이 시에 나타나 있어 그의 통투(通

透)한 선학(禪學)의 깊이를 엿볼 수 있다.

② 수심법(修心法)을 보인 시

선가에서는 제불(諸佛)의 묘리(妙理)는 본래 문자와 상관없으며, 일체의 반야지(般若智)는 모두 자성(自性)으로부터 생기는 것이고 밖으로부터 얻을 수 있는 것이 아니라고 주장한다.[262] 무의자 또한 이러한 언어도단(言語道斷)·심행처멸(心行處滅)한 불법의 묘리(妙理)를 증득하기 위한 수심법으로 특히 내수(內修)를 통한 자증자오(自證自悟)가 중요함을 개시(開示)하였다.

舜若身中眼	순임금은 몸 가운데 눈과 같고,
毘盧頂後光	비로자나불은 정수리 뒤에 후광 같네.
欲傳傳不及	전하고자 하나 전함에 미칠 수 없고,
相見見斯亡[263]	서로 쳐다보나 보면 곧 잊어버리네.

순임금은 은악(嚚惡)한 아버지인 고수에게 효를 행하여 후대 대효(大孝)로 꼽히는 성인이며 덕치를 실현하여 이상 정치를 행한 성군(聖君)으로 유가에서 추숭(追崇)하는 중요한 인물인데, 기구에서는 그 순임금의 덕을 특히 일신천금(一身千金) 중에 구백 금에 해당하는 눈에 비유하였다. 한편 승구에서는 법신불(法身佛)인 비로자나불의 청정지혜의 묘용을 정수리 뒤에 빛나는 후광에 비유하였다. 그러나 전구에서는

---

262) 慧能, 앞의 책, 43면, 一切般若智 皆從自性而生 不從外入, 57면, 師曰諸佛妙理 非關文字.

263) <上堂>, 『語錄』, 9면. 이 시의 亡은 忘의 뜻으로, 亡과 忘은 통용된다. 무의자 『어록』에 '心境兩亡'이라고 하였으니, 당시 忘의 뜻으로 亡을 일반적으로 썼음을 볼 수 있다.

유불에 정통한 선각자의 한 사람으로서 유도(儒道)를 대표하는 순임금의 덕과 불법을 대표하는 비로자나불의 지혜가 모두 훌륭한 도(道)이기 때문에 중생에게 바로 전해주고 싶지만 전달해 줄 수가 없다고 하여, 언어로 형상화하여 전달할 수 없는 선각자의 안타까운 마음을 토로하였다. 끝으로 결구는 그렇기 때문에 불법의 실체를 밖에서 찾으려고 서로 쳐다보면 오히려 곧 망각하게 되는 현실을 지적하여, 그 이면에는 내수(內修)를 버리고 마음 밖에 따로 도를 구하는 방법을 찾는다면 영원히 깨달을 수 없음을 일깨워서 반드시 수행자 스스로 마음을 성찰하여 친증(親證)할 것을 당부하는 뜻을 담고 있다.

또한 그는 자신의 선(禪) 체험을 바탕으로 전통적으로 소를 길들이는 목우(牧牛)의 과정에 방일(放逸)한 마음을 닦는 방법을 단계적으로 비유하여 형상화하였다.

<蒙忍居士請牧牛詩>

放在家田地	집 밭에 풀어서 내버려 놓고,
閑看水牯牛	한가로이 물 먹는 암소 바라보네.
有時纔入草	어떤 땐 간신히 풀로 들어가고,
拽鼻便回頭	코를 끌면 곧 머리 돌려 버리네.
日久方純熟	오래되면 비로소 순숙해지고,
年來得自由	수년 후 자유를 얻게 되리라.
劫中牧不着	겁중에 먹여 길러도 안착 안 되니,
誰敢計春秋[264]	누가 세월을 헤아리겠는가?

이 시는 몽인 거사(蒙忍居士)[265]가 무의자에게 목우시(牧牛詩)를

---

264) 『詩集』, 55면.
265) 불교에서는 出家하지 않은 사람으로서 法名을 가진 사람을 가리킨다.

청함에 지은 작품이다. 1·2구는 집 밖에 풀어 놓고 한가로이 물먹는 소를 바라본다고 하여, 고삐 풀린 소에 방일(放逸)한 마음을 비유하고, 그렇게 방치된 소가 목이 말라 먼저 물을 찾아서 마시는 것에 수행자가 방심(放心)을 수습하여 구도(求道)하는 정신 상태를 비유하였다. 3·4 구는 어떤 때는 소가 간신히 풀밭으로 들어가고 코를 끌면 곧 머리를 돌려 버린다고 하여, 수도자가 잠시 방일한 마음을 수습하여 선정에 든 상태와 수행을 통해 방일한 마음을 단속해야 한다는 것을 말하였다. 5·6구는 그렇게 수행하기를 오래하면 비로소 순숙(純熟)해지고 수년 후가 지나면 자유를 얻게 되리라고 하여, 즉 계속해서 반복 수행하여 오랜 세월이 흘러 마음을 다스리는 일이 익숙해지면 소가 자유를 얻는 것 같이 마음도 무심무위(無心無爲)의 자유자재한 경지에 도달할 수 있다는 것이다. 끝으로 7·8구는 겁중(劫中)에 먹여 길러도 안착이 안 되니 누가 세월을 헤아리겠는가? 라고 하여, 즉 깨달음이란 오랜 세월 마음을 닦아도 세월과 관계없이 근기에 따라 얻는 것이기 때문에 수행자들이 내가 얼마나 오랫동안 수행했다고 하는 아상(我相)을 갖는다면 오히려 수도에 방해가 될 뿐이므로 세월을 헤아리지 말고 열심히 수행에만 전념할 것을 당부하는 간곡한 뜻을 함축하고 있다.

또한 그는 선정을 통해 한 곳에 마음을 통일시켜 자연의 무정설법(無情說法)을 듣고 불법(佛法)의 이치(理致)를 깨닫는 내용을 읊었다.

<天照上座因雨請頌>

簷頭雨滴滴相續	처마 끝에 빗방울 방울져 계속 내리니,
門外溪聲聲轉急	문 밖 개울물 소리가 갈수록 급하네.
不在多聞苦修習	많이 듣고 괴롭게 닦아 익힘에 있지 않으니,

　　只求一處成休復266) 한 곳에서 休復함을 완성하길 구하여라.

　이 시는 천조 상좌가 비가 오는 시절인연을 인해서 게송을 청함에 지어 준 작품이다. 먼저 1구는 끊임없이 유전(流轉)하는 진리[佛法]의 모습을 처마끝에 계속 떨어지는 비 내리는 모습으로 형상화하였다. 2구는 비로 인해 불어난 문 밖의 개울물 소리가 갈수록 급하다고 하여, 수행의 깊이에 따라 진리에 대한 깨달음 또한 커져 감을 청각적 심상으로 형상화하였다. 다음으로 3구는 이러한 불법을 깨닫는 방법은 불필요한 것을 많이 듣고 괴롭게 닦아 익히는 유심(有心) 공부에 있지 않다고 하였다. 따라서 4구는 오로지 참선의 사유수(思惟修)를 통해 한 곳에서 번뇌망상을 쉬고[休]267) 곧바로 불성을 회복[復]함을 완성하는 무심(無心) 공부의 길로 나아갈 것을 경계하였다.

　특히 그는 좌선의 진정한 수행 의미를 역설적인 표현을 통해 완곡하게 담아냈다.

坐坐坐非坐	앉고 앉고 앉는다고 해서 앉은 것이 아니고,
禪禪禪不禪	선하고 선하고 선한다고 해서 선하는 것 아니네.
欲知坐禪旨	좌선의 뜻을 알고자 한다면,
看取火中蓮268)	저 불 가운데 연꽃을 취해 봐라.

---

266) 『詩集』, 51면.

267) 休는 休歇의 뜻으로, 휴헐은 가장 緊要한 息妄공부이다. 휴헐은 善도 생각하지 않고 惡도 생각하지 않아서 마음이 일어나면 곧 쉬며 인연을 만나면 곧 쉬는 것을 말한다. 知訥, 『眞心直說』, 718면, 二曰休歇 謂做功夫時 不思善不思惡 心起便休 遇緣便歇 ＜中略＞ 此是休歇息妄功夫也.

268) ＜示宗敏上人＞, 『語錄』, 25면.

본래 진정한 선은 행주좌와(行住坐臥) 사위의(四威儀)가 모두 선으로 일상의 기거동작 어느 때든지 닦아야 하는 것이며, 참선하여 깨닫고 나면 따로 입정(入定)을 하지 않아도 항상 사위의가 선의 무심무위(無心無爲)한 경지에 머무르게 되는 것이다. 그러나 근기가 낮은 수행자들은 수시수처(隨時隨處)에서 곧바로 선정에 들 수 없기 때문에 먼저 환경이 조용한 곳을 찾아 경계를 고요하게 한 후, 좌선을 통해 마음의 고요한 경지를 추구하게 된다. 이 때 앉아서 닦는 것[坐禪]이 들뜬 마음[浮心]을 가라앉히고 입정하여 고요한 가운데 자성(自性)을 밝히기에 가장 좋은 수행 방법이므로 선수행자들에게 좌선을 제시하는 것이다.

기구와 승구는 참선하는 자들이 좌선이라는 문자상(文字相)에 집착하여 단지 좌(坐)를 몸이 앉는 행위로, 선(禪)을 참선하는 행위로만 인식하여 좌선(坐禪)의 행위 자체에 집착하다 보니, 좌선이란 방편이 도리어 심득(心得)에 장애가 되어 실참실오(實參實悟)하지 못하는 당시 선수행인들의 선병(禪病)을 지적해냈다. 특히 좌선이라는 문자를 반복하여 사용하면서 심층적 역설을 통해 수행자들로 하여금 문자성(文字性)이 본래 공(空)²⁶⁹⁾함을 깨달아서 좌선이라는 문자를 여의고 그 본뜻

---

269) 선가에서는 無相無爲한 佛心은 心行處滅 言語道斷이기 때문에 直指人心·見性成佛하여야 알 수 있을 뿐이며, 또한 不立文字이기 때문에 以心傳心할 수밖에 없다고 주장한다. 따라서 본질적으로 언어와 문자는 有相한 것이기 때문에 無相한 佛心을 전달할 수 없다고 보며, 철저하게 自證自悟를 통해 心得할 것을 강조한다. 따라서 언어와 문자는 假語요, 假名으로 단지 佛祖의 뜻을 얻어 佛道에 들어가는 入道方便으로 삼아 그 속에 담긴 불법의 이치를 깨달아서 궁극에 文字相을 여의어야 깨달음을 성취할 수 있는 것이다. 반면 言語文字性이 본래 空함을 깨닫지 못하고 言語文字相에만 집착하게 되면 그 본뜻을 잃어버려 끝내 깨달음을 證得할 수 없게 된다. 이에 선가에서는 특히 文字性이 空하다는 진리를 주로 심층적 역설을 사용해서 효과적으로 전달함으로써, 언어문자상에 대한 집착

을 취하여[離文取義] 진정한 깨달음을 성취하는 것이 올바른 좌선의
참뜻임을 드러냈다. 이어서 전구에서는 좌선의 뜻을 바로 알고자 한다면
어떻게 해야 하는가?라고 가정하고, 그 대답으로 결구에서는 저 불 가운
데 연꽃을 취해 보라고 상징적으로 형상화하였다. 연꽃은 본래 진흙 속
에서 피는 꽃으로, 불교에서는 일반적으로 처염상정(處染常淨)한 불성
(佛性)을 의미하는 상징체로 사용된다. 그러나 무의자는 진흙 속의 연
꽃이 갖는 이러한 관념적 상징체로서의 의미를 사용하지 않고, 저 불 가
운데 연꽃을 취해 보라고 하여 고통의 생사관문[火]을 뚫고 얻은 깨달
음[연꽃]이란 개인적 상징으로 형상화함으로써 그만의 독특한 시세계를
보여주고 있다.

　그는 언어문자성(言語文字性)이 공(空)함을 체오한 선각자로서, 특
히 문자의 뜻을 통해 선을 배우려 하는 의통선(義通禪)을 철저히 경계
하고, 곧바로 문자를 여의고 참선 수행을 통해 명심견성(明心見性)하
는 돈오(頓悟)의 길이 있음을 현시하였다.

莫學義通禪	의통선을 배우려 하지 말라,
義通非道眼	뜻으로 통하려 하면 道眼 아니네.
猶如水母兒	오직 수모아가,
求食借蝦眼	밥 구할 때 새우 눈 빌림과 같네.
透得个拳頭	그 주먹을 뚫고 나가면,
始具參學眼	비로소 參學의 눈 갖추리라.
紅爐一片雪	붉은 화로의 한 조각 눈이,

을 여의고 다만 언어와 문자 속에 담긴 玄妙한 이치를 깨달아서 자기의 본성을 바
로 볼 것[悟理見性]을 강조하고 있다. 선의 소의 경전인 『金剛經』에서 "부처가
설한 반야바라밀은 곧 반야바라밀이 아니고, 그 이름이 반야바라밀이니라.[佛說般
若波羅蜜 卽非般若波羅蜜 是名般若波羅蜜]"고 한 것이 좋은 예이다.

與叢林點眼[270]　　바로 叢林의 점안이라네.

수련은 먼저 사부대중에게 의통선을 배우려 하지 말 것을 당부하고, 그 이유로써 뜻으로 통하려 하면 끝내 도를 깨칠 수 없음을 도치법을 사용하여 강조하였다. 함련은 오직 수모아가 밥을 구할 때 새우 눈을 빌리는 것[271]과 같다고 하여, 즉 의통선으로 깨달음을 얻으려고 하는 수행자의 어리석음을 비유하였다. 경련은 참선을 통해 주먹처럼 단단한 관문을 뚫고 나가면 비로소 깨달음의 눈인 청안(靑眼 : 道眼)을 얻게 되리라고 하였다. 끝으로 미련은 그렇게 되면 번뇌는 붉은 화로에 한 점 눈처럼 순간 다 사라져서 총림의 점안이 될 것이라 하였으니, 즉 불필요한 의통선을 닦아 정력을 헛되이 낭비하지 말고 참선 수행을 통해 일념으로 정진한다면 비로소 참학(參學)의 눈을 갖추어서[돈오하여] 바로 총림의 눈 밝은 자가 될 것이라는 뜻이다. 따라서 이 시는 무의자가 자신의 참선 수행 체험을 바탕으로 당시 의통선을 따라 수행하는 자들을 경계하여 참된 수행의 길은 오직 돈오의 참선 수행에 있음을 강조한 작품이다.

무의자는 선수행을 하는 제자의 근기와 분수에 적의(適宜)한 수심법을 시로 써서 교시(敎示)해 주기도 하였다.

아래 시는 진일(眞一) 상인(上人)[272]이 와서 "저의 부여받은 성품이 산란하여 아직 가만히 앉아 있지 못합니다. 혹 고요한 곳에서 엎드려 있으면 문득 혼침(昏沈)한 데 떨어집니다. 오직 이 두 가지 병이 근심이

---

270) ＜示中正上座＞, 『語錄』, 30면. 母字는 乙本을 따라 母字로 바로잡았다.
271) 주 143번 참조.
272) 上人은 지혜와 덕을 겸비한 승려를 존칭하는 말임.

니, 청컨대 법게(法偈)를 얻어 두 가지 병을 대치하는 방법을 삼고자 합
니다."라고 하자, 이에 그에게 지어준 것이다.

<眞一上人來言曰 某乙賦性散亂 未能調攝 或於靜處捺伏
則便落昏沈 惟此二病是患 請得法偈爲對治方>

實際本來湛寂	實際란 본래부터 맑고 고요하며,
神機自爾靈明	神機도 절로 영묘하고 밝은 것이라.
任運忘懷虛浪	임운하여 마음의 헛된 물결 잊게 되면,
何關沈掉兩楹	어찌 혼침과 산란 두 기둥에 관련되리.
惺惺無忘曰眞	성성하게 깨어 있어 안 잊는 것이 眞이고,
寂寂不分是一	고요하여 분별하지 않음을 一이라 하네.
但能不負汝名	다만 네 이름을 저버리지 않을 수 있다면,
何用別[求]他術273)	어찌 다른 방법을 구할 필요 있겠는가?

　1·2구는 실제(實際)274)는 본래 담적(湛寂)하여 부여받은 성품 또
한 산란하지 않고 신기(神機) 또한 영묘하고 밝아서 그 묘용(妙用)이
정중동(靜中動) 동중정(動中靜)하여 혼침한 데 떨어지지 않음을 말하
였다. 따라서 3·4구는 담적(湛寂)한 불성과 영명한 신기(神機)에 그
대로 맡겨 부질없이 허랑(虛浪)한 마음을 일으키지 않는다면 산란과 혼
침(昏沈)의 두 가지 병폐는 아무 상관이 없기 때문에 대치(對治)할 필
요가 없다고 하였다. 이어서 5·6구는 성성(惺惺)하게 깨어 있어 잊지
않는 것이 진(眞)이고, 고요하여 분별하지 않는 것을 일(一)이라 하여,
진일 상인의 이름에 중의적 의미를 부여하여 이미 산란과 혼침(昏沈)의
두 가지 병폐의 대치하는 방법이 바로 진일 상인 자신 안에 있음을 일깨

---

273) 『詩集』, 53면, 底本의 別字 아래에 甲本에는 求字가 있다.
274) 實際는 진여의 實理를 증득하여 얻은 그 궁극의 뜻으로 眞如實相을 가리킨다.

워 주었다. 끝으로 7·8구는 "진일이란 너의 이름이 바로 너 자신의 두 가지 병폐인 혼침(昏沈)과 산란을 대치하는 방법인데 따로 무슨 다른 방법을 찾을 필요가 있겠는가?"라고 하여, 그 이면에 도(道)란 가까이 자신 안에 실재(實在)한다는 심요(心要)를 함축하고 있다.

이처럼 중의적 수사법을 사용하여 이름에 걸맞는 수심법을 보인 시를 한 수 더 들어 보면 아래와 같다.

<大昏上人因丐茶求詩>
大昏昏處恐成眠　　대혼이라 어둔 곳에 잠 이룰까 두려우니,
須要香茶數數煎　　모름지기 향긋한 차 자주 달여야 하리라.
當日香嚴原睡夢　　그 날에 香光莊嚴은 졸음과 꿈에 근원한 것
神通分付汝相傳[275]　신통함을 나누어서 그대에게 전해주노라.

이 시는 대혼 상인이 차를 빌리러 왔다가 시를 구함에 지어 준 작품이다. 먼저 기구는 천성이 크게 어두워 아직 미혹한 수도자는 자주 수마(睡魔)의 장애를 받아 불도를 구하는데 정진할 수가 없기 때문에 우선 대혼 상인에게 어두운 곳에서 잠을 이룰까 두렵다고 경계하였다. 승구는 대혼 상인이 마침 차를 빌리러 온 인연을 따라 의식이 항상 성성하게 깨어 있게 하기 위해서는 향긋한 차를 자주 달여 마셔야 하는 수심법을 제시하였다. 이것은 차를 달이는 단순한 일상적 행위이기 보다 차를 달이는 행위 속에 정신을 청정하게 수습하는 선적 의미를 함축하고 있으며, 또한 수도자가 가까이 자신에게서 수심법을 찾아 정진하는 것이 중요함을 함께 보인 것이다. 이처럼 무의자는 수도자가 스스로 깨달음을

---

275) 『詩集』, 50면.

친증(親證)할 수 있도록 가장 가까운 곳에서 견성오도의 수심법을 현시하여 쉽게 정진해 들어갈 수 있도록 하는 선지식의 면모를 지녔음을 볼 수 있다. 이어서 전구는 대혼하여 마음을 다스리지 못하고 자주 졸음과 잠에 떨어져 정진수행하지 못하나, 정신을 맑게 하는 차를 자주 달여 마셔서 대혼한 사람이 가장 경계해야 할 수마를 끝내 물리칠 수 있다면, 당래(當來)의 그 날에는 지혜의 정각(正覺)을 얻어 향광장엄(香光莊嚴)할 것이니, 그것은 바로 멀리 밖에서 얻은 것이 아니라 바로 졸음과 꿈에 근원(根源)한 것으로, 수마를 벗어나 따로 향광장엄이 있지 않음을 나타낸 것이다. 이것은 마치 번뇌를 벗어나 따로 열반을 얻을 수 없다고 하는 수행의 이치와 같은 것이다. 끝으로 결구는 이 신통한 수심법을 너에게 전해준다고 하여 도를 대혼 상인에게 전해준다는 전도(傳道)의 뜻을 담아내고 있다.

이상과 같이 그는 자증자오(自證自悟)의 내수(內修)를 중시하여 대중을 계도하는 선각자로서, 특히 수행자의 근기와 분수에 맞는 수심법을 자유롭게 시화(詩化)하여 발명(發明)해 주었다. 소를 길들이는 목우(牧牛)의 과정에 수심법을 단계적으로 비유하여 친절하게 교시해 주거나, 또는 자연의 무정설법을 듣고 촉처즉발(觸處卽發)하는 선적 내용을 시로 형상화하였다. 특히 역설적 표현을 사용하여 수행자 스스로 언어문자성(言語文字性)이 공(空)함을 깨달아서 언어문자상(言語文字相)에 대한 집착을 여의고 진정한 좌선(坐禪)의 의미를 자각하도록 하였고, 또한 제자의 법명(法名)에 중의적(重義的) 의미를 부여하여 자신 안에 있는 심요(心要)를 자각하게 하여 쉽게 입도(入道)할 수 있도록 일깨워 주었다. 이처럼 그가 수행자에게 적의한 수심법을 직서적으로 현시하지 않고, 비유·역설·중의적 표현 등을 적절하게 활용하여 다양하게 형상화한 시를 통해, 그의 시인으로서의 역량뿐만 아니라 언외의 함의를 수행자가 심득할 수 있도록 촉구하는 진정한 선각자로서의 면모를 볼 수 있다.

(2) 잠계시(箴誡詩)

잠계시는 후학들이 특히 참선 수행에 있어 경계해야 하는 내용을 담아 교화한 시다. 무의자는 계(戒)·정(定)·혜(慧)의 삼학(三學)[276] 중에서도 특히 계율의 중요성을 인식하여, 자신의 선적 자각을 바탕으로 직접 계(誡)[277]의 선적 의미를 시화(詩化)하였다.

<譯誡>

忒殺團圝	심히 원만한 것이로되,
磨礱碎石	자꾸 갈아 쇄석을 만듦은,
椻在手端	손끝에 달려 있는 것이라.
將謂是軍是馬殺害念	장수가 말하기를 군대와 말을 죽일 생각,
牢畜於心肝	심장과 간에 길러서 새겨두네.
時乎負則莫涯憂惱	때에 지면 끝이 없는 근심과 번뇌,
時乎勝則無限喜歡	때에 이기면 무한한 기쁨과 즐거움.
貪嗔嫉妬我慢埋頭	탐진과 질투 아만에 머리를 묻어서
不覺日盡夜閑	낮이 가고 밤이 가는 줄도 모르네.

---

276) 삼학은 불교를 배워 도를 깨달으려는 이가 반드시 닦아야 할 세 가지를 말하는 것으로, 戒學은 주로 身口意로 짓는 惡業을 금하는 것이며[防非止惡], 定學은 마음을 고요하게 가라앉힘을 말하며[息慮靜緣], 慧學은 번뇌를 없애고 진리를 증득하는 법[破惑證眞]을 말한다.
277) 誡는 戒와 서로 음이 같기 때문에 假借하여 通用된다.

噎敗他世出世間　　　　아, 저 세간과 출세간에 부숴야 하리니,
惡賊無以過乎遮般[278]　악한 도적이라도 이보다 지나칠 것 없네.

불교에서 계(戒)란 특히 수도자가 계율을 지켜[持戒][279] 범해서는
안 되는 금계(禁戒)[280]를 의미한다. 수도자는 먼저 계를 수지(受持)해
야 참다운 선정[眞定]에 들어 갈 수 있으며, 다음으로 진정(眞定)에 의
거하여 적정(寂靜)한 가운데 정념관찰(正念觀察)하여 바야흐로 지혜
를 증득할 수 있다[281]고 한다. 만약에 선도(禪道)를 닦고자 하는 자가
계를 범하게 되면 선정에 장애가 됨은 물론 인과(因果)에 떨어져 오랜
시간 생사윤회를 면치 못하게 된다. 따라서 선수행자가 진정(眞定)을
통해 보리(菩提)를 증득하기 위해서는 무엇보다 지계(持戒 : 청정범행)
가 필수적으로 선행되어야 하는 것이다.

---

278)『詩集』, 51면. 弒殺은 심히, 매우의 뜻이다. 幄(나무로 만든 장막 악)은 手端으
　　로 봐서 握(잡을 악)의 오자임. 夜閑의 閑(한가할 한)字는 日盡으로 보아 闌(다할
　　란)의 오자임.　遮般은 這種과 같다.
279) 持戒는 부처가 제정한 戒行을 굳게 지닌다는 뜻으로, 특히 선수행에 있어서는 六
　　根의 門戶를 굳게 닫고 바깥 事緣을 좇는 일이 없게 하는 것을 가리킨다.
280) 부처가 제정한 戒律로 나쁜 일을 금지하는 일[禁戒]을 가리키며, 특히 선수행에
　　있어서는 身口意의 開放을 단속하는 것이 主眼이므로 禁戒라고 한다. 律藏에서
　　밝힌 것으로, 五戒・八戒・沙彌戒・具足戒 등의 구별이 있다.
281) 戒定慧 三學은『육조단경』<定慧一體>에 “定과 慧는 같은 것이며 둘이 아
　　니다. 定은 慧의 본체요, 慧는 定의 작용이다.[定慧一體 不是二 定是慧體 慧
　　是定用]”라고 하였고,『원각경』 註解에 “持戒 없이 입정함은 참다운 선정이 아
　　니며 <중략> 持戒入定을 진실로 奢摩他行이라고 한다.[無戒而入定 非眞定
　　也 <中略> 持戒入定 眞所謂奢摩他行也]”고 하였으니, 본래 계정혜 삼학은
　　상호보완적인 관계에 있음을 알 수 있다. 다만 수행에 있어 方便으로 순차를 두어,
　　먼저 계를 의지해서 악을 끊어 선정을 돕고 다음으로 선정에 의지해서 지혜를 발하
　　고 끝으로 지혜에 의지해서 이치를 증득하게 할 뿐이다. 慧能,『六祖壇經』50
　　면. 涵虛堂 解,『圓覺經』34면.

먼저 1~3구는 일체중생의 불성은 본래 원만한 것이나 범행(梵行)을 닦지 않고 계를 범하면 무명에 가려 미혹하게 됨에 자꾸 갈아서[계율을 지켜 점차 수행하여] 마음을 쇄석(碎石)282)처럼 만드는 것은 바로 자신의 손끝[實修]에 달려 있음을 드러냈다. 이어서 4~7구는 군대를 통솔하는 장수는 마음을 다스리는 수도자에, 적군(敵軍)과 적마(敵馬)는 마음속의 번뇌망상을 비유하여, 즉 장수가 적군과 적의 말을 살해할 생각을 심장과 간에 길러서 새겨둔다는 것은 선수행에 있어 지나치게 계율(戒律)에 얽매이는 집심(執心)으로 인해 도리어 번뇌망상을 일으켜 양단에 떨어지는 결과를 가져올 수 있음을 경계한 것이다. 이는 뜻을 펼칠 수 없는 때를 만나 전쟁에 지면 근심과 번뇌로 가득 차고, 반대로 때를 만나 전쟁에 이기면 한없는 기쁨에 집착하는 양단에 떨어진 경우를 절묘한 대우를 통해 함축적으로 표현한 것이다. 8~9구는 그러한 탐착심(貪着心)으로 인해 탐진(貪嗔)과 질투, 아만(我慢)에 머리를 싸매고 수고롭게 생각만하다가 밤낮으로 세월 가는 줄도 모르고 일생을 허비하게 되는 선수행자들의 과실을 지적했다. 끝으로 10~11구는 특히 삼독(三毒)을 세간과 출세간에 반드시 부숴야 할 것으로 경계하여 수행에 있어서 삼독의 병폐가 악한 도적보다 심함을 강조하였다. 즉 이 시는 선수행자들에게 지계(持戒)가 진정(眞定)에 들어가는 방편임을 강조하여 허송세월로 인생을 낭비하지 말고 정진할 것을 권면하는 한편, 방편인 계율에 속박되면 마음이 각성에 수순할 수 없기 때문에 참선 수행에 도

---

282) 쇄석은 방장산에 있는 돌을 가리킴. 拾遺記에 "방장산에 쇄석이 있는데 거리가 10리나 된다. 인물의 그림자가 마치 거울과 같이 비춘다.[方丈山 有細石[碎石] 去石十里 視人物之影如鏡爲]"고 하여, 쇄석의 조각조각이 거울처럼 모두 사람을 비출 수 있다고 한다.

리어 장애가 되어 끝내 중도(中道)의 깨달음을 얻을 수 없다는 선리를
특히 격율(格律)에 얽매이지 않는 고체시 11구를 사용하여 격외의 격
을 추구하는 자유로운 시정신(詩精神)으로 표현하였다.

　또한 그는 절대적 마음의 안정을 요하는 선수행에 있어, 방일한 마음
을 경계해야 함을 강조하였다.

<誡放逸>
背習回心求出離　　　습관 등지고 마음 돌려 벗어나길 구하니,
世人笑怪共相欺　　　世人들 괴이함을 비웃으며 업신여기네.
生前五欲從隨意　　　살아생전 오욕대로 뜻을 따른다면,
死後三途付與誰　　　죽은 뒤에 三途는 누구에게 부여될까.
就下身輕飛鳥升　　　낮은 데로 감은 나는 새보다 몸이 가볍지만,
高脚重跋龜速遲　　　높이 오름은 무겁고 절어 거북보다 느리네.
善難惡易還如此　　　착하기 어렵고 악하기 쉬움 또한 이러하니,
有智之流仔細思[283]　지혜 있는 무리들은 자세히 생각해 보라.

　수련은 구도(求道)의 길이란 오욕(五欲)의 염습(染習)을 등지고 마
음을 돌려 세상의 욕망(慾望)을 벗어나기를 구하는 깨달음의 길이다 보
니, 오히려 방일(放逸)에 빠진 세인(世人)들의 속안(俗眼)으로 보면
비웃음과 업신여김을 받기도 한다는 것이다. 함련은 살아생전에 오욕대
로 뜻을 따라 신심(身心)을 방일하면 사후(死後)에 그 과보(果報)로
지옥 · 아귀 · 축생의 삼악도(三惡途)에 떨어져 생사윤회를 면치 못하
게 되는 인과응보(因果應報)의 불법을 대구와 반어법을 사용하여 표현
하였다. 경련은 새와 거북의 비유를 대조적으로 묘사하여 특히 수행(修

---

283) 『詩集』, 59면.

行)의 인과(因果)를 극명하게 드러냈다. 즉 수행을 하지 않고 오욕에 따라 방일하면 그 경지가 낮은 데로 떨어짐이 마치 가볍게 허공을 나는 새처럼 쉽지만, 반대로 보리(菩提)를 증득하기 위해 향상일로(向上一路)로 나아가는 수행의 어려움은 마치 거북 걸음보다 느리다고 하여 수행의 중요성을 일깨웠다. 끝으로 미련은 수행하여 선연(善緣)을 짓기는 어렵고 방일하여 악연(惡緣)을 짓기는 상대적으로 쉬운 것이니 지혜(智慧)있는 무리들은 어렵더라도 방일을 경계하여 참선 수행에 정진하는 것만이 깨달음으로 가는 유일한 길임을 자각하여 속히 수행에 임할 것을 촉구하였다.

특히 그는 선도(禪道)를 추구하는 후생(後生)들을 위해, 여러 수행 방편 중에서도 달마 소림선(小林禪)의 면벽참선(面壁參禪)을 오언절구에 담아 간명하게 형상화하였다.

<誡後生>
妄作狂無碍　　　망령된 생각 미친 듯 거침이 없으니
爭如坐兀然　　　어찌 올연히 좌선하는 것만 같겠느냐.
大家齊面壁　　　大家들은 한결같이 면벽하고,
參取小林禪284)　소림선을 참구하여 취한 것이라.

기구와 승구는 당시의 후생들이 급급하게 자성(自性)을 밝히려 하지 않고, 무명(無明)이 참된 불성을 덮어 가려 미친 듯 일어나는 망념의 부침(浮沈)에 따라 일생을 허비하는 현실을 비판하며 올연히 좌선에 힘쓸 것을 반어법을 사용하여 강조하였다. 이어서 전구는 선지식(善知識)인

---

284) 『詩集』, 61면.

대가(大家)들이 실천했던 면벽참선의 선법을 제시하였고, 끝으로 결구
는 대가들이 특히 달마의 소림선(小林禪)을 참구해서 깨달음을 성취했
음을 분명히 밝혀, 수행자들이 미망(迷妄)에서 벗어나 돈오(頓悟)의 달
마선법을 취해 하루 빨리 대가들처럼 깨달음을 성취하기를 면려하였다.
실제 달마의 면벽참선법은 현재까지도 좌선의 정규(定規)로 받아들여
지고 있다.

다음으로 담영(湛靈) 상인(上人)이 육잠(六箴)을 구함에 지어 준 시
를 통해 육근(六根)에 대해 경계한 뜻을 살펴보고자 한다. '잠(箴)'은
본래 경계의 뜻을 펴는 고문체(古文體)의 하나[285]이다. 그러나 무의자
는 육잠(六箴)에 대한 함축적인 뜻을 효과적으로 전달하기 위해서 고체
시의 형식[286]을 원용(援用)하면서도 운문 속에 자연스럽게 산문적 표
현을 섞어 능숙한 솜씨로 써냈다. 선에서 특히 육근(六根)을 경계하는
의미는, 심식의 미망(迷妄)으로 인해 육근이 육경(六境 : 六塵)을 따
르게 되면 번뇌망상이 끊임없는 파랑처럼 일어나고, 탐(貪)·진(嗔)·
치(癡)의 삼독(三毒)이 치성하여 참선 수행에 장애가 됨은 물론 육도
(六途)에 윤회함을 면치 못하기 때문이다. 그러므로 무의자가 <尼拘

---

285) 『古文眞寶』에 '箴'의 대표적인 작품으로, 宋代 性理學者인 程頤의 <視
    箴>·<聽箴>·<言箴>·<動箴>의 四箴이 실려 있다. 이것은 孔子가
    顏淵이 仁을 묻자 克己復禮가 仁을 하는 것임을 일러주고, 그 條目을 청하자
    非禮勿視·非禮勿聽·非禮勿言·非禮勿動을 들어 가르쳐 준 내용을 程頤
    가 성리학적 입장에서 재해석하여 쓴 교훈적인 글이다.
286) <眼>은 雜言古詩로 上聲 篠韻·去聲 嘯韻·晧韻 등을 通韻하였고,
    <耳>는 五言古詩로 平聲 東韻·冬韻으로 通韻하였고, <鼻>는 五言古
    詩로 入聲 職韻으로 一韻到底하였고, <舌>은 五言古詩로 上聲 有韻·去
    聲 遇韻으로 換韻하였고, <身>은 五言古詩로 平聲 支韻·微韻으로 通韻
    하였고, <意>는 五言古詩로 平聲 庚韻·靑韻으로 通韻하였다.

話>에서 "해탈의 도를 알고자 한다면, 육근과 육경이 서로 이르지 않아야 하리라.[欲知解脫道 根境不相到]"고 한 것이다. 곧 육근을 경계해서 육진을 따르지 않게 하여 심식의 미망을 끊는 것이 보리를 성취하여 해탈에 이르는 첩경이라 할 수 있다.[287]

먼저 안근(眼根)에 관한 경계의 뜻을 형상화한 시를 살펴보면 아래와 같다.

<眼>

塵中有大經	眼塵 가운데 큰 법이 있는데,
如何看不了	어째서 보고도 못 깨닫는가.
速撥律陀眼	속히 뜨면 아나율[288]의 눈 되고,
早開迦葉哂	일찍 열면 가섭[289]의 웃음 되네.
鬱鬱渭邊松	울창한 시냇가 소나무,
靑靑原上草	푸르른 언덕 위의 풀.
咄咄咄漏逗也不少[290]	돌돌돌 소홀함이 또한 적지 않네.

1, 2구는 안진(眼塵) 가운데 큰 법이 있는데, 어째서 보고도 못 깨닫

---

287) 무의자는 <니구화>에서 "해탈의 도를 알고자 한다면, 육근과 육경이 서로 이르지 않아야 하리라.[欲知解脫道 根境不相到]"고 했다. 또한 『圓覺經』에 보면 중생이 생사윤회를 면하고 見性悟道하고자 하면 먼저 탐욕을 끊어서 愛渴을 제거해야 하며, 그러기 위해서는 무엇보다 육근을 경계하여 육근이 육경을 따라 浮沈하지 않아야 하고, 나아가 諸欲을 버리고 愛憎을 제거하여 길이 윤회를 끊어 부지런히 如來圓覺의 깨달음을 구해야 淸淨心에 開悟를 얻을 수 있다 [衆生欲脫生死 免諸輪廻 先斷貪欲 及除愛渴 <中略> 若諸末世一切衆生 能捨諸欲 及除憎愛 永斷輪廻 勤求如來圓覺 於淸淨心 便得開悟.]고 하였다. <尼拘話>, 『語錄』 48면. 涵虛堂 解, 『圓覺經』, 14~15면.
288) 아나율은 부처의 십대 제자 가운데 특히 天眼 제일로 알려진 불제자이다.
289) 가섭은 부처의 십대 제자 가운데 특히 頭陀[청정행] 제일로 알려진 불제자이다.
290) <湛靈上人求六箴>, 『詩集』, 59면.

는가? 라고 하여, 참선 수행하여 안근(眼根)으로 대경인 색[眼塵]을 따라 망상을 일으키지 않고 청정한 육근에 근거하여 육경을 있는 그대로 직관할 수 있다면 모든 것이 다 불법의 대경(大經) 아닌 것이 없어 촉처(觸處)에 견도(見道)할 수 있는데, 왜 어리석게도 눈으로 보고 아직 못 깨닫는가?라는 물음을 통해 주의를 환기시켰다. 이어서 3, 4구는 속히 눈을 뜨면[깨달으면] 아나율의 눈처럼 천상천하(天上天下)를 다 볼 수 있는 천안(天眼)을 지니게 되고, 일찍 눈을 열면[깨달으면] 가섭의 웃음[拈花微笑]처럼 마음으로 깨닫게 되는 경지를 비유법과 정교한 대우를 통해 간명하게 형상화하였다. 5, 6구는 울창한 시냇가 소나무와 푸른 언덕 위의 풀에 촉처견도(觸處見道)한 선적 오경을 울울(鬱鬱)과 청청(靑靑)·위변(渭邊)과 원상(原上)·송(松)과 초(草)의 공교한 대우를 통해 함축적으로 형상화하였다. 즉 안근으로 안경(眼境)인 송(松)·초(草)를 직관하여 체오한 불법의 영구성[松·草의 푸른 生命性]과 불법의 편재성[松·草의 遍在性]을 상징적으로 형상화한 것이다. 끝으로 7구는 돌돌돌 깊이 탄식하며 수행에 소홀함을 안타까워하는 선각자의 마음을 구어체 형식으로 꾸밈없이 읊어 냈다. 따라서 이 시는 고체시 속에 운문적 표현과 산문적 표현을 자연스럽게 운용하여 <眼箴>의 함축적인 뜻을 보다 효과적으로 드러낸 작품이다.

<耳>시에서는 "오음을 좇아서 가지 말라, 오음이 너희 귀를 멀게 하리라"291)고 하였고, <鼻>시에서는 "향기 속에 쓸데없이 열지도 말고, 냄새 속에 억지로 막지도 말라."292)고 하였으며, <舌>시에서는

---

291) 위와 같은 곳, 莫逐五音去 五音令汝聾.
292) 위와 같은 곳, 香處勿妄開 臭中休强塞.

"법희(法喜)를 탐하지 않는 것도 부끄러운데 하물며 무명주(無明酒)를 즐기리오."293)라고 하여, 이근(耳根)·비근(鼻根)·설근(舌根) 또한 안근(眼根)과 색경(色境)의 관계에서와 같이 심식이 각각의 근을 통해 성(聲), 향(香), 미(味)의 대경(對境)을 따라 망상을 일으키므로 그것에 집착하지 말고, 참선 수행을 통해 청정(淸淨)한 육근이 육경을 직관하여 우주 자연의 실상을 체오하게 되면 바로 그것이 불법임을 담아냈다. 특히 <耳箴>시에서는 "경쇠 소리 흔들려 명월에 울리고, 다듬질 소리 백운(白雲)까지 들리네."294)라고 하여, 이근(耳根)의 수행을 통해 얻은 깨달음의 경계를 자연의 소리에 잘 비유하여 고원(高遠)한 의경으로 형상화하였다.

나아가 선가에서 육신은 사대(四大 : 地水火風)가 가합(假合)한 것으로 제욕(諸欲)이 몸을 의지해 일어나기 때문에 삼업(三業 : 身口意)을 짓지 않기 위해서는 항상 몸을 청정하게 해야 한다는 것을 수행의 선행 조건으로 삼는다. 특히 육신에 필요한 의식(衣食)은 탐욕(貪慾)을 발하는 근원이 되므로, 선수행자는 탐하여 먹거나 입으려는 욕심을 절대적으로 제멸(除滅)해야만 비로소 신심(身心)이 모두 청정해져서 각성(覺性)에 수순할 수 있는 경계에 이르게 되는데, 무의자는 이러한 신(身)에 대한 경계의 뜻을 비유적 심상을 사용하여 함축적으로 표현하였다.

<身>
莫咬一粒米　　한 톨의 쌀도 씹어 먹지 말고,

---

293) 위와 같은 곳, 不貪法喜羞　況嗜無明酒.
294) 위와 같은 곳, 磬搖明月響　砧隔白雲春.

莫掛一條絲	한 가닥 실도 걸치지 말라.
恐失家常飯	두려운 건 집안의 평소 밥을 축내고,
須染孃生衣	모친이 평소 지어 주신 옷 더럽힐까 함이라.
壺中一天地	병 속에는 온 천지요,
劫外四威儀	겁 밖에는 四威儀라.
汝若不如是	네가 이처럼 하지 못한다면,
何名出家兒295)	출가자라 이름 할 수 있겠는가.

먼저 1·2구는 수행을 위한 것이 아니라면 한 톨의 쌀도 씹어 먹지 말고 한 가닥 실도 걸치지 말라고 하여, 환화(幻化)인 육신에 대한 집착심을 버리라는 경계의 뜻을 담아냈다. 따라서 3·4구는 수행하지 않고 먹고 입는 것이 오히려 집안의 평소 밥만 축내고, 어머니께서 평소에 지어 주신 옷을 더럽힐까 두렵다고 하여, 법기(法器)로서의 의미를 잃은 육신이란 불필요한 존재에 지나지 않음을 강조하였다. 5·6구는 시의(詩意)를 반전(反轉)하여 법기로서의 육신의 의미를 상징적으로 형상화하였다. 즉 병 속과 같이 작은 몸이라 하더라도 깨달음을 얻게 되면 시공(時空)을 초월하여 천지에 변재(遍在)하고, 겁 밖에 행주좌와 사위의가 영구히 유전하게 된다는 것이다. 끝으로 7·8구는 이렇게 자세히 일러 주었는데도 담영 상인 네가 만약 참 수행을 실천하지 못한다면 어찌 진정한 출가자라 이름 할 수 있겠는가? 라고 하여, 참된 출가자의 본분은 깨달음의 향상일로(向上一路)를 향해 정진하는데 있다는 것을 반어적으로 강조하였다.

끝으로 <意>를 경계한 시에서는 육근 중에서도 가장 경계를 요하는 의근에 대한 교훈적인 뜻을 담아냈다. 의근(意根)은 전념(前念)의

---

295) 위와 같은 곳.

육식(六識)이 소멸하고 후념(後念)의 육식(六識)이 일어날 근거가 되
는 것으로, 후념에 일어날 온갖 심적(心的) 현상을 이끌어 낼 수 있는
육식의 근거를 뜻한다.

<意>

忘懷墮鬼窟	忘懷하면 귀신 굴에 떨어지고,
着意縱猿情	着意하면 猿情을 따르게 되네.
更擬除二病	더욱 二病을 제거했나 헤아린다면,
未免野狐情	아직 野狐情을 면치 못한 것이니라.
水任方圓器	물은 方器와 圓器 따라 담기고,
鏡隨胡漢形	거울은 胡形과 漢形 따라 비추네.
直饒伊麼去	현실에 만족해서 그대로 간다면,
猶較患聾盲296)	귀먹고 눈멂에 비교될까 근심되네.

수련은 참다운 생각을 잊어버리면 귀신굴에 떨어지고 착의(着意)하
면 원숭이처럼 날뛰는 정(情)을 따르게 된다고 하여, 특히 망회(忘懷)
와 착의(着意), 수(隨)와 종(縱), 귀굴(鬼窟)과 원정(猿情)의 공교한
대우를 통해 의근이 양견(兩見)에 떨어짐을 경계하는 내용을 극명하게
드러냈다. 이어서 함련은 '이병(二病)인 망회(忘懷)와 착의(着意)를
제거했나?'라고 헤아린다면 아직 야호정(野狐情)297)을 면치 못한 것이
라고 하여, 즉 '망회와 착의를 제거했나?'하고 의심하는 한 생각[我相]
을 일으키는 순간 망령되이 자신이 깨달았다고 하는 야호선(野狐禪)의

---

296) 『詩集』, 59면, 縱은 從의 뜻으로, 縱과 從은 통용됨.
297) 야호정은 어떤 노인이 因果를 談論하면서 한 글자를 잘못 대답한 것으로 인해서
　　五百生을 野狐身으로 떨어졌는데, 뒤에 百丈禪師의 點化해 주는 것을 만나서
　　비로소 해탈을 얻었다고 하는 이야기에서 온 말로, 전하여 선종에서 망령되게 자신
　　이 깨달았다고 일컫는 邪僻한 外道의 무리를 譏弄하는 뜻으로 쓰인다.

외도(外道)에 떨어져 무상(無相)한 깨달음의 실상을 망인(妄認)하게
될까 경계하였다. 이에 경련에서는 그러한 무아(無我)의 경지 즉 무심
에 근거한 의근으로 법경(法境)을 직관하여 영통응물(靈通應物)한 묘
오의 경지를 물[水]과 거울[鏡]의 성상(性相)의 여여(如如)함에 비유
하였다. 즉 수성(水性)이 방기와 원기의 모양을 따라 자연스럽게 담겨
지고, 경성(鏡性)이 오랑캐가 오면 오랑캐를 비추고 한나라 사람이 오
면 한나라 사람을 무심하게 실상 그대로 비추는 것과 같이, 망회(忘懷)
와 착의(着意)의 양견(兩見)을 여읜 의근 또한 법경을 실상 그대로 관
조하는 오경(悟境)에 이른다는 것이다. 끝으로 미련은 수행하지 않고
현실에 만족해서 유유히 흘러가는 세월을 허비한다면 귀로 불법을 들어
도 알아듣지 못하고 또한 눈을 뜨고 불법을 보아도 실상을 정견(正見)
하지 못하는 어리석음을 농자(聾者)와 맹자(盲者)에 비유하여, 선의 실
천적 수행을 촉발하는 뜻을 담아냈다.

이상으로 그가 선적 자각을 바탕으로 계의 선적 의미를 읊은 잠계시
를 살펴보았다. <譯誡> 시는 먼저 범행의 실수(實修)를 경계하고 이
어서 파계(破戒)를 악적(惡賊)에 비유하여, 계를 범해서는 안 된다는
중도(中道)의 선리를 격률에 얽매이지 않는 고체시를 사용하여 자유롭
게 표현한 것이다. <誡放逸>시는 칠언율시로, 새와 거북의 비유를
대조적으로 사용하여 수행의 인과(因果)를 극명하게 드러내었다. <誡
後生>시에서는 대가들이 실천했던 달마의 면벽참선을 오언절구를 써
서 후생들에게 간명하게 현시하여 실천적 참선 수행을 촉구하였다. 특히
<六箴>은 시의(詩意)의 효과적인 전달을 위해 고체시의 형식을 원용
하되 형식에 얽매이지 않고 말을 다듬느라고 애쓴 흔적 없이 시를 내려

쓴 능숙한 시재가 돋보인다. 즉 그가 효과적인 시의 전달을 위해 내용에
맞는 형식을 모색함으로써 시교(詩敎)에 힘썼다는 것을 알 수 있다.

(3) 찬경시(讚經詩)

찬경시는 부처의 교법(敎法)을 담은 불경(佛經)을 찬미하는 내용을
한시의 형식에 담아 중생을 교화한 시다. 불경은 중생들을 피안의 세계
인 불과(佛果)에 실어 옮기는 불승(佛乘)[298]인데, 그 속에는 흔히 게송
(偈頌)으로 부처의 공덕(功德)과 교리(敎理)를 찬미한 경우가 많다.
그러나 무의자는 게송 대신 주로 한시의 형식을 원용하여 불경의 유현
(幽玄)한 내용을 간명하게 함축적으로 담아냄으로써, 선수행자가 그 본
의(本義) 만을 쉽게 기억하고 항상 명심하여 참선 수행의 방편으로 삼
도록 하였다. 이러한 경향은 그가 선승(禪僧)이면서도 출가 전에 익힌
풍부한 한문 소양을 바탕으로 찬경(讚經)의 내용을 한시로 즐겨 읊은
결과이다. 작품으로는 선가(禪家)의 소의 경전인『원각경(圓覺經)』을
장별로 찬미한 칠언고시 9수와 칠언절구 5수,『금강경(金剛經)』을 찬
미한 사언고시 1수가 전해진다.[299]

---

298) 佛乘의 乘은 실어 옮긴다는 뜻으로, 즉 중생들을 싣고 佛果에 이르게 하는 敎
즉 부처가 말씀하신 교법을 가리키는 말이다. 따라서 讚佛乘은 불승을 찬양하고 사
람을 교화한다는 뜻이다. 『법화경』〈방편품〉에 "我는 곧 스스로를 思惟한다.
만약 佛乘만 讚한다면 중생이 苦에 빠져서 이 법을 믿지 않을 것이다"라고 하였다.
299) <混元上人請圓覺經讚>시는 총 14수인데, <大光明藏章>은 七絶 押
韻字는 平聲 東韻, <文殊章>은 七古 去聲 物韻과 月韻의 通韻, <普
賢章>은 七古 去聲 屑韻, <普眼章>은 七絶 平聲 寒韻, <金剛藏章>은
七古 平聲 庚韻, <彌勒章>은 七絶 平聲 支韻, <淸淨慧章>은 七絶 平
聲 微韻, <威德自在章>은 七古 平聲 先韻, <辨首章>은 七古 上聲

『원각경』은 본명이 『대방광원각수다라요의경(大方廣圓覺修多羅了義經)』으로 일경(一經) 십이장(十二章)[300]으로 구성되어 있다. 무의자는 혼원(混元) 상인(上人)이 『원각경』에 대한 찬시(讚詩)를 청함에 본론(本論 : 正宗分)에 해당하는 12장에 대한 각각의 찬 12수를 짓고, 제1장인 <文殊章> 앞에 서론[序分]에 해당하는 <大光明藏章>을 두어 큰 광명을 감추고 있는 부처에 대해 찬미하고, 제12장 <賢善首章> 뒤에 결론(結論 : 流通分)에 해당하는 <總頌>을 두어 총 14수를 지어 주었다. 『원각경』은 대승(大乘) 원돈(圓頓)의 교리를 설한 경전으로, 주로 관심(觀心)의 행법[觀行]을 자세히 밝히고 있어 선수행자들의 필독서라 할 수 있다.

먼저 문수보살(文殊菩薩)[301]이 여래인지(如來因地)를 물음에 무명(無明)의 정체(正體)를 보이신 <文殊章>을 찬미한 시를 살펴보면 아래와 같다.

麌韻, <淨諸業障章>은 七古 平聲 眞韻과 上聲 有韻의 換韻, <普覺章>은 七古 平聲 支韻, <圓覺章>은 七古 平聲 虞韻, <賢善首章>은 七古 平聲 先韻, <總頌>은 七絶 平聲 眞韻이다. <小字金剛經贊>은 四言古詩 魚·箇·馬·哿·先·翰을 隨意換韻하였다. 이 외에도 무의자 어록에 인용된 다양한 경전과 그의 폭넓은 대중교화적 측면을 고려해 볼 때 더 많은 찬경시가 있었으리라 생각된다. ※ 贊과 讚은 音이 같기 때문에 假借하여 서로 通用 되었다.

300) 부처가 神通大光明藏三昧에 들어서 모든 淨土에 나타나니 文殊·普賢菩薩 등 十二 大士[菩薩]가 차례로 因地修證法門을 請問하니, 이에 부처가 질문에 차례대로 답하여 주었기 때문에, 그 결과 十二章으로 구성되어 있다.

301) 文殊는 文殊師利로 Mañjuśri의 音譯이며, 妙吉祥이라 번역함. 지혜 제일로 推仰받는 불제자로 특히 普賢菩薩과 함께 석가모니불의 補處로서 왼쪽에 있으며 지혜를 맡은 大乘菩薩이다.

<文殊章>
妄認身心受苦輪   身心을 妄認하여 괴로운 윤회 받는 것이니,
都緣不識天眞佛   모두가 인연으로 天眞佛인줄 알지 못함일세.
欲知法行最初因   최초의 因地法行을 알고자 하나니,
空本無花天一月[302] 허공엔 본래 꽃 없고 하늘엔 달 하나라.

　1, 2구는 무명의 실체는 신심을 망인하여 괴로운 윤회를 받는 것이니, 이 모두가 다만 무명업식(無明業識)에 따른 전도망상(顚倒妄想)으로 인하여 중생 자신이 본래 천진불(天眞佛)인 줄 알지 못하는데 있다는 것이다. 즉 중생들은 무명 때문에 어리석게도 사대(四大)가 가합(假合)으로 이루어진 몸을 실제 자기[我]라 망인하여 자신이 본래 청정원각(淸淨圓覺)을 구유한 천진불임을 알지 못할 뿐이라는 것이니, 그 이면에는 중생의 신심이 문득 부처인 줄 깨닫는다면 바로 해탈해서 윤회로부터 벗어난다는 불리(佛理)가 내재되어 있다. 이어서 3구는 지혜제일(智慧第一)로 알려진 문수보살이 중생들로 하여금 신해(信解)를 바르게 하여 불도(佛道)를 성취하게 하고자, 여래의 최초 인지법행(因地法行)을 질문한 내용을 담아냈다. 끝으로 4구는 그 질문에 대한 부처의 대답을 허공엔 꽃이 본래 없고 하늘에는 달이 하나뿐이라고 하여, 무명(無明)과 원각(圓覺)을 대비하여 극명하게 형상화하였다. 여기서 허공에 꽃이 본래 없다는 것은 본래 실체가 없는 무명을 비유하고, 하늘에는 달이 하나라고 한 것은 마음속 청정원각(淸淨圓覺)의 본체(本體)를 비유한다. 이 시를 통해 그가 경전의 내용을 간이화(簡易化)하여 짧은 시 형식에 담아냄으로써, 수행자 스스로 그 속에 담긴 뜻을 깨우쳐 오리견

---

302) 『詩集』, 57면.

성(悟理見性)할 수 있도록 하고자 한 것임을 알 수 있다.

다음으로 보현보살(普賢菩薩)[303]이 허환(虛幻)을 여의는 것을 주안으로 하는 수행의 실제를 묻자, 수행에 대해 현시[現修]한 <普賢章>을 찬미한 시를 살펴보고자 한다.

> <普賢章>
> 幻修如木兩相磨　　환으로 닦음은 마치 나무를 서로 비벼서,
> 火了煙灰都散滅　　타버리면 연기와 재 되어 모두 흩어짐과 같네.
> 欲知末後句如何　　말후구를 알려면 진실로 어떻게 해야 하나,
> 萬里凝然一條鐵[304]　만리까지 응연히 한 줄기의 쇠처럼 하라.

1·2구는 환(幻)으로 환(幻)을 닦는 것은 마치 두 개의 나무를 서로 비벼서 불이 일어나서 나무가 타 없어지면 재가 날리고 연기까지 사라지는 것과 같다고 하였다. 여기서 두 개의 나무는 각각 마음과 경계를 비유하고, 불은 마음과 경계를 인식하는 지혜를 비유한다. 또한 불이 일어나서 두 개의 나무가 다 타서 없어지는 것은 마치 지혜가 생겨 마음과 경계가 다 공(空)해지는 것을 비유하고, 나아가 재와 연기의 흔적이 다 사라져야 한다는 것은 그것을 태운 지혜마저도 공(空)해져 그 흔적까지 없애야 함을 비유한다. 이 때 마음과 경계를 인식한 지혜는 깨닫기 전의 지혜로, 이것은 깨달은 후의 대지(大智)와는 다르기 때문에 비워야만 한다. 즉 부처가 보현보살(普賢菩薩)에게 환(幻)을 여의는 수행의 근

---

303) 보현보살은 석가여래의 오른쪽 보처보살로서, 理德·定德·行德을 맡은 大菩薩이다. 또한 중생들의 목숨을 길게 하는 덕을 가졌으므로 普賢延命菩薩이라고도 한다.
304) 『詩集』, 57면.

본 자세에 대해서 '양목찬화(兩木鑽火)'의 묘유(妙喩)를 들어 절실하게 교시한 내용을 무의자가 다시 간명하게 표현한 것이다. 3구는 "말후구(末後句)[305]를 알려면 진실로 어떻게 해야 하나?"라고 하여, 즉 그렇다면 허환(虛幻)을 여의고 원각(圓覺)을 얻기 위해서는 실제 어떻게 수행해야 하는가? 라고 자문(自問)하여, 질문의 형식을 통해 수행자의 관심을 환기시켜 자발적(自發的) 참여를 유도하였다. 끝으로 4구는 만리(萬里)까지 응연히 한 줄기의 쇠처럼 하라고 자답(自答)하여, 수행자로 하여금 확고부동한 자세로 임해야만 반드시 생사(生死)의 관문(關門)을 뚫고 말후일구(末後一句)를 얻어 원각(圓覺)을 성취할 수 있음을 보였다.

『원각경』중에 문수보살은 깨달음을 현시하고, 보현보살은 수행에 대해 현시하고, 보안보살(普眼菩薩)은 정관(正觀)과 취증(趣證)을 밝혀, 이미 오(悟)·수(修)·증(證)의 뜻을 분명히 하였다. 그러나 상근기는 근기가 뛰어나 한번 듣고도 문득 깨닫지만 중근기와 하근기는 아직 의심이 생김을 면치 못하여 그 의심이 수행의 정로(正路)인 관문(觀門)의 장애가 되어 마침내 깨달음의 묘경(妙境)을 요달하는 것을 기약할 수가 없게 된다.

이에 금강장보살(金剛藏菩薩)[306]이 대중을 위해 의심을 결정하고자 미혹(迷惑)의 본질을 물으니 이 장이 <金剛藏章>이며 이를 찬미한 시를 살펴보면 다음과 같다.

---

305) 말후는 究竟의 뜻으로, 말후구는 깨달음을 보인 긴요한 語句를 가리킨다.
306) 금강장보살은 金剛界 現劫十六尊 가운데 한 분으로, 이 菩薩明王은 念怒身을 드러내고 혹은 金剛杵를 가지고 惡魔를 調伏하므로 金剛藏王이라 한다.

<金剛藏章>

空理幻花無起滅	공의 이치론 幻花 본래 생하고 멸함 없으며,
金重鑛穢不重生	귀중한 금 더러운 광석으로 다시 생기지 않네.
何適衆生本成佛	어디를 간들 중생은 본래 성불하는 것인데,
況疑諸佛更無明307)	더군다나 諸佛 다시 無名이라고 의심하랴.

    1구는 공의 이치론 환화(幻花 : 空花)는 본래 기멸(起滅 : 生滅)이 따로 없다고 하여, 금강장의 세 가지 질문308)에 대해 부처가 공화(空花)의 비유를 들어 총괄적으로 대답한 내용을 압축적으로 표현하였다. 이어서 2구는 귀중한 순금은 더러운 광석으로 다시 생기지 않는다고 하여, 특히 세 번째 질문에 대해 부처가 금광의 비유를 들어 대답한 내용만을 간명하게 표현하였다. 여기서 광석은 무명으로 가려진 중생의 심성을, 순금은 부처의 청정원각을 비유한다. 따라서 광석을 녹여 얻은 귀중한 순금[圓覺]이 다시는 광석[無名]으로 되지 않는다고 한 것은, 즉 청정원각의 귀중한 순금[精金]이란 무명의 광석이 녹아 드러난 것임을 보여서, 중생들이 본래 내가 부처임을 확실히 믿고 영원히 의심을 끊는 것이 중요함을 강조한 것이다. 따라서 3구는 어디를 가나 중생들은 본래 성불하는 것임을 밝혀, 중생으로 하여금 결정신(決定信)309)을 얻어 마음에서 스스로 부처를 찾을 것을 당부하였다. 끝으로 4구는 "더군다나

---

307) 『詩集』, 57면.

308) 첫째, "중생들이 본래 부처였다면 무슨 까닭에 다시 무명이 있습니까?", 둘째, "무명이 본래 있다면 왜 여래께서는 본래 부처였다고 하십니까?", 셋째, "시방의 중생들이 본래 부처였다가 나중에 무명을 일으킨다면 一切如來는 언제 다시 무명을 일으키어 중생이 되겠습니까?" 라고 질문한 것을 말한다.

309) 결정신이란 세 가지 의심이 끊어지고 본래 내가 부처임을 확실히 믿어 다시 동요됨이 없는 견해로, 마음 밖에서 따로 부처를 구할 수 없음을 결정코 믿고 끝내 모두 부처가 되는 것을 의심하지 않는 것이다.

제불(諸佛)이 다시 무명(無名)이라고 의심하랴?"라고 하여, 즉 원각(圓覺)을 이루어 부처가 되면 다시 무명(無明)을 일으켜 중생이 되지 않는다는 것을 반어적으로 강조하여, 더욱 향상일로(向上一路)의 깨달음을 위해 정진할 것을 권면하였다.

다음으로 윤회의 근본을 물어 중생을 위해 여래의 무상원각(無上圓覺)의 경계를 구하는 지름길을 제시한 <彌勒[310]章>에 대해 찬미한 시를 살펴보고자 한다.

<彌勒章>

衆生病本全痴受	중생의 병은 본래 전부 癡情으로 받는 것
菩薩醫方大智悲	보살들의 치료 방편 큰 지혜와 큰 자비라네.
病去藥除方自在	병 제거하고 약 버리면 바야흐로 自在하여,
妙藏嚴域任遊戲[311]	妙藏嚴域에서 마음대로 유희하게 되리라.

기구와 승구는 먼저 중생의 병이란 본래 전부 치정(癡情)으로 몸[생명]을 받아 생사윤회에 떨어지는 것이고, 나아가 보살의 치료는 동체대비(同體大悲)의 정신을 바탕으로 어리석은 중생들의 병을 치료하기 위해 세간에 들어가 동사섭(同事攝)하는 대지대비(大智大悲)에 있다고 하여, 중생의 병과 보살의 치료를 대비적으로 형상화하였다. 이어서 전구는 중생의 병을 제거하고 보살의 약[치료]을 버리면 바야흐로 중생과 보살이 모두 자재(自在)할 것이라고 하였다. 즉 중생이 치정의 애욕

---

310) 미륵은 慈氏라고 이르며 慈와 悲는 상대가 되어, 慈는 福慧를 도와주고 悲는 고통을 뽑아준다[拔苦]는 각각의 뜻을 지닌다. 특히 중생의 愛慾을 바꾸어서 자비를 성취케 하는 大誓願을 세운 보살이며, 現世에 자비로써 중생의 고통을 뽑아 준 釋迦牟尼의 자취를 이어 未來世에 자비로써 중생에게 즐거움을 나눠주기 위해 出興하신다는 未來佛이다.

311) 『詩集』, 57~58면.

을 버리면 윤회를 끊고 저 여래의 원각(圓覺)을 증득하여 자재하게 될 것이며, 보살 또한 서원(誓願)이 충족하여 약을 쓸 필요가 없게 되면 대원각(大圓覺)의 자재한 경계에 머물게 된다는 뜻이다. 따라서 결구는 중생과 보살이 모두 오묘하고 장엄한 경지[妙藏嚴域]인 원각의 경지에서 임의(任意)대로 유희(遊戲)하게 되리라는 것을 교시하여, 수행자들로 하여금 대원각에 대한 희구심(希求心)을 감발(感發)하도록 계도하였다.

이와 같이 무의자는 『원각경』의 현묘한 교의를 수행자들이 알기 쉽게 해설하되, 『원각경』의 심오한 뜻을 특히 칠언고시(四句)나 칠언절구의 한시를 원용하여 간명하게 응축해 놓음으로써, 수행자들이 쉽게 기억하고 수시수처에 원각의 이치를 심득(心得)하는 방편으로 삼도록 하였음을 알 수 있다. 한편 그는 노파의 간절한 마음으로 윤회를 끊는 묘리(妙理)를 전하고자 『원각경』 십이장(十二章)에 대한 해설을 시로 써냈으면서도, 오히려 언어로 형용할 수 없는 심오(深奧)한 원각의 깨달음을 온전히 전해주지 못하는 선각자의 안타까운 심정을 <總頌>에 담아내고 있다.

老婆心切苦諄諄　　노파심 간절하여 애써 가르쳐 주고 싶었는데,
爭奈難傳妙斲輪　　어찌 이리도 수레바퀴 깎는[312] 묘함 전하기
　　　　　　　　　어려운가.

---

312) 수레바퀴를 깎는다[斲輪]는 것은 『莊子』 <天道>편에 나오는 말이다. 輪扁이란 사람이 七十 평생 동안 나무를 깎아서 수레바퀴를 만드는 일[斲輪]을 업으로 익혀 자연 풍부한 경험이 쌓여서 손에 잡으면 마음에 응하는 신묘한 경지에 도달하게 되었다. 그러나 자신이 알고 있는 斲輪의 오묘한 方道만은 그 자식에게도 말로 전해줄 수 없었다고 한다. 여기서는 圓覺의 奧妙한 깨달음은 철저한 自證自悟에 있기 때문에 師資간이라도 전해 줄 수 없음에 비유한 것이다.

十二章章詮不及　　　원각경 열두 장마다 해설해도 미치지 못하니,
留將密付箇中人313)　　간직했다 은밀히 몇 사람에게 전해 줄 수 있
　　　　　　　　　　　을까.

　　다음으로 <小字金剛經贊>시를 살펴보고자 한다. 시에 아우른 서문(序文)에 "수도하는 사람 경연(炅然)이 조그마한 둥근 원안에 금강경을 써서 마음에다 눈을 붙여 정성을 다 했다. 글자마다 획이 모기가 베 위로 빨리 달리는 것 같아서, 그 발자취의 공교로움이 소라의 무늬보다 더 교묘했다. 다만 글씨가 붓을 공교롭게 놀린 것뿐만 아니고, 또한 글 안에는 근기를 설하는 묘함도 담겨져 있었다. 진실로 마음이 정밀(精密)하고 지혜가 교묘한 자가 아니라면, 어찌 이런 경지에 이를 수 있겠는가? 그를 위해서 찬을 짓는다."314)라고 하여, 금강경을 사경(寫經)한 지극한 정성과 교묘한 지혜를 갖춘 경연을 위해 금강경을 찬미하는 시를 지었음을 밝히고 있다.

　　　　<小字金剛經贊>
　　實相無相　　　실상은 무상이니,
　　體自圓虛　　　본체 절로 원만하고 텅 빈 것.
　　虛不失照　　　비었으나 비춤을 잃지 않고,
　　照無遺餘　　　두루 비춰 남겨 둠이 없어라.
　　隨緣萬別　　　인연 따라 만 가지로 다르나,
　　不癈一如　　　폐하지를 않아서 한결같네.

---

313) 『詩集』, 58면.
314) 위와 같은 곳, 道者炅然 於少環中 寫金剛經心着眼 字字畫如蚊睫行布
　　巧以螺文 非唯用筆之工 亦乃說機之妙 苟非心精智巧 何以臻此哉 爲之
　　贊曰.

大悲大智　　큰 자비와 큰 지혜로서,
於焉起予　　이에 나를 일으키누나.
洗足敷坐　　발을 씻고 가부좌하니,
空生覷破　　空生이 보고 알아차렸네.
因而請益　　인하여 더 배우길 청하니,
乃爾注下　　이에 쉽게 가르쳐 주셨네.
雖度四生　　四生을 제도한다 하나,
亦本無我　　또한 본래부터 無我인 것.
今此小輪　　지금 이 작은 원[小輪]에,
具三般若　　三般若를 모두 갖추었으니,
於文字中　　문자 가운데에,
着得箇眠　　개개 눈이 붙어 있구나.
乘筏超流　　뗏목 타고 물 건너 가면,
便登波岸315)　　곧 피안에 오를 것이라.

이 시는 사언 고시로, 평성인 어운(魚韻)·거성인 개운(箇韻)·상성인 마운(馬韻)·상성인 가운(哿韻)·평성인 선운(先韻)·거성인 한운(翰韻)을 자유롭게 교체해 가면서 수의환운(隨意換韻)하여 진솔하게 써내려 간 작품이다. 의미상 크게 세 단락으로 나누어 보면, 첫째 1~8구는 『금강경』의 대의(大義)를 평이한 표현 속에 특히 실상(實相)과 연기(緣起)의 묘리(妙理)를 대비적으로 설명하여 깊이 있게 드러냈다. 즉 실상은 무상(無相)한 것으로, 그 체가 본래 원허(圓虛)하여 제상(諸相)을 비추고, 머무름이 없이[無住] 인연 따라 삼라만상을 두루 비춰서 항상 체용(體用)이 일여(一如)하다는 것이다. 그리고 이러한 『금강경』의 설법을 통해 중생으로 하여금 오리견성(悟理見性)하게 한

---

315) 위와 같은 곳, 癈는 廢의 뜻으로 癈와 廢는 통용된다. 眠(잠잘 면)字는 眼(눈 안)字의 誤字이며, 波는 彼의 오자인 듯 하다.

부처의 대비대지(大悲大智)가 자신의 깊은 신심(信心)을 일으킨다고 그 감동(感動)을 고백하였다. 둘째 9~14구는 부처의 『금강경』의 설법이 사상(四相)316)을 여읜 부처의 무상보시(無相布施)임을 말하였다. 즉 부처가 발을 씻고 가부좌한 뒤 입정하여 무념삼매(無念三昧)에 들어 밀음전법(密音傳法)을 한 뜻을 공생(空生 : 須菩提)317)이 알아차리고 인해서 더 배우기를 청하니, 이에 물을 위에서 아래로 쏟아 붓듯 쉽고도 확실하게 보여 주셨다는 것이다. 그러나 부처가 비록 금강경을 설법하여 사생(四生)318)을 제도한다 하셨지만 실제는 본래 무아(無我)의 무상보시일 뿐이니, 이 금강경을 사경(寫經)한 경연 또한 이러한 부처의 무아의 가르침을 명심해서 사경한 공덕을 바라지 말 것을 경계한 것이다. 셋째 15~20구는 경연이 사경한 금강경을 칭찬하였다. 즉 금강경을 쓴 작은 원에 삼반야(三般若)319)인 문자반야(文字般若), 관조반

---

316) 四相은 我相·人相·衆生相·壽者相을 말한다. 我相은 色·受·相·行·識의 五蘊이 假合하여 생긴 몸과 마음에 實在의 我가 있다고 하고 또 我執의 所有라고 집착하는 所見이다. 人相은 我는 인간이어서 畜生趣 등과 다르다고 집착하는 所見이다. 衆生相은 我는 五蘊法으로 말미암아 생긴 것이라고 집착하는 所見이다. 壽者相은 我는 일정한 기간의 목숨이 있다고 집착하는 所見을 뜻한다.

317) 공생은 須菩提·須扶提·善現·善吉 등으로 번역되며, 十大弟子 중에 解空第一로 推仰받는 佛弟子이다. 공생은 날 때에 家中의 食庫와 筐篋과 器皿이 모두 비었는데 占하는 사람에게 물으니 吉하다 하여, 이로 因하여 空生으로 字를 삼았다고 한다. 부처가 이 공생을 인연하여 般若의 空理를 설하였다고 한다.

318) 四生은 생물의 네 가지 生成의 형태인 胎生, 卵生, 濕生, 化生을 가리킨다. 胎生은 사람과 축생이 母胎에 의탁하여 受生하는 것을 말하며, 卵生은 새 등이 알로 인하여 受生하는 경우를 말하고, 濕生은 濕氣에 의해서 생을 받는 것을 말하며, 化生은 나비 등 곤충으로 생을 받는 것을 뜻한다.

319) 반야는 圓相의 大覺으로 一覺과 三德이 있으니, 文字般若, 觀照般若, 實相般若가 그것이다. 실상반야는 본래 중생이 갖춘 것으로 반야의 理體를 말하며, 관조반야는 실상을 관조하는 實智를 말하며, 문자반야는 반야의 言敎를 전하며 五部·八部와 大般若 등 『般若經』을 말한다.

야(觀照般若), 실상반야(實相般若)가 다 갖추어져 있고, 문자 중에
다 눈이 붙어 있어, 문자로 인해서 관조를 일으킬 수 있다는 것320)이다.
따라서 방편[뗏목]을 이용하여 이 고해(苦海)의 바다를 건너가면 곧 저
깨달음의 피안(彼岸)에 오르게 되리라는 상승각로(上昇覺路)를 제시
하여, 경연으로 하여금 심목(心目)을 일치시켜 사경한 정성에 자만(自
慢)하여 아상(我相)을 내지 말고, 반드시 금강반야의 무상(無相)의 이
치를 심득하여 피안에 오른다는 진리에 대해 겸허한 마음을 갖고 더욱
수행할 수 있도록 교시한 것이다.

이상으로, 그가 자신의 선적 깨달음을 바탕으로 선의 소의 경전인『
원각경』과『금강경』의 현묘한 교의를 간명하게 시화함으로써, 수행자
스스로 입도(入道)의 방편을 삼아 불법의 이치를 심득하여 깨달음을 성
취[悟理見性]할 수 있도록 한 것임을 볼 수 있다. 이렇듯 경전에 대한
깊은 이해가 시에 나타나 있어, 이를 통해 그의 지고(至高)한 깨달음의
정신 세계를 엿볼 수 있다.321)

---

320) 무의자는 "무릇 반야에 세 가지가 있으니, 실상이라 하고, 관조라 하고, 문자라 하
는데, 文字로 인해서 觀照를 일으키고 觀照로 인해서 實相을 證得한다면, 그 경
전은 위로 覺路로 올라가서 단박에 金僊[佛陀]이 될 수 있는 큰 단약이 된다.[夫
般若有三 曰實相 曰觀照 曰文字 因文字而起觀照 因觀照而證實相 則
之經也 上昇覺路 頓作金僊 大還丹也]"라고 말하였다. 慧諶, 『金剛般若波
羅蜜經贊』, 67면.
321) 무의자는 당에 올라서 "모든 사람들의 각자 신령스런 眞源이 곧 普光明智니, 만
약 그 속에 들어가면 어떤 법을 밝히지 못하며 어떤 일을 了達하지 못하겠느냐? 그
러므로 말하노라. 한 글자를 기억하지 않더라도 생각으로 一切 經典을 다 알 수가
있고, 한 법을 해석하지 않더라도 무량한 뜻을 다 이해할 수가 있다.[上堂云 諸人
自己靈源 便是普光明智 若入其中 何法不明 何事不了 所以道 不用記
一字 念盡一切經 不用解一法 會盡無量義]"라고 하여, 즉 깨닫고 나면 따로
경전을 배우지 않더라도 일체 경전의 뜻을 다 알 수가 있다고 설법하였다. 이를 통
해, 그가 경전의 내용을 漸修의 방법으로 하나하나 배운 것이 아니라, 大悟한 뒤

(4) 염송시(拈頌詩)

    염송시[322)는 화두[公案]를 한시의 형식에 담아 교화한 시다. 무의자는 주지하다시피 간화경절(看話徑截) 일문(一門)을 최고의 수행방편으로 주장하여 수시수처(隨時隨處)에 화두를 들어 언전(言詮)으로 미칠 수 없는 생사대사(生死大事)를 체오하게 하거나 종문(宗門)의 요지(要旨)를 현시하는 등 종횡무애(縱橫無碍)한 선기(禪機)323)를 드날린 선문의 종장(宗匠)이었다. 그는 『선문염송』 30권을 편찬하여 수행자들로 하여금 간화선의 참고서로 삼게 하였고『구자무불성화간병론』을 지어 화두를 참구하는 방법을 제시하여 간화선의 대중화에 힘썼다. 특히『선문염송』 1463 고칙(古則)324) 중 24개의 고칙을 송(頌)325)한 작품이 『보유』에 전재(轉載)되어 있는데, 이것은 아마도 당시 간화선이

    경전의 뜻을 절로 이해하게 된 것임을 알 수 있다. <上堂>, 『語錄』, 7면.

322) 이종찬은 禪詩의 유형 가운데 禪의 詩的 援用의 작품군 속에 拈頌詩를 다루고, 拈頌詩는 禪師들의 어록이나 公案[話頭]에 대해 시로 표현하는 것이라 정의하였다. 이종찬(2001), 97~100면 참조.

323) 禪機는 禪修行으로 체득한 無我의 경지로부터 나오는 縱橫無盡한 마음의 작용을 말함.

324) 무의자가 제자 진훈 등과 1125칙의 고화를 모아 편찬한『선문염송』초조본은 몽고병란으로 1232년에 소실되었다. 현존하는『선문염송』재조본은 해인사 고려대장경 보유판으로, 그 재편자에 대한 견해가 분분하다. 초조본의 1125칙에 347칙을 더한 1472칙이었다고 하는데, 현재는 그 중 1463칙만이 전해진다. 이영석(2002), 261~266면 참조.

325) <猪子話>(七古 2수), <摩尼話>(七古), <良久話>(五古), <布髮話>(五古), <建利話>(6언 4구), <尼拘話>(五古), <自恣話>(七古), <一切話>(五古), <四聞話>(七絶), <見見話>(七古), <執手話>(七絶), <好道話>(雜古), <作舞話>(七古), <心同話>(五古), <解脫話>(6언2구), <黃梅話>(七絶), <三喚話>(七絶), <無縫話>(七絶), <破竈話>(雜古), <栽菜話>(七古), <佛性話>(七古), <鬪劣話>(七古), <何必話>(七絶), <主人公話>(七絶) 모두 24題 25首로, 주로 漢詩의 형식을 援用하여 지었다.

대중화되지 못한 현실적 상황을 고려하여, 그가 당시 풍토에서 선수행자들의 근기에 적의하다고 생각되는 화두를 선별하여 염송시를 남김으로써, 선수행자 스스로 근기에 맞는, 인연이 있는 화두를 참구하여 오리견성(悟理見性)할 수 있도록 배려한 교화적 의도가 있었던 것으로 생각된다.

그런데 선가의 고덕(古德)들이 학인(學人)의 집착을 깨고 사람들의 명오심성(明悟心性)을 계도하기 위해서 집어 든 화두는, 그 표달(表達) 방식이 매우 독특하여 옳은 듯한데 그르고[似是而非] 합치하는 듯한데 벗어나서[若卽若離] 암시성(暗示性), 기특성(奇特性), 반상성(反常性), 상외지의(相外之義) 등의 다양한 특성을 갖추고 있기 때문에 선수행자들 스스로 그 함축적이고 미묘한 화두의 일정한 해석을 구하기가 쉽지 않은 것이 현실이다.326) 그래서 그는 난해한 화두의 내용을 이해하고 기억하기 쉽게 대체적으로 짧은 시형식에 담아내어 대중들 스스로 참구할 수 있도록 하였다.

먼저 <摩尼話>시를 살펴보면, 시제 아래 다음과 같이 마니화(摩尼話)에 관한 내용이 실려 있다. 세존이 마니주(摩尼珠)를 보이면서 오방(五方)의 천왕(天王)에게 묻기를 "이 구슬이 무슨 색이냐?"고 하니, 천왕들이 서로 말하고자 하였는데, <세존이> 다시 구슬을 감추셨다. <세존이 또> 이르기를 "이것이 무슨 색이냐?"고 하니, 천왕이 말하기를 "본래 구슬이 없는데, 따로 무슨 색이 있겠습니까?"고 하였다. 부처가 탄식하여 말하기를 "다만 세상 구슬[世珠]만 알고 참된 구슬[眞珠]을 알지 못하는구나."라고 하니, 그 때에 오방의 천왕들이 모두

---

326) 任曉紅(1995), 260~261면 참조.

다 도(道)를 깨달았다327)고 하였다.

<摩尼話>

擎出圓明一顆珠	둥글고 밝은 구슬 하나를 들어 꺼내시니,
四溟無浪月輪孤	사명에 물결 없는데 둥근 달 외로이 떴네.
天王悟去何遲鈍	천왕들의 깨달음 어째서 더디고 둔한가?,
別寶還須碧眼胡328)	특별한 보배 또한 모름지기 碧眼胡라.

1구는 세존이 오방 천왕의 오도(悟道)를 위해 둥글고 밝은 구슬 하나를 들어 꺼내 보인 행위를 직서하여, 그 행위 자체에 함유하고 있는 깨달음의 실체를 선수행자로 하여금 사유토록 관심을 환기시켰다. 이어서 2구는 물결 없는 사해에 뜬 외로운 달에 마니보주(摩尼寶珠)가 상징하는 깨달음의 실체를 표상해 내어, 선수행자들이 곧바로 마니화에 내재된 오묘한 이치를 참구하도록 하였다. 즉 세존께서 마니보주를 꺼내 보이신 참뜻이 번뇌망상[물결]이 없는 깨달음의 세계[四海]에 홀로 드러난 불성[달]임을 표현하여, 깨달음이란 마음 밖에 따로 있는 것이 아니며 한순간 망념(妄念)을 여의고 목전(目前)에 현현(顯現)한 불성을 보는 것에 지나지 않음을 일깨워서 쉽게 깨달음의 길[覺路]로 나아갈 수 있게 한 것이다. 3구는 "천왕들의 깨달음이 왜 이렇게 더디고 둔한가?" 라고 탄식하여, 세존께서 자상하게 마니보주를 꺼내 보이셨는데도 아직 오방의 천왕들이 한 생각 미혹(迷惑)하여 자신의 불성[마니보주]을 깨닫지 못함이 더디고 둔함을 안타까워 하였다. 따라서 4구는 특별한

---

327) 『語錄』, 48면, 世尊示摩尼 問五方天王 此珠作何色 天王互說復藏珠 云
　　此何色 天云無珠有何色 佛歎云 但知世珠 不知眞珠 時五天悉皆悟道.
328) 위와 같은 곳.

보배인 마니보주는 또한 모름지기 벽안호(碧眼胡)라고 하여, 선수행자로 하여금 자기의 참된 마니보주[眞珠 : 佛性]를 깨닫는 순간이 모름지기 벽안호가 됨을 상징적으로 표현하였다. 즉 이 <마니화>시는 특히 오방의 천왕같이 수승(殊勝)한 상근기인 선수행자로 하여금 자기 안에 고유한 마니보주[佛性]를 단박에 깨달으면[頓悟] 바로 벽안호가 될 수 있다는 마니화두의 본뜻을 담아내고 있다.

다음으로 <尼拘話>시를 살펴보면, 시제 아래 다음과 같이 니구화(尼拘話)의 내용이 실려 있다. 세존이 니구나무 아래 앉아 계실 때에, 어떤 상인 두 사람이 묻기를 "또한 수레가 지나가는 것을 보고 듣지 못했습니까?"라고 하니, <세존이> 대답하기를 "보고 듣지 못했노라." <그래서 두 상인이 또> 묻기를 "니구나무 아래 앉아 계신 것이 선정(禪定)이 아닙니까?" <세존이> 대답하기를 "선정이 아니니라." 또 묻기를 "주무시고 있지 않습니까?" 대답하기를 "자는 것도 아니니라." 상인이 감탄하여 말하기를 "세존께서 깨어 있으면서 보지 못하셨구나. 마침내 <존경하는 마음으로> 백전(白氈) 두 필을 헌납하였다.329) 라고 했다.

    <尼拘話>

欲知解脫道	해탈의 도를 알고자 한다면,
根境不相到	근경이 서로 이르지 않아야 하리.
眼耳絶見聞	눈과 귀는 보고 들음 끊어야 하니,
聲色鬧浩浩330)	소리와 색깔이 한없이 시끄럽네.

---

329)『語錄』, 48면, 世尊坐尼拘樹下 有二商人問 還見聞車過否 曰不見聞 曰
   莫是禪定否 曰不禪定否 曰莫睡眠否 曰不睡眠 商人歎曰 世尊覺而不見
   遂獻白氈兩段.

무의자는 부처가 니구나무 아래서 의식이 깨어 있으면서 이근(耳根)과 안근(眼根)으로 두 상인이 지나가는 소리를 보고 듣지 못한 상태가 바로 해탈의 경지임을 직관(直觀)하고, 1·2구에서는 니구화에 내재된 선리가 곧 해탈의 도를 아는데 있으며, 곧 육근(六根)과 육경(六境)이 서로 이르지 않는 삼매의 경지임을 드러냈다. 이어서 3구에서는 구체적인 수행 방법으로 눈과 귀로써 보고 들음을 끊어야 한다고 하여, 특히 육근 가운데 마음을 다스리는데 무엇보다 안근(眼根)과 이근(耳根)의 요동을 적극적으로 막아야 함을 강조하였다. 끝으로 4구에서는 그 이유로 이경(耳境)인 소리와 안경(眼境)인 색깔이 한없이 시끄럽다고 표현하였다. 즉 이근(耳根)과 안근(眼根)이 성색(聲色)에 따라 망상을 일으켜 만법(萬法)이 실제로 있다고 망집(妄執)하면 마침내 허령(虛靈)한 각성(覺性)을 등지고 생사윤회에 떨어지기 때문에 참선 수행에 있어 화두참구를 통해 적극적으로 안근과 이근의 요동을 막아야 함을 경계한 것이다. 따라서 이 시는 상인처럼 아직 참선 수행의 과정을 모르는 대중을 위해 그 방법만을 간명하게 표출해 낸 작품이다.

이어서 <黃梅話>시를 살펴보고자 한다. 시제 아래 실린 제5조 황매(黃梅)331)와 관련된 화두의 내용은 다음과 같다. 육조가 어떤 스님이 "황매의 뜻은 어떤 사람이 얻습니까?"하고 질문한 것으로 인해서, 육조가 말하기를 "불법에 회통(會通)한 사람은 얻을 것이다."고 하였다. 스님이 말하기를 "화상께선 또한 얻었습니까?"라고 하니, 육조가 말하기

---

330) 위와 같은 곳.

331) 中國 唐나라 승려로 蘄州 黃梅縣 사람이다. 禪宗의 第五祖 弘忍이 황매현 東山에서 법문을 하였기 때문에 黃梅라고도 불려졌다. 황매 홍인은 四祖 道信 禪師를 만나 心印을 받았다. 咸亨 2년(671)에 六祖 慧能에게 법을 전하고, 4년 뒤에 入寂하니 그의 나이 74세였다.

를 "나는 얻지 못하였노라."라고 하였다. 스님이 이르기를 "화상께선 어째서 얻지 못하였습니까?"라고 하니, 육조가 말하기를 "나는 불법에 회통하지 못했기 때문이다."[332)라고 하였다.

<黃梅花>
雨過春山如潑黛　　비 온 뒤라 봄산은 색깔이 살아나는 듯,
霞登曉日似燒金　　노을 진 새벽 해는 타는 금빛 같아라.
疎簾捲起酣淸賞　　성긴 발 걷어 올리고 맑은 완상 즐기니,
怪羽飛來送好音[333)　　괴이한 새 날아와서 고운 노래 부르네.

기구는 비 온 뒤에 봄 산의 빛이 깨끗하게 살아나는 듯하다고 하여, 번뇌망상을 여의고 깨달음을 얻은 육조의 순수한 정신 경계를 목전(目前)에 현현(顯現)한 자연 현상의 깨끗한 경계에 붙여 읊어 내고 있다. 이어서 승구는 노을 진 새벽 해에 특히 육조가 홀로 깨달은 각성(覺性)의 실체를 표상해 내고, 나아가 그 각혜(覺慧)의 광명을 타는 금빛에 직접 비유하였다. 당시 홍인의 문하에서 수행하던 많은 사람들은 불법을 회통하여 황매의 뜻을 얻었을 뿐이나, 육조는 행자(行者)의 신분으로 홀로 돈오견성(頓悟見性)하여 신수를 제치고 홍인의 심인(心印)을 얻어 의발(衣鉢)을 전수받았다. 따라서 육조의 깨달음만이 저 하늘에 금빛처럼 타오르는 아침 해처럼 우뚝 홀로 높고 밝다고 형상화한 것이다. 시상을 바꾸어서 전구는 무의자가 성긴 발 걷어 올리고 맑은 완상(琓賞) 즐긴다고 하여, 자연의 이법(理法)을 직관하여 육조의 깨달음의 실체 즉 불법을 감오(感悟)하는 자신의 모습을 담아내고 있다. 끝으로 결

---

332)『語錄』, 49면, 六祖因僧黃梅意旨什麼人得　祖曰會佛法人得　僧云和尙
　　還得否　祖曰我不得　僧云和尙爲什麼不得　祖云我不會佛法.
333) 위와 같은 곳. 踈는 疎의 譌字임.

구는 돈오견성하여 얻은 깨달음이란 마치 한번도 보지 못했던 괴이한 새가 와서 들려주는 고운 노래 소리라 하여, 그 오도의 기쁨을 한번도 들어보지 못했던 참신한 새 소리의 청각적 이미지로 형상화하여, 수행자 들로 하여금 깨달음의 소리에 마음을 경주(傾注)하도록 정서를 환기시 켰다. 따라서 이 시는 난해한 화두에 함축된 도리(道理)를 자연 속의 상 징적·비유적 심상으로 조화롭게 형상화하여, 깨달음의 오묘함이 언전 (言詮)에 떨어지지 않고 어의(語意) 밖에 오도(悟道)의 환희가 충만한 작품이다.

또한 <三喚話>를 살펴보면 다음과 같다. 시제 아래 실린 삼환화 (三喚話)의 내용은 다음과 같다. 충 국사(忠國師)가 하루는 시자(侍 者)를 부르니, 시자가 "예"하고 응답하였다. 이와 같이 세 번 시자를 부 르니, 세 번 응답하였다. 충 국사가 말하기를 "장차 내가 너를 저버리는 허물을 지면 도리어 네가 나를 저버리는 허물이 되겠구나."334)라고 하 였다.

<三喚話>

竹籬茅屋趁溪斜	대울타리 띳집은 시냇가 따라 비껴 있고,
春入山村處處花	봄 찾아든 산촌에는 곳곳마다 꽃 피었네.
無像太平還有像	무상 太平이 도리어 유상이니,
孤烟起處是人家335)	외롭게 연기 이는 곳 바로 인가로다.

기구와 승구는 대나무 울타리 띳집이 시냇가를 따라 자연스럽게 비껴

---

334)『語錄』, 49면, 忠國師一日喚侍者 應諾 如是三喚侍者三應 師曰將謂吾
　　辜負汝 却是汝辜負吾.
335) 위와 같은 곳.

있고 봄 찾아든 산촌에는 시절인연이 도래하여 꽃이 친소(親疎)를 가리지 않고 피는 자연의 무상(無像 : 無相)에 불법의 무상을 담박한 풍격으로 읊어 내어 자연스럽게 선취가 묻어난다. 전구는 자연의 무상태평(無像太平)이 도리어 인사(人事)의 유상(有像 : 有相)이라고 역설하여, 승속불이(僧俗不二)의 원융한 불법의 이치로 보면 자연의 무상 속에 또한 인간의 유상이 융섭해 있음을 형상화하였다. 그래서 결구에서는 외롭게 연기 이는 곳이 바로 인가라고 하여, 불도(佛道)란 멀리 있는 것이 아니고 인간의 유상함이 바로 무상한 불법의 현현임을 아는 데 있다는 도리를 표상해 내고 있다. 따라서 이 시는 삼환화의 문답 속에 내재된 도리를 자연의 무상과 인간의 유상의 대비를 통해 극명하게 보인 작품이다. 즉 충 국사가 상을 내지 않고[無相] 무심하게 시자를 불렀는데, 시자는 밖으로 자신을 부르는 언어상(言語相)에만 집착하여 무상한 마음을 근원하여 흘러나오는 한마디 말임을 꿰뚫어 보지 못하고, 도리어 상을 내어[有相] 유위로 예하고 대답하는 데 머물렀다. 이에 충 국사가 다시 자상하게 두 번이나 불러 시자의 심득을 촉발시켜 주었으나, 끝내 시자는 충 국사가 자신을 부르는 도리를 마음으로 깨닫지 못하였다. 이처럼 난해한 삼환화의 도리를 무의자는 자연의 무상과 인간의 유상이란 평범한 진리로 형상화하여, 선수행자 스스로 눈앞에 현현한 자연의 이법(理法)을 통해 불법의 현리(玄理)를 심득할 수 있도록 한 것이다.

다음으로 <佛性話>시를 살펴보고자 한다. 시제 아래 불성화(佛性話)에 대한 내용은 다음과 같다. 조주(趙州)가 어떤 중이 "개도 또한 불성이 있습니까?"하고 질문한 것으로 인해서, 조주 선사가 대답하기를 "없다."하였다. 중이 또 묻기를 "이미 없다면 무엇이 가죽 속에 들어가

움직이게 합니까?"라고 하니, <조주 선사가> 대답하기를 "알고 있기 때문에 그런 것이다."라고 하였다. 또 <중이> 묻기를 "개도 또한 불성이 있는 것이 아닙니까? 일체 중생이 모두 불성이 있다고 했는데, 무엇 때문에 문득 없다고 하십니까?"하니, <조주 선사가> 말하기를 "업식(業識)이 있기 때문이다."336)라고 하였다.

<佛性話>

朝辭百越暮三吳	아침에 百越 떠나 저물어 三吳에 이르고,
袖裡靑蛇膽氣麤	소매 속에 푸른 뱀의 膽氣가 크구나.
三入洛陽人不識	세 번 洛陽에 들어가도 남이 모르고,
翻身飛過洞庭湖337)	몸을 번뜩 날려 洞庭湖를 날아가네.

1구는 아침에 백월(百越)을 하직하고 저물녘에 삼오(三吳)에 이른다고 하여, 시공(時空)을 초월하여 무애자재(無碍自在)한 불성을 상징적으로 형상화하였다. 2구는 소매 속에 푸른 뱀의 담기가 크다고 하여, 특히 언어상(言語相)이 적멸(寂滅)한 불성의 체성(體性)은 잘 드러나지 않으나 그 오묘한 작용은 청사(靑蛇)의 담기처럼 한없이 큼을 표상해 내고 있다. 3구는 그러나 불성의 묘용이 세상에 다 드러나 목전에 현현해도 미혹한 사람은 알 수가 없는 것이니, 마치 세 번이나 큰 도시인 낙양에 들어가도 남이 모르는 것과 같다고 비유하였다. 끝으로 4구는 깨달음을 다른 사람이 알아주지 않더라도 불성의 불가사의한 묘용

---

336) 『語錄』, 49면, 趙州因僧問 狗子還是佛性也無 師云無 僧云旣無 爲甚撞
入箇皮袋 曰知而故犯 又問狗子還有佛性也無 云一切衆生 皆有佛性 爲
甚却無 曰爲有業識在.
337) 위와 같은 곳.

(妙用)은 임의자재(任意自在)하여 몸을 번뜩 날려 동정호를 날아가는 것과 같다고 비유하였다. 즉 이 시는 그가 『구자무불성화간병론』에서 구자무불성화(狗子無佛性話)를 대표적으로 들어 화두를 참구할 때 생기는 병폐를 간택(揀擇)하여 직접적으로 화두참구의 방법론을 집약하여 제시한 것과 비교해 볼 때, 곧바로 불성의 묘용을 상징적으로 형상화하여 수행자들로 하여금 불성이 '있다, 없다'하는 양단(兩端)의 문자상(文字相)를 벗어나 심득할 수 있도록 계시한 것이다.

　이상으로 그의 염송시는 주로 한시의 짧은 형식 속에 난해한 화두의 함의나 도리를 상징적·비유적 심상을 사용하여 함축적으로 담아냄으로써 대중들로 하여금 언전(言詮)에서 벗어나 곧바로 화두참구를 통해 오리견성할 수 있도록 교시하고자 한 것임을 알 수 있다.

3) 승속교유시(**僧俗交遊詩**)

　무의자는 당시 지식층으로 일반 문인들처럼 시를 통하여 승속(僧俗)을 불문하고 활발히 교유하였다. 특히 이별할 때 자신의 도정(道情)[338]을 담아 주거나 남에게 선물이나 호의(好意)를 받고 그에 대한 감사의 마음을 담아 주며 승속과 폭넓은 교유 관계를 맺었던 것을 볼 수 있다. 이에 승속교유시는 송별하며 지어 준 시[送別詩]와 감사하여 지어 준 시[感謝詩]로 나누어 살펴보고자 한다.

---

338) 道情은 수도자의 超凡脫俗한 情緖를 가리킨다. 즉 道心이 純熟해짐에 愛憎이 자연 淡泊해져서 절로 우러나는 超凡脫俗한 禪的 情緖를 뜻한다.

(1) 송별시(送別詩)

먼저 어떤 스님을 전송하면서 떠나보내는 이별의 정을 담박하게 승화시켜 떠나가는 스님의 초탈한 선적 경지를 읊은 것으로, 그 속에 이치가 지극하여 사정(私情)이 자연 없어지고 자연스럽게 도정(道情)이 배어 나오는 작품을 들어보면 아래와 같다.

<送僧>
出家須自在　　출가하면 자유자재 해야 하거늘,
幾個透重關　　몇 개나 거듭 관문 뚫고 나갔나.
獨步遊方外　　홀로 거닐며 方外에 노닐어보고,
高懷憿世間　　고상한 회포로 세상을 내려보네.
片雲身快活　　조각구름처럼 몸은 쾌활하고,
霽月性淸閑　　갠 달처럼 본성은 淸閑하네.
一鉢一殘衲　　바리 하나 해진 납의 한 벌이니,
鳥飛千萬山339)　　새가 천만 산을 나는 것 같네.

수련은 출가한 스님은 신심(身心)이 허공과 같아서 자타(自他)가 다 적멸(寂滅)하여 역경(逆境)이나 순경(順境)에 처해도 항상 자유자재해야 함을 말하고, 그러한 경지는 몇 개의 관문을 뚫고 도달한 참선의 높은 경지임을 형상화하였다. 함련과 경련은 스님의 초연자적(超然自適)한 경지를 구체적으로 묘사하였다. 먼저 함련은 범성(凡性)을 다 버리고 심성의 본원을 오득(悟得)한 후 홀로 방외(方外)에 노닐고 고상한 회포로 세상을 내려다보는 스님의 탈속(脫俗)한 경지를 묘사하고, 다음으로 경련은 심광체반(心廣體胖)하여 조각구름처럼 몸은 쾌활하고 갠

---

339) 『詩集』, 51면.

달처럼 본성은 청한(淸閑)하여 스스로의 뜻에 만족한 스님의 경지를 표상해 내고 있다. 따라서 미련은 바리 하나 해진 납의 한 벌의 조촐한 행색을 하고 떠나가는 스님의 모습을 마치 새가 천만 산을 자유롭게 비상(飛翔)하는 것에 비유하여 모든 속박으로부터 자유자재한 해탈의 경지로 형상화하였다. 즉 이 시는 어떤 스님과의 이별의 정을 초탈한 선적(禪的) 정서(情緒)로 담아낸 작품으로, 특히 담담한 표현 속에 차분한 정조가 실려 있어 한층 초탈한 분위기를 자아내고 있다.

다음은 속가 부모의 안부를 살피러 가는 육미(六眉) 스님을 전송하면서 지어준 시이다.

<送六眉上人省親>

行盡迢迢千里路	아득히 먼 천리 길을 다하여서,
白雲兒就靑山父	백운 아이 청산 아비를 찾아 가네.
同身共命不相知	身命 같건만 서로 알지 못하다가,
雲自下來山自住340)	구름 절로 내려가니 산도 절로 머물겠지.

출가자의 본분은 원칙적으로 이친할애(離親割愛)하여 오직 구도(求道)하는 데 있지만, 도를 깨쳐 증득을 하게 되면 불법의 속박이나 세속의 이목에 계박(繫縛)되지 않고 해탈자재(解脫自在)하여, 때로는 자신의 육신을 낳아 주신 부모의 안부를 살피기도 하고 그 은혜에 보답하는 것이 인연에 수순(隨順)하는 것이다. 이 시는 출가한 육미 스님이 까마득한 천리 먼 길을 달려 속가 부모를 찾아가는 정경을 무심(無心)한 백운(白雲 : 육미 스님)이 부동(不動)한 청산(靑山 : 속가 부모)에게

---

340) 『詩集』, 56면.

나아가는 것에 비유하여, 특히 부모에 대한 그리운 정이 담박해져 구름처럼 무심히 찾아가는 육미 스님의 초연한 도정(道情)을 자연스럽게 형상화한 작품이다. 특히 신명(身命)을 함께 한 부모 자식간이나 오래도록 서로 생사여부를 알지 못하고 살았는데, 이제 시연(時緣)을 만나 무심히 구름[육미 스님]이 절로 내려감에 산[속가 부모]도 절로 머물러 구름과 산이 자연스럽게 상봉(相逢)하리라는 기대를 담아 표현했다.

한편 그는 무심한 이별의 정서를 읊은 앞의 시와는 달리 도우(道友)인 연곡사 주지와의 두터운 이별의 정을 담아내기도 하였다.

<又贈別>
天色陰沈含雨意	하늘빛은 음침해서 비 올 뜻을 머금었고,
山容慘淡作愁顔	산 모습은 참담해져 수심 어린 얼굴 짓네.
幸爲道友分携易	다행히도 道友되어 이별하기 쉽지만은,
若是情交不淚難341)	이런 정든 교제라면 안 울기가 어렵구나.

1·2구는 차마 이별하기 어려운 암담한 마음을 탁물우의(托物寓意)하여 절실하게 묘사하였다. 즉 1구에서는 울음을 억지로 삼키고 이별에 임한 힘겨운 마음을 마치 하늘빛은 음침해서 비[울음] 올 뜻을 머금었다고 하였고, 2구에서는 차마 떠나보낼 수 없는 안타까운 마음을 마치 산 모습은 참담해서 수심 어린 얼굴 짓는다고 표현하였다. 그러나 3구는 시상을 바꾸어서 다행히도 도우되어 이별하기 쉽다고 하여, 연곡사 주지와의 별리(別離)의 정을 차분하게 무심한 도정으로 승화시켰다. 끝으로 4구는 봉별(逢別)을 순리대로 받아들여 이별하기 쉽다고 하지만,

---

341) 위와 같은 곳.

그래도 도우인 연곡사 주지와의 정교(情交)는 다른 어떤 사귐보다 순수하고 깊어서 차마 인정(人情)으로 울지 않기가 어렵다고 자신의 심정을 담담하게 토로하였다. 이 시는 도우(道友)라서 무심히 이별하기 쉬운 정을 도리어 안타까운 이별의 정으로 읊어 낸 시의 내면이 진실한 작품이다. 이처럼 담박한 도정이 오히려 순수한 인정으로 유출되는 시를 통해 그의 승속불이의 선적 경지를 엿볼 수 있겠다.

　무의자는 도반(道伴)과의 동문지교(同門之敎) 외에도 당시 유자(儒者)인 벼슬아치들과 방외의 교분을 맺기도 하였다. 다음은 정(鄭) 낭중(郎中)을 전별하면서 지은 시이다.

<blockquote>
<餞別鄭郎中>

樹上鶯歌淸	나무 위에는 꾀꼬리 노래 맑고,
臺前燕舞輕	누대 앞에는 제비들 춤 경쾌하네.
煎茶當沽酒	차 달이는 것으로 술을 대신하고,
聊以餞君行342)	애오라지 그대 가는 것 전송하네.
</blockquote>

　1·2구는 나무 위에는 꾀꼬리 노래가 맑고 누대 앞에는 제비들 춤이 경쾌하다고 하여, 이별할 당시의 맑고 경쾌한 경치를 감정의 이입을 배제하고 꾸밈없이 형상화하였다. 3구는 정 낭중과의 두터운 정교로 봐선 술로 이별의 정을 위로하는 것이 당연지사나, 자신이 불가(佛家)에 매인 몸이어서 차로 대신 이별의 정을 나눈다고 하였다. 즉 불도(佛道)를 깨닫고 나면 생사봉별(生死逢別)에 초연한 것이 수도자의 참 모습이다. 그러니 만난다고 어찌 기뻐하며 헤어진다고 어찌 슬퍼하겠는가? 따

---

342) 『詩集』, 50면.

라서 4구는 애오라지 떠나가는 그대를 전별하는 일을 평상심(平常心)으로 받아들이는 시인의 모습을 담담하게 읊어 내고 있다. 따라서 이 시는 보통 일반 시인들이 자연의 아름다운 생명감에 자신의 슬픈 이별의 정을 대비시켜 극대화하여 표현[343]한 것과는 달리, 무의자가 이미 희비(喜悲)의 취사(取捨)가 없는 오도의 경지에서 무심히 오고 가는 도정을 마음의 거울[心鏡]에 비친 실상 그대로 직관하여 자연의 아름다움을 읊는 가운데 초연한 이별의 정을 꾸밈없이 묘사한 작품이다. 즉 무의자는 만나면 기쁘고 헤어지면 슬퍼하는 세상 사람들의 유심(有心)한 인정과 달리 봉별의 정을 무심한 선적 정서로 담아내고 있음을 볼 수 있다.

다음은 그가 이성현(利城縣)에서 유숙하면서 완산(完山)의 임 태수에게 준 시이다.

<宿利城縣贈完山任太守>

完邑春風笑相別	완읍의 봄바람에 웃으면서 이별하고,
利城秋日笑相逢	이성의 가을날에 웃으면서 만났구려.
相逢相別一微笑	만나고 헤어짐이 한결같이 미소일 뿐,
春去秋來依舊容[344]	봄 가고 가을 와도 옛날 모습 그대로일세.

1, 2구는 임 태수와 완읍에서 봄바람에 웃으면서 이별하고 이성에서

---

343) 이별시의 白眉로 꼽히는 정지상의 <大洞江>을 보면, 비 갠 긴 둑에서 풀빛이 짙어 가는 계절에 임을 떠나보내는 자신의 슬픔을 대비시켜 표현했고, 왕유의 <送元二使安西> 또한 위성 객사에서 아침 비로 푸른 버들잎이 더욱 새롭게 보이는 무정한 자연의 아름다움에 친구와의 기약이 없는 이별의 아쉬움을 대비하여 절망적으로 표현하였다. 鄭知常, <大同江>, 雨歇長堤草色多 送君南浦動悲歌 大同江水何時盡 別淚年年添綠波. 王維, <送元二使安西>, 渭城朝雨浥輕塵 客舍青青柳色新 勸君更盡一杯酒 西出陽關無故人.

344) 『詩集』, 54면.

가을날에 웃으면서 만났다고 하여, 봄이 지나 가을이 순리(順理)대로 어김없이 찾아오듯 임 태수와의 봉별의 인연을 웃음으로 자연스럽게 받아들이는 무심한 심경을 형상화하였다. 이어서 3구는 구체적으로 많은 말보다 오히려 이심전심(以心傳心)으로 통하는 한결같은 미소에 서로의 봉별(逢別)의 정을 소박하게 실어냈으니, 아마도 임 태수는 선에 깊은 조예가 있는 지덕(智德)을 갖춘 훌륭한 벼슬아치345)로 무의자와의 정교(情交)가 남달랐던 것으로 보인다. 끝으로 4구는 봄은 가고 가을 와도 옛날 모습 그대로라고 하여, 봄은 가고 가을은 와서 세월은 변해가지만 오히려 우리의 봉별의 정은 참다운 옛모습 그대로 변함이 없는 진실한 정교임을 계절의 무상(無常)함에 대비하여 절묘하게 형상화하였다. 이러한 면은 일반 시인들이 자연(自然)의 유상(有常)함에 인정의 무상함을 대비시켜 읊는 것과 대조적으로 오히려 계절[自然]의 무상함에 무심한 도정의 유상함을 참신하게 담아내어 독자로 하여금 인간의 변함없는 진정(眞情)을 느끼게 하는 묘미가 있다.

이상과 같이 그는 승속의 폭넓은 교유 속에서 시연(時緣)에 따른 이별의 정서를 초범탈속(超凡脫俗)한 선적 정서[道情]로 승화시켜 승속불이(僧俗不二)의 입장에서 담박하게 시로 형상화하였다. 즉 차마 이별하지 못하는 인정346)을 그의 선적 깨달음을 바탕으로 무심한 선적 정서로 담박하게 읊어 내어 격조 높은 도정으로 표출되고 있

---

345) 무의자는 <送錦城任太守>에서 "밝고 밝게 사람 비춤 얼음 골짝 비추는 듯, 덕정(德政) 베푼 온화함은 문득 양춘(陽春) 맞게 된 듯. 전라도의 두 고을을 연달아서 태수 되니, 이로부터 감당 노래 길이 더욱 새로우리[皎皎若照人氷壑 溫溫然有脚陽春 全羅二牧連作守 此去甘棠永更新]"라고 하여, 밝은 지혜와 온화한 덕정을 갖춘 임 태수의 훌륭한 인품을 시에 담아냈다. 『詩集』, 57면.

346) 何文煥 輯(1992), 733면, 贈別之詩 當寫不忍之情 方見襟懷之厚.

음을 볼 수 있다.

(2) 감사시(感謝詩)

무의자는 세속의 명리(名利)를 버리고 산중에서 유거(幽居)하며 무욕무위(無慾無爲)한 청정한 삶을 영위하였다. 이에 그는 무소유(無所有)[347]한 선사로서, 때로 승속에서 유상보시(有相布施)로 주는 선물이나 대접을 받게 되면, 그와 반대로 자신이 체증(體證)한 다양한 선지(禪旨)를 우의(寓意)하여 시를 한 수 지어 무상보시로 사례함으로써 상대의 각심(覺心)을 촉발케 하였는데, 항상 승속의 차별화를 두지 않고 [僧俗不二] 평등하게 수기응발(隨機應發)하는 선각자의 면모를 보여 주었다.

다음은 최 두타[348]가 붉은색 노란색 두 가지 꽃을 가지고 공양함에 지어 준 시이다.

<中攝頭陀以紅黃二色花供養作此謝之>

黃艷明中道	노란 고운 꽃은 중도를 드러낸 듯,
紅葩表至誠	붉은 꽃은 지극한 정성을 나타낸 듯.
若兼斯二者	만약 이 두 가지를 아우른다면,
何適佛難成[349]	어디를 간들 부처되기 어렵겠는가?

---

347) <시를 짓고 등자나무 열매를 보내온 선생에게 소나무 가지를 꺾어 답하다 作詩送橙子師折松枝答之>시에 보면 "아, 나 산중에 가진 것 하나 없는 사람이라, 그대 위해 겨울 땅에서 솔가지 집어 보내노라.[嗟我山中無所有 爲君拈出歲寒地]"고 한 대목이 있어 무의자의 무소유한 삶을 엿볼 수 있다. 『詩集』, 61면.

348) 두타는 범어 Dhūta의 음역. 중의 托鉢 修行 또는 그 행각승을 의미하는데, 여기서는 행각승을 가리킴.

기구와 승구는 무의자가 참선을 통해 자증(自證)한 내용을 바탕으로 노란 꽃과 붉은 꽃에 각각 중도(中道)와 지극한 정성[至誠]을 표상화하여, 수행자가 힘써야 할 수행 덕목을 제시하였다. 즉 중도가 아닌 양극단인 단견(斷見)과 상견(常見)에 떨어지면 공(空)과 유(有)에 집착하여 도(道)와는 천만리 어긋나게 되므로 수행자가 가장 경계해야 하는 것이며, 또한 지극한 정성은 무엇보다 수행자가 자증을 위해 갖추어야 할 선결 과제라는 것이다. 왜냐하면 정성이 없이는 신심(信心)을 일으켜도 정진할 수 없기 때문이다. 따라서 전구와 결구는 "만약 이 두 가지를 겸한다면 어디를 간들 부처가 되기 어렵겠는가?"라고 하여, 반어문을 통해 중도(中道)와 지성(至誠)을 아울러 수행한다면 반드시 깨달음을 성취할 수 있을 것이라는 선지를 담아 감사의 마음을 표현한 것이다.

다음은 문 선배가 대나무를 옮겨 심어 준 데 대한 감사의 마음을 담아낸 시이다.

<謝文先輩移竹>

多謝文夫子	대단히 문 선생께 감사하니,
移來竹數莖	대나무 몇 그루 옮겨 준 것을.
眼前消暑氣	눈앞에선 더운 기운 줄여 주고,
窓外助風聲	창 밖에선 바람 소리 조성하며,
薄暮和烟碧	저물녘 안개와 어울려 푸르고,
淸霄漏月明	맑은 밤 달빛 새어 들어 밝네.
更憐寒雨裡	찬 비 속에선 더욱 사랑스러우니,
葉葉泣珠成[350]	잎마다 눈물방울 맺혔구나.

---

349) 『詩集』, 63면.
350) 『詩集』, 51면.

수련은 대나무 몇 그루 옮겨 심어 준 문 선생께 대단히 감사하다고 하는 자신의 곡진한 심정을 드러내 보였다. 그리고 대나무를 사랑하는 이유를 함련과 경련에서 구체적으로 공간과 시간의 대우를 통해 절묘하게 형상화하였다. 먼저 함련은 공간적으로 허심(虛心)을 지닌 대나무를 보노라니 가까이 눈앞엔 더운 기운[번뇌]이 사라지고 멀리 창 밖엔 세정(世情)을 잊게 하는 맑은 바람소리를 조성하여 심신(心身)을 맑게 해 준다고 표현하였다. 이어서 경련은 대나무처럼 허심(虛心 : 無心)을 지닌다면 저물녘 안개[번뇌망상]에 장애받지 않고 잘 어울려 푸르고, 맑은 밤이 되어 안개가 걷히면 달빛[깨달음의 지혜]이 새어 들어 밝다고 하여, 시간에 따른 개오(開悟)의 과정을 묘사하였으니 직접 선리를 드러내지 않으면서도 선취(禪趣)가 행간에 무르녹아 있음을 볼 수 있다. 끝으로 미련에선 더욱 찬 비[역경] 속에 근심하지 않고 오히려 잎마다 눈물방울 맺힌 청정한 모습을 드러낸 대나무의 모습이 더욱 어여쁘다고 하였다. 따라서 무의자가 대나무를 사랑한 이유는 대나무에 담긴 선리에 있음을 알 수 있으며, 그가 뛰어난 시적 형상력으로 선리를 직접 표현하지 않으면서도 평이한 시어에 깊은 선취를 담아내고 있음을 볼 수 있다. 이것은 보통 대나무를 군자의 절개에 비유하는 관념적 비유와는 달리, 무의자가 선적 깨달음을 통해 개인적으로 참신하게 도달한 경지에서 나온 독창적 비유라 생각된다.

다음은 진양에서 교화한 뒤 정 낭중에게 감사하는 마음을 읊은 작품이다.

<晋陽行化後謝鄭郎中>
賴得星郎手　　존귀한 그대의 손을 빌려서,
晋陽開化門　　진양에 교화의 문 활짝 열었네.

雨初霑百草	비가 처음 내려 온갖 풀 적셔주니,
芽漸發諸根	새싹 점점 모든 뿌리에서 돋아나네.
花葉終期菓	꽃과 잎 마침내 열매 기약하듯,
家門永有孫	가문에는 길이 자손이 있는 듯.
木人猶泣感	木人도 오히려 울며 감동해서,
聊以謝深恩351)	애오라지 깊은 은혜에 감사하네.

　수련은 무의자가 진양에서 정 낭중의 도움을 받아 교화의 문을 활짝 열게 된 사실을 간명하게 직서하였다. 함련과 경련은 교화의 문을 열어 자비를 일으켜서 대중을 교화한 공덕을 선지를 담아 형상화하였다. 함련은 비가 처음 내려 온갖 풀을 적셔 주니 새싹이 점점 뿌리에서 돋아난다고 하여, 법위[雨]가 온갖 무명 중생[百草]을 적셔 주니 보리 종자[芽]가 심지[根]에서 처음 발하기 시작한다는 것이다. 이어서 경련은 점점 법우가 적셔 줌에 꽃과 잎이 개화하여 마침내 열매[깨달음] 맺기를 기약하듯 가문엔 자손이 길이 이어질 것이라고 하여, 즉 시방 세계에 그 깨달음의 지혜가 영원히 비추리라는 것을 비유하였다. 따라서 미련은 정 낭중의 은덕(恩德)은 무상보시의 교화문을 열도록 한 무루복(無漏福)의 공덕이 크기 때문에, 정 낭중의 깊은 은혜에 대한 감사의 마음을 나무로 만든 무정한 목인(木人)도 울며 감동한다고 하는 것에 비유하여 극대화시켰다.

　또한 그는 어떤 사람이 도리율(忉利栗)을 보내준 것에 감사하는 마음을 시로 형상화하였다.

---

351) 위와 같은 곳.

<謝人惠忉利栗>
玉殼拈初剝   옥 같은 껍질 처음 벗겨 집으니,
金丸軟更光   금빛 밤알 연하고 더욱 빛나네.
果從忉利下   과실이 도리천에서 내려 왔는가,
隱隱帶天香[352]   은은히 天香을 띠고 있구나.

기구는 옥 같은 껍질을 처음 벗겨 든다고 하여, 도리율의 껍질을 둥근 옥에 비유하였는데 둥근 옥은 견고한 무명을 비유한다 하겠다. 따라서 처음 벗겨서 집어 들었다고 하는 것은 사유수(思惟修)를 통해 무명의 번뇌망상을 제거해 냄을 비유한 것이다. 이어서 승구는 금빛 밤알 연하고 더욱 빛난다고 하여, 사유수를 통해 친히 증득한 깨달음의 보리를 비유한 것이다. 이에 전구에서는 시상을 전환시켜 이 과실이 도리천에서 내려 왔는가? 자문(自問)하여, 인간 세상의 과실이 아닌 불계(佛界)에서 깨달음을 증득해 얻는 결과(結果)임을 강조하였다. 끝으로 결구는 선열(禪悅)이 충만하여 은은하게 배어 나오는 깨달음의 향기가 마치 천향(天香)을 띠고 있는 것처럼 황홀함을 묘사하였다.

이상과 같이 그는 승속에서 받은 선물이나 호의에 대해 감사하는 마음을 전하는 데 있어, 특히 자신이 몸소 친증(親證)하여 얻은 선지나 선리를 받은 선물의 형상에 비유[象喩]하여 언어 밖에 사물의 깊은 철리적인 의미를 핍진하게 담아내고 있음을 볼 수 있다. 또한 평이한 시어를 사용하면서도 사물의 깊은 선적 이치를 표상해 냄으로써 시의 내면이 두텁고 풍격이 심원한 시를 이뤄냈다.

---

352) 『詩集』, 56면.

Ⅳ. 무의자 선시의
시문학사적 의의

우리나라에 불교가 전래된 이래 불교시는 신라 가요나 균여(均如)의 작품 같은 대중적인 가요와 원효(元曉)나 혜초(惠超), 의천(義天)과 같은 고승들에 의한 불교 한시의 양면으로 줄기차게 계승되며 지눌의 시기에 이르렀다.353) 그러나 무의자가 활약했던 무신집권기까지 이어져 온 불교 한시의 전통이 매우 오래된 것에 비해 남아 전하는 작품은 영성(零星)한 편이며, 더욱이 문집은 고려 전기 의천에게서 처음 발견되고 있는 실정이다. 이러한 불교 시단의 상황은 승려 중에 시를 잘하는 사람이 없었던 것이 아니라, 대부분의 승려들이 '상구보리(上求菩提)·하화중생(下化衆生)'의 불도(佛道)에 뜻을 두고 주로 은거(隱居)하여 구도(求道)에만 정진하는 반면, 문학을 소홀히 생각하여 평소에 시명(詩名)을 세상에 드러내기를 원치 않은 불교적 풍토에 기인한 것이라 볼 수 있겠다.354)

특히 불교시의 한 영역으로서의 선시(禪詩)는, 선종이 전래되어 통일신라 말에 크게 유행하면서 여러 선승들에 의해서 선지(禪旨)를 직접 표출한 게송[禪偈]이나 선미(禪味)를 띠는 선시가 창작되었을 것이라 추정되지만 자료의 인멸로 구체적인 실상은 알 수가 없다. 고려 시대에 들어와서는 고려 사회가 일찍부터 송(宋)나라와의 교류를 통해 양국의

---

353) 이종찬(1982), 389면 참조.
354) 楮柏思(1981), 231~232면 참조.

승려가 왕래하고 전적(典籍)의 교류가 빈번해지면서 고려 시단에 이미 선시가 정착되었으리라고 생각되지만, 현전하는 자료상 의천의 문집에 남아 있는 작품 중에 그가 선승(禪僧)들에게 준 <以圓覺大懺寄三角山玄道人>시355)와 <謝圓演大師訪山門>시356) 등을 통해 교승(敎僧)으로서 교선일치(敎禪一致)의 입장에서 사변적으로 이해한 선지를 직접 표출한 선시가 창작되었음을 볼 수 있을 뿐이다. 그리고 무신집권기에 무의자가 자신의 독자적인 선사상을 선시로 꽃피워 냄으로써 최초의 선시집인 『무의자시집』을 남겨 놓음에 이르러서 질적·양적으로 발전된 선시의 면모가 뚜렷하게 나타난다.

　무의자가 활동했던 고려 시단은 국내외의 영향을 크게 받아 불교 문학이 새로운 발전을 이룩했던 시기였다. 먼저 외적으로는 고려 불교가 송나라에서 성행하던 선종의 영향을 크게 받아 한국 선사상의 재흥을 맞이하게 된다. 또한 문학적으로는 당시 중국에서 유행하던 한산시(寒山詩)가 수입되고, 전적의 교류가 빈번해지면서 선시의 체재(體裁)와 격조(格調)를 익힐 수 있는 문학적 풍토가 성숙되었다. 또한 내적으로는 무신란으로 인해 문인(文人)들 가운데 일부가 무신란의 화를 피해 불문(佛門)에 귀의하여 승려가 됨으로써 불교 문학의 발달을 촉진시켜 불가시풍(佛家詩風)이 형성되면서 선시도 발흥할 수 있는 토대가 마련되었다.

　이러한 문학적 상황 속에서 무의자가 당대 선현(先賢)들로부터 받은 평을 살펴보면 다음과 같다.

---

355) 義天, 『大覺國師文集』, 563면, 終南禪觀盡幽微 三百年來識者稀 局匪
　　□心圓頓旨 有誰研味息煩機.(□는 缺字임)
356) 義天, 위의 책, 564면, 接物唯應闡敎門 潛光多是味禪源 行藏進退皆由道
　　山世誰言靜與喧.

① 국사(國師)는 천성(天性)이 온화하고 충실하였다. 이미 유(儒)에서 석(釋)으로 갔으므로 모든 내외(內外)의 경서를 널리 통달하였다. 그런 까닭에 불승(佛乘)을 담양(談揚)할 때나 게송을 지을 때에 이르러서는 마치 능숙한 재인(宰人)[357]이 여유 만만하게 칼을 놀리듯 자유자재하였다.[358]

② 무의자가 태학생(太學生)이 되었을 때 지은 <野行>이라는 시에 이르기를 "뽕 바구니 옆에 낀 여인에게 봄빛이 무르익고, 삿갓 쓰고 도롱이 걸친 노인은 빗소리를 머리에 이고 있네."[臂筐桑女盛春色 頂笠簑翁戴雨聲]라고 했다. '비광(臂筐)'의 구절은 기(氣)와 말이 함께 살아 있어서 시속(時俗)이 숭상하는 것이었다.[359]

③ 송광사의 무의자가 임오년(壬午年) 가을에 유구역(維鳩驛)에 이르러 자게 되었다. 침실의 서쪽 벽에 그린 그림을 보고 탄식하며 이윽고 생각하다가 말하기를 "이 그림은 임금에게 간언(諫言)하던 신하가 나라를 떠나는 그림이다."라고 하며, 시를 지어 이르기를 "벽 위에 어느 누가 이 그림을 그렸는지, 간언하던 신하가 나라를 떠나니 일이 어찌 될 건가. 산중의 중도 한번 보니 오히려 애달픈데, 하물며 당로(當路)의 사대부임에랴."[壁上何人畵此圖 諫臣去國事幾乎 山僧一見尙惆愴 何況當塗士大夫]라고 하였다. 아, 화공(畵工)은 예전의 일에 대한 감회로 이 그림을 그렸고, 선사(禪師)는 옛 그림의 뜻을 알고 이 시를 남긴 것이니 옛날 풍아(風雅)에 충실했던 군자와 다름이 없다. 뒤에 이 역을 지나는 두 사람의 길손이 차운하여 벽에다 시를 썼다.[360]

---

357) 宰人은 음식을 관장하는 관리를 뜻하는데, 여기서는 이규보가 『莊子』에 나오는 庖丁을 근거로 쓴 말이다. 『莊子』 <養生主>편에는 포정이 文惠君을 위해서 소를 잡을 때, 문혜군이 포정이 칼을 가지고 소의 뼈와 살을 발라내는 것을 보고 그 소 잡는 기술의 신묘함을 찬탄하였다는 이야기가 나온다. 이후 '庖丁解牛'는 신묘한 기술을 칭찬하는 말로 쓰이게 되었는데, 이규보는 이 고사를 끌어다가 무의자가 게송을 짓는 원숙한 詩才를 포정이 소를 잡는 신묘한 경지에 비유한 것이다.

358) 李奎報, 앞의 글, 66면, 冲和碩實 旣自儒之釋 凡內外經書無不淹貫 故至於談揚佛乘撰著偈頌 則恢恢乎游人有餘地矣.

359) 崔滋 著・朴性奎 譯(1984), 269면.

①은 이규보가 <眞覺國師碑銘>에서 무의자의 인물됨이 유불(儒佛)에 정통하여 불승(佛乘)을 담양하고 게송(偈頌)을 짓는 솜씨가 마치 재인(宰人)이 자유자재로 칼을 다루는 것과 같다고 하여, 특히 그의 원숙(圓熟)한 시재를 높이 평한 글이다. ②와 ③은 최자(崔滋)가 『보한집』에서 무의자를 평한 글이다. ②에서는 그가 태학생 시절(24세)에 지은 <野行>시 가운데 기(氣)와 말[語]이 함께 살아 있는 비광(臂筐)의 구절을 들어 그의 시인으로서의 역량을 높이 평하였다. 또한 ③에서는 그의 나이 45세에 유구역에서 지은 <去國諫臣圖>시를 두고 옛날 풍아(風雅)에 충실했던 군자(君子)와 다름이 없다고 평하고 뒤에 사람이 차운(次韻)한 시가 있다고 하였으니, 당시에 그의 시가 널리 인정받았음을 알 수 있다. 이상 신진사인(新進士人)의 중심인물이었던 이규보와 최자가 무의자에 대해 평한 글을 통해 볼 때, 특히 그는 시에 뛰어난 시승(詩僧)으로 당시 문인들에게 크게 인정받았음을 알 수 있다.

그러나 조선 초에 편찬된 『동문선(東文選)』에는 무의자의 시가 한 수(首)도 실려 있지 않다. 이러한 점은 『동문선』이 숭유억불(崇儒抑佛)을 이념으로 하는 조선 사회에서 유자(儒者)들에 의해 편찬된 시문집이라는 점을 놓고 볼 때, 오히려 그의 선시가 유가적인 관점에서 그 가치를 인정하기 어려울 만큼 진정한 선시의 면모를 갖추고 있음을 역설적으로 드러내 주는 것이라 할 수 있다.

또한 최해종(崔海鍾)이 『근역한문학사(槿域漢文學史)』에서 "문학에 세련(洗練)된 신오(神悟)함이 저절로 영묘(靈妙)하고 경감(警感)함이 있는 것은 진실로 불성유심돈오(佛性唯心頓悟)가 아니면 이

---

360) 崔滋 著·朴性奎 譯(1984), 314~315면.

르기 어려운 것이며, 이에 고려(高麗)의 시가 이조(李朝)보다 수승(殊勝)한 것은 시가 성령(性靈)을 숭상한 까닭이다."라고 주장하여,361) 특히 고려의 시가 조선의 시보다 뛰어난 점은 유심돈오(唯心頓悟)에 근거하여 성령(性靈)을 위주로 한 시[禪詩]에 있음을 말하였다. 이로 보면 무의자가 고려 선시의 발흥을 이끈 인물인 만큼 그의 선시가 고려시의 특장(特長)을 형성하는 데 결정적인 역할을 하였음을 알 수 있다.

그러나 기존의 연구가 그를 선시의 발흥자로 주목하여 주로 그의 선시에 집중되었음에도 불구하고, 그의 선사상과 시문학의 밀접한 관계에 대한 총체적인 인식의 결여로 새로운 시풍(詩風)인 선시의 독창적인 측면이 체계적으로 해명되지 못하였다. 이에 필자는 본고의 논의를 통해 얻은 무의자 선시의 문학적 성과를 바탕으로, 그가 차지하는 시문학사적 의의를 새롭게 밝혀 보고자 한다.

먼저 무의자는 자신의 선사상을 바탕으로 한 독특한 선적 사유가 심미 의식과 창작 관념 등에 영향을 미쳐 이전에 볼 수 없었던 새로운 시 인식을 보여주었다. 그는 선의 이론화보다 실수(實修)를 통해 깨달음을 촉구한 것처럼 시에 대해서도 구체적인 이론의 전개에 주목하지는 않았으나, 독자적인 선적 깨달음을 이룬 대선사답게 단편적이나마 주체적인 시인식을 지녔다. 먼저 그는 성령의 참된 경계를 추구하여 직관적(直觀的)인 심미 의식을 중시하였는데, 이러한 시의식은 창작(創作)과 비평(批評)에도 크게 영향을 미쳤다. 창작에 있어서는 천진자성(天眞自性)에서 우러나는 자연스러운 묘취(妙趣)를 추구하여 철저히 인공적인 수식을 배제한 무기교(無技巧)에 관심을 가졌다. 또한 비평에서는 오미

---

361) 崔海鍾(1958), 30면 참조.

(五味)의 감관(感官) 밖에 초월한 대갱(大羹)과 명수(明水)와 같은 담박무미(淡泊無味)한 정신미(精神美)를 높은 예술 경계로 삼았다. 또 다른 측면으로 대중의 오리견성(悟理見性)을 위해 선지(禪旨)가 풍부하면서도 평이한 시를 중시하는 효용론적 시인식을 볼 수 있다. 이러한 작가 의식은 높은 선적 깨달음과 시적 역량을 갖춘 선시인(禪詩人)으로서 궁극에 선과 시가 차별 없이 근원적 합일을 이룬 시선일여(詩禪一如)의 경계를 추구한 결과이며, 그가 당시 문단의 독자적인 위치를 점유할 수 있었던 원천이라 할 수 있다. 나아가 이러한 시에 대한 인식은 시의 형식(形式)과 내용(內容)에 깊은 영향을 미쳐 선시(禪詩)의 제체(諸體)를 갖추게 되며, 그 결과 전대에 볼 수 없었던 참신하고 개성적인 선시의 세계를 개척해 내었다.

먼저 형식상으로는 선리(禪理)의 핵심인 해탈지향적(解脫志向的) 성격으로 인해 어느 일정한 형식을 고집하지 않고 다양한 시형을 두루 창작하고 있으며, 시운(詩韻)에 있어서도 고체시는 일운도저(一韻到底), 통운(通韻), 환운(換韻) 등 자유롭게 용운(用韻)하고 근체시도 대체적으로 근체시 용운법을 준수하되 시의(詩意)를 위해서는 격률에 구애받지 않았다. 또한 운목(韻目)을 선택하는 경향이 호방광달(豪放曠達)함을 볼 수 있다. 특히 게송이 대부분 한시체(漢詩體)의 격조를 따르고 있어 당시 승려들의 시문이 발전된 모습을 보여주고 있다. 이러한 경향은 당시 신진사인(新進士人)들이 고려 전기 귀족 문학의 부화무실(浮華無實)한 만당풍(晚唐風)에 대한 반성으로 고문(古文)을 주체적으로 수용하고자 했으나 현실적으로는 소동파(蘇東坡)의 시를 즐겨 모방하거나 심지어 표절하는 데로 흘렀던 문단 상황을 고려해 볼 때, 철저한 선의 자증자오(自證自悟)의 정신에 입각하여 마음의 성령의 경계를 임의(任意)대로 창작하여 이룩한 선시만의 특징적인 면모라 할 수 있겠다.

다음으로 내용상으로는 사려분별을 여읜 절대 자성[佛性·覺性]에 기본하여 직관적 심미 의식을 중시하는 시의식을 바탕으로 실제 입정오도(入定悟道)한 성령의 경계에서 자아와 우주의 본질인 진리를 직관한 오경[覺境]을 읊어 내는 것을 창작의 중심으로 삼아 시선일여(詩禪一如)의 경지를 드러낸 작품을 통해 심오한 선시의 세계를 이룩하였다. 특히 입정오도시(入定悟道詩) 가운데 무심자재(無心自在)의 한정(閑情)은 당시 무신란의 화를 피해 은둔질세(隱遁疾世)하여 자신의 실의(失意)를 달래기 위해서 자연의 한정(閑情) 그 자체를 읊은 유가 문인들의 시와 달리, 선적 자각을 바탕으로 자연의 한가로운 경계를 도미(道味)로 수용하여 일심(一心)으로 귀결시킨 심오한 선경(禪境)을 읊은 것으로, 그만의 독창적인 시세계를 보여준다. 이처럼 그의 선시가 성령의 경계를 읊어 깊은 선리를 시로 담아내었다는 것은, 당시 유가의 시가 선진유학사상(先秦儒學思想)을 바탕으로 한 일상 생활적인 주제들이 주류를 이루어, 아직 성리학의 형이상학적인 내용을 읊은 철학적인 시의 새로운 경지를 마련하지 못한 단계에 머물러 있었고, 전대 불교시가 사변적 인식 활동을 통해 이해한 불법(佛法)의 교의(敎義)를 시를 원용하여 압축한 것이나 알음알이로 이해한 선지(禪旨)를 직접 읊어내던 것과 비교해 볼 때 크게 다르다. 또한 일반적으로 시인들이 자신의 칠정(七情)을 인연해서 단서를 짓고 사물에 감동하여 뜻을 읊어 내는 것[362]과

---

362) 龔嘉英(1975), 2면 참조, 詩者 緣情造端 感物吟志.

도 크게 변별성을 갖는 새로운 면모라 할 수 있다. 한편 시교(詩敎)에 대한 인식을 바탕으로 시법시(示法詩)·잠계시(箴誡詩)·찬경시(讚經詩)·염송시(拈頌詩) 등 다양한 선지(禪旨)를 시화하여 시의 의의(意義)를 확대시켰음을 볼 수 있다. 또한 승속불이(僧俗不二)의 입장에서 시연(時緣)에 따른 이별의 정서를 초범탈속(超凡脫俗)한 선적 정서[道情]로 승화시켜 선적 사유(思惟)와 시정(詩情)의 격조 높은 통일을 이뤄냈으며, 승속에서 받은 선물에 대해 감사하는 마음을 시로 형상화하되 특히 선물의 형상에 선지를 비유하여 언외에 사물의 깊은 선적 이치를 표상해 냄으로써 심원한 풍격을 이루어냈다.

이렇게 볼 때, 그는 선오(禪悟)를 증득한 선사로서 작시규율(作詩規律)을 깊이 체득하여 자신의 사상과 감정을 자유자재로 표현해 냄으로써, 당시 중국의 전례를 따르려는 폐습을 벗어나 독창적인 선시의 세계를 이룩하여, 한국 한시의 수준을 한 단계 끌어올려 놓았다고 할 수 있을 것이다.

또한 표현에 있어서도 선적 비유(比喩)·상징(象徵)·역설(逆說) 등을 통해 새로운 표현 영역을 개척하였다. 이것은 무의자가 선적 깨달음을 얻어 도달한 성령의 참된 경계[眞境]를 곧바로 설리적(說理的)인 선어(禪語)로 생경하게 표현하지 않고, 주변 속의 평범한 사물과 자연현상 등에 자신의 심성(心性)을 자연스럽게 투영시켜 다양한 수사를 통하여 함축적으로 표현한 문학적 성과라고 할 수 있다.

이처럼 그가 주체적인 시인식을 바탕으로 궁극적으로 시선일여(詩禪一如)의 시세계를 이룩하여 선시의 제체(諸體)를 갖추면서부터 이전까지 불가(佛家)에서 유가(儒家)의 시를 배우려던 경향이 일변(一變)되어 그의 선시가 문인들에게 상당한 영향을 미쳤고,363) 그 결과 시선일여(詩禪一如)의 길을 걸었던 문인도 적지 않았다. 이렇게 볼 때 무의자 선시가 당시 시선일여(詩禪一如)를 추구하는 새로운 시문학 경향을 낳을 만큼 고려 시단에 이채(異彩)를 더해 주었다는 것을 알 수 있다.

또한 무의자 선시는 진정한 구도자(求道者)로서의 자신의 선적 깨달음을 바탕으로 '상구보리(上求菩提)·하화중생(下化衆生)'의 대지(大志)를 진실하게 담아낸 훌륭한 문학 작품으로 현대의 독자로 하여금 심오한 깨달음을 새롭게 경험하여 선시의 문학적 가치를 향수하게 한다. 실제 선의 높은 성령(性靈)의 경계는 고도의 정신 수양을 통해서만 경험할 수 있는 것으로 일반적으로 쉽게 도달할 수 없는 것인 만큼, 시선일여(詩禪一如)의 경지를 여실히 보여 주는 문학 작품을 통해 간접적이나마 독자가 선적 세계를 새롭게 경험할 수 있다는 것은, 그의 선시만이 획득할 수 있는 문학적 가치라 할 수 있을 것이다.

이상을 통해 볼 때, 무의자는 선시의 제체를 갖춰 독자적으로 선시로서 일가(一家)를 이룸으로써 고려시(高麗詩)를 더욱 풍부하고 다채롭게 하였고, 또한 선시라는 새로운 시풍을 일으켜서 고려 문학의 지평을 확장시켜 무의자 이전까지와는 달리 오히려 선시가 문인들에게까지 지대한 영향을 미쳐 당시 시선일여(詩禪一如)를 추구하는 경향이 고려시의 한 특색을 이루게 하였다. 이같이 그가 남겨 놓은 다수의 선시는 한국 한시 사상 선시라는 독자적인 연원(淵源)을 마련해 주었다는 점에서 더욱 많은 의미와 가치를 두어야 할 것이다. 이후 무의자의 선시는 고려의 선사인 원감 충지(圓鑑冲止), 백운 경한(白雲景閑), 태고 보우(太

---

363) 崔滋의 『補閑集』 下卷에 散見됨.

古普愚), 나옹 혜근(懶翁慧勤) 등에 의해 계승되어 조선을 거쳐 현대에 이르기까지 한국 선시 문학의 확고한 전통을 형성하게 하였고, 그러한 원류자(源流者)로서 한국 선시 사상은 물론 한시 사상에 있어서도 그 시문학사적 의의가 크다고 하겠다.

V. 결 론

이상에서 무의자 선시의 전반을 고찰해 보았다. 이에 지금까지 논의한 내용을 요약하고 남은 과제를 밝히는 것으로써 결론을 삼고자 한다.

무의자는 고려 무신집권기에 독자적인 선사상을 바탕으로 본격적인 선시를 발흥한 선시인(禪詩人)이라 할 수 있는데, 본고에서는 무의자 혜심의 선시 연구를 위해서 먼저 무의자 선시의 형성 배경을 고찰하여 그의 선시의 세계에 접근할 수 있는 인식 기반을 마련하였고, 다음으로 선시의 세계를 형식상의 특징과 내용상의 분류로 나누어 그의 선시에 대한 총체적인 이해를 도모하였다. 끝으로 본 논문에서 논증한 사실을 토대로 무의자 선시를 재평가하여 그 시문학사적 의의를 구명하였다.

제Ⅱ장은 무의자 선시의 형성 배경으로 생애, 시대적 배경, 사상적 배경, 시에 대한 인식을 고찰하였다.

생애는 유생(儒生)에서 선사(禪師)로서 삶의 지향점이 크게 바뀌는 계기가 된 출가를 전후로 하여 살펴보았다. 그는 출가 전에 내불외유(內佛外儒)의 삶을 통해 문인으로서의 소양을 갖추었고, 출가 후에 상구보리(上求菩提)·하화중생(下化衆生)의 불도를 실천하는 대승적인 삶을 살았다. 즉 그는 유불(儒佛)에 정통하고 시문에 뛰어난 시승(詩僧)이었다. 특히 불교에 있어서는 일찍 출가에 뜻을 두고 경문(經文)을 공부하였으며, 출가 후에는 더욱 철저한 선수행을 통해 응신망형(凝神忘形)의 선적 경계에 도달하였다. 또한 수선사 제2대 사주(社主)로서 반평생을 여러 사찰을 두루 머물면서 대중교화에 힘썼다.

시대적 배경은 무신집권기의 정치적 배경과 불교계의 동향을 중심으로 살펴보았다. 그는 무신란으로 인해 불교계와 문학계가 모두 새로운 방향을 탐색하며 자기 혁신과 발전을 도모하던 시기에 선사 지눌의 선종(禪宗) 신풍운동(新風運動)의 시대 정신을 계승하여 선종 교단을 이끈 불교계의 최고 지도자였으며, 또한 시승으로 당시 뛰어난 문인들에게 자신의 시재(詩才)를 크게 인정받았다.

사상적 배경은 사상적 특질과 선사상의 특징으로 나누어 살펴보았다. 사상적 특질에서는 그가 불교의 입장에서 유·불·도(儒佛道) 일원(一元), 선·교(禪敎) 일원(一元)의 논리를 전개하여 일원적 성격을 띠고 있음을 알 수 있었다. 실제 그는 불교의 토대 위에서 자신을 '유지불(儒之佛)'이라 하고 유·불·도 일원을 주장하였다. 나아가 선교(禪敎)의 구경의 목적은 불조(佛祖)의 현지(玄旨)를 증득함에 있다고 하는 선·교 일원을 주장하되, 특히 선(禪)과 교(敎)의 질적 차이를 체오(體悟)하여 무엇보다 선을 깨달음에 이르는 첩경(捷徑)으로 인식하고 교에 대한 선의 우위성을 강조하였다.

선사상의 특징에서는, 무심돈오법(無心頓悟法)과 간화선 수행(看話禪修行)을 중심으로 살펴보았다. 무심돈오법(無心頓悟法)에서는, 그가 왕과 대중 모두에게 성상(性相)이 여여(如如)한 무심을 강조하여 곧바로 돈오(頓悟)할 것을 주장하였다. 이것은 선사 지눌이 망심(妄心)을 다스리는 방법으로서 무심공부를 주장한 것에서 한 걸음 더 선의 실천으로 나아간 것이다. 또한 그의 무심은 단지 공허한 이론만으로 전개된 선사상이 아니고, 자신의 철저한 실참실오(實參實悟)를 통해 구축

된 선사상으로 한국 선종사에 독자적인 경지를 마련해 주었다. 실제 그는 이러한 무심을 거래자재(去來自在)하고 무위무사(無爲無事)한 흰 구름[白雲]과 수연응용(隨緣應用)하여 무자성(無自性)한 물[水]로 표상화한 다수의 시문을 남기고 있다. 간화선 수행(看話禪修行)에서는, 그는 이 간화선을 망상(妄想)을 여의는 최상의 수행 방법, 즉 무심에 이르는 경절문(徑截門)으로 강조하였다. 이에 그는 수행자가 자신에게 적의(適宜)한 화두를 참구하여 의로(義路)와 침묵의 양단을 여의고 의단(疑團)을 타파하면 곧바로 돈오견성(頓悟見性)하여 무심해탈(無心解脫)의 경지에 이른다고 주장하였다. 또한 그는 간화선의 대중화를 위해서 『선문염송(禪門拈頌)』을 편찬하고, 『구자무불성화간병론(狗子無佛性話揀病論)』을 찬술하여 간화선을 크게 진작시켰다. 이러한 그의 노력은 이후 간화선이 한국 조계종의 정통적인 수행 방법이 되는데 결정적인 계기를 마련해 주었다. 그의 『진각국사어록보유』에는 화두의 선지(禪旨)를 다양하게 시로 형상화한 작품이 25수 전해지고 있다.

  시에 대한 인식은 무의자 선시의 문학 형성의 근원이 되는 의식 세계를 밝혀보고자 무의자 시문에 산견되는 내용들을 종합하여, 직관적(直觀的) 심미 의식, 무기교(無技巧)에의 관심, 담박무미(淡泊無味)의 숭상, 효용론적(效用論的) 인식 등으로 나누어 살펴보았다. 여기에서 그가 자신의 문학적 소양과 선적(禪的) 자각(自覺)을 바탕으로 궁극에 시문학(詩文學)과 선사상(禪思想)이 차별 없는 근원적 합일을 통해 시선일여(詩禪一如)의 경계를 추구하는 그의 주체적인 시인식을 볼 수 있었다. 그는 절대 성령(性靈)의 경계에 근본하여 묘오(妙悟)라는 직관적 사유를 통해 사물의 실상과 생명을 관조하여 형상화하는 직관적 심미 의식을 중시하였다. 이러한 시의식은 창작과 비평에도 많은 영향을 미쳤다. 먼저 창작에 있어서는 문학적 수식과 기교를 초연히 뛰어넘어 무심한 선적 경계에서 천진(天眞)에 맡겨 문득 경물(景物)을 만나면 자연스럽게 묘취(妙趣)를 이뤄내는 무기교(無技巧)에 관심을 두었다. 다음으로 비평에 있어서는 부화농염(浮華濃艶)한 외적 형식미보다 대갱(大羹)과 명수(明水)와 같은 담박무미(淡泊無味)한 정신미를 높은 예술 경계로 삼았다. 또 다른 측면으로 현도지구(現道之具)로서의 언어·문자의 효용적 가치를 인정하여, 특히 명심견성(明心見性)의 시교(詩敎)를 위해서 주해(註解)가 필요 없는 평이하면서 선지(禪旨)가 풍부한 시를 중시하는 효용론적 시인식을 지녔음을 볼 수 있다.

제Ⅲ장은 무의자 선시의 세계로 형식상의 특징과 내용상의 분류로 나누어 고찰하였다.

형식상의 특징에서는 시형(詩型)과 시운(詩韻)의 주요 특징적인 면을 중심으로 살펴보았다. 그는 선의 해탈 지향적(解脫指向的) 성격으로 수의창작(隨意創作)한 결과, 지나치게 한시의 형식에 얽매이지 않고 다양한 시형을 두루 창작하였다. 특히 그는 근체시보다 고체시 중에 낭송성(朗誦性)이 높은 칠언고시를 즐겨 사용하며, 게송(偈頌)을 대부분 한시체(漢詩體)로 지었다. 또한 시운에 있어서 고체시는 일운도저(一韻到底), 통운(通韻), 환운(換韻) 등 자유롭게 압운하고, 근체시도 대체적으로 근체시 압운법을 준수하면서 시의(詩意)를 위해서는 격률(格律)에 구애받지 않았다. 또한 운목(韻目)을 선택하는 경향이 호방광달(豪放曠達)함을 볼 수 있었다.

내용상의 분류에서는 그의 선시를 입정오도시(入定悟道詩), 대중교화시(大衆敎化詩), 승속교유시(僧俗交遊詩)로 나누어 살펴보았다.

입정오도시(入定悟道詩)는 입정오도의 과정을 내심(內心)과 외경(外境)의 성령(性靈)의 경계에 따라 입정관조(入定觀照), 심경양망(心境兩忘), 무심자재(無心自在)의 경지로 단계화하여 입정관조의 시, 심경양망의 시, 무심자재의 시로 나누어 살펴보았다.

첫째, 입정관조(入定觀照)의 시는 선정(禪定)에 들어[入定] 생각이 안정되고 마음이 안온해지면 내심(內心)이 경안(輕安)하여 외경(外境)의 진위정사(眞僞正邪)를 관조하여 여실이견(如實而見)할 수 있는 지혜가 생기는 개오(開悟)의 경지를 형상화한 시이다. 특히 그는 시간에 따라 전향의 변화하는 모습 또는 자연 경물(自然景物) 가운데 맑은 연못이나 정태적인 달에 탁물우의(托物寓意)하여 그 속에 내재된 선리를 형이상학적으로 읊어 냈다. 이러한 작품들은 설리적(說理的)인 선어(禪語)를 사용하여 선지(禪旨)를 직접 시로 표출하지 않고, 다양한 수사를 활용하여 참신하게 형상화함으로써 언어 밖에 함축된 뜻이 풍부하고 시적 내면이 탄탄하게 표현되고 있다.

둘째, 심경양망(心境兩忘)의 시는 주체의 성령 세계(性靈世界 : 內心)와 객체의 실재 세계(實在世界 : 外境)가 간격 없이 융합된 심경양망의 돈오(頓悟)의 경지를 형상화한 시이다. 그는 심경양망하여 온몸을 통해 진리를 현현(顯現)하는 성령의 경계를 다만 시절 인연을 따라 도정(道情)과 물경(物境)이 융합된 물아일치(物我一致)의 경지로 자연스럽게 형상화하였다. 그 결과 시어의 내밀성을 의도하지 않았지만 심경양망(心境兩忘)의 선리가 절로 시어에 녹아들어 선미(禪味)가 풍부한 훌륭한 시를 이뤄냈다.

셋째, 무심자재(無心自在)의 시는 내심[我]이 외경[物]을 대하여도 항상 심식(心識)이 일어나지 않아 무심히 이치에 계합하고[無心契理] 심광체반(心廣體胖)하여 자연스럽게 대오(大悟)의 경지를 형상화한 시로, 입정오도시가 대부분 이에 속한다. 그는 평소 무심의 경지에서 절로 느낀 한정(閑情)을 자연의 참신한 경계에 붙여 읊었는데, 특히 백운(白雲)이란 평범한 제재를 사용하되 애써 다듬은 흔적 없이 무심무사(無心無事)한 경지를 최대한 온축하여 담박하게 형상화한 것이 특징이다. 나아가 그는 무심자재한 경지를 구체적으로 수연안분(隨緣安分)의 경지로 형상화하였는데, 특히 자족(自足)한 시인의 경계를 소박한 여뀌꽃에 묘유(妙喩)하여 자연스럽게 심경(心境)과 시경(詩境)이 융합된 시선일여(詩禪一如)의 경지를 보여주었다. 이러한 무의자 선시의 자연스럽고 담박함은 그의 인격을 반영해 내고 있다고 할 수 있다. 또한 무심자재의 대오의 경지는 그의 무심합도의 경지를 직접 형상화한 것으로, 이같이 그의 선사상(禪思想)과 시세계(詩世界)의 일치를 보여주는 작품을 통하여 그가 본질적으로 선적(禪的) 묘오(妙悟)의 세계를 형상화하고자 하는 데 주력하였음을 알 수 있다.

대중교화시(大衆敎化詩)는 교화한 내용에 따라 시법시(示法詩), 잠계시(箴誡詩), 찬경시(讚經詩), 염송시(拈頌詩)의 네 범주로 나누어 살펴보았다. 특히 시법시는 불법(佛法)을 보인 시와 수심법(修心法)을 보인 시로 나누어 살펴보았다.

첫째, 시법시 가운데 불법을 보인 시는 자신의 선적 자각을 바탕으로 불법의 무상무위(無相無爲)·대자대비(大慈大悲)·원만각성(圓滿

覺性)·무애자재(無碍自在)·청정진심(淸淨眞心) 등 심오한 뜻을 평이한 시어를 사용하면서도 짧은 시형식 속에 선리를 붙여 함축적으로 형상화하였다. 수심법을 보인 시는, 선이 자증자오(自證自悟)의 내수(內修)를 중시하는 것인 만큼 대중의 근기와 분수에 맞는 수심법을 자유자재로 시화(詩化)하였다. 특히 목우(牧牛)의 과정에 수심법을 단계적으로 비유하거나 역설적 표현을 통해 좌선의 참된 의미를 자각토록 하였고 또한 제자의 법명에 중의적 의미를 부여하여 내심자증(內心自證)토록 한 것을 볼 수 있다.

둘째, 잠계시(箴誡詩)는 계에 대한 선적 자각(自覺)을 바탕으로, 계에 대한 중도적(中道的) 선리를 격률에 얽매이지 않고 자유롭게 고시로 읊었다. 특히 <六箴>에서는 시의(詩意)의 효과적인 전달을 위해 고체시의 형식을 원용하여 능숙하게 써 내려간 시재(詩才)가 돋보인다.

셋째, 찬경시(讚經詩)는 선의 소의 경전인 『원각경(圓覺經)』과 『금강경(金剛經)』의 현묘(玄妙)한 교의를 쉽게 해설하여 그 본의(本義)만을 간명하게 시화하였는데, 이렇듯 시에 나타난 경전에 대한 깊은 이해를 통해 그의 지고(至高)한 깨달음의 정신 세계를 엿볼 수 있었다.

넷째, 염송시(拈頌詩)는 주로 짧은 한시의 형식에 난해한 화두(話頭)의 함의(含意)나 도리를 상징적·비유적 심상을 사용하여 함축적으로 담아냄으로써 대중들로 하여금 언전(言詮)의 통발에서 벗어나 곧바로 화두의 밀의(密義)를 깨닫도록 하였다.

승속교유시(僧俗交遊詩)는 그가 당시 지식층의 한 사람으로서 승속(僧俗)과 교유하며 쓴 시를 말하며, 송별시(送別詩)와 감사시(感謝

詩)로 나누어 살펴보았다.

첫째, 송별시(送別詩)는 일반 시인들이 차마 이별하지 못하는 인정(人情)을 묘사하여 마음속에 품은 안타까운 심정을 시화(詩化)하는 것과 달리, 무의자가 선각자로서 시연(時緣)에 따른 이별의 정서를 초범탈속(超凡脫俗)한 선적 정서[道情]로 담박(淡泊)하게 형상화한 것이다. 즉 그는 만나면 기쁘고 헤어지면 슬퍼하는 세상 사람들의 유심(有心)한 인정과 달리 봉별(逢別)의 정을 무심한 선적 정서로 담아내었다. 그는 일반 시인들이 자연(自然)의 유상(有常)함에 인정(人情)의 무상(無常)함을 대비시켜 읊는 것과 대조적으로 오히려 계절[自然]의 무상함에 무심한 도정의 유상함을 형상화하였다.

둘째, 감사시(感謝詩)는 그가 승속으로부터 받은 선물이나 호의에 대해 자신의 감사하는 마음을 시화한 것이다. 그는 무소유(無所有)한 선사로서 친증(親證)한 다양한 선지(禪旨)를 선물의 형상에 담아냈는데, 평이한 시어를 사용하면서도 형상의 비유를 통해 언외(言外)에 사물의 깊은 철리적 의미를 담아내어 심원한 풍격의 시를 이뤄냈다.

이렇게 볼 때, 그는 선시의 제체(諸體)를 갖춰 독자적으로 선시로써 일가(一家)를 형성하여 고려시를 더욱 다양하고 풍부하게 한 본격적인 선시인(禪詩人)이라 할 수 있겠다. 특히 그의 선시는 현전하는 자료 가운데 선시의 전형(典型)을 보여주는 최초의 작품으로 한국 한시 사상 선시라는 독자적인 연원(淵源)을 마련해 줌으로써, 고려와 조선을 걸쳐 현대에 이르기까지 한국 선시 문학의 확고한 전통을 형성하였다는 데 시문학사적 의의가 크다고 할 수 있다.

마지막으로 본고에서 다루지 못한 후일의 과제로 몇 가지를 들어 보면 다음과 같다. 우선 무의자 선시를 중국 선시 가운데 특히 그가 애송한 한산시(寒山詩)와 비교 고찰하는 작업이 필요하겠으며, 그의 선시가 당대는 물론 후대의 선가(禪家)나 문인(文人)에게 미친 영향 관계를 면밀히 검토하는 작업이 통사적 입장에서 체계적으로 이루어져야 하겠다. 또한 선가 문학의 총체적인 문학 연구를 위해서는 개별적인 선시인(禪詩人)들의 작가적 개성과 문학적 특징을 심도 있게 다루는 연구가 더욱 활발하게 진행되어야 할 것이다.

참고문헌

一. 基本資料

慧諶, 『無衣子詩集』(1994), 『韓國佛敎全書』第六冊, 동국대출
　　판부.

——, 『曹溪眞覺國師語錄』(1994), 『韓國佛敎全書』第六冊, 동
　　국대출판부.

——, 『狗子無佛性話揀病論』(1994), 『韓國佛敎全書』第六冊,
　　동국대출판부.

——, 『金剛般若波羅密經贊』(1994), 『韓國佛敎全書』第六
　　冊, 동국대출판부.

慧諶 著·覺雲 撰, 『禪門拈頌拈頌說話會本』(1983), 『韓國佛
　　敎全書』第五冊, 동국대출판부.

譯經委員會, 『禪門拈頌』(1986), 東國譯經院.

知訥, 『看話決疑論』(1983), 『韓國佛敎全書』第四冊, 동국대출
　　판부.

——, 『牧牛子修心訣』(1983), 『韓國佛敎全書』第四冊, 동국대
　　출판부.

——, 『眞心直說』(1983), 『韓國佛敎全書』第四冊, 동국대출판부.

——, 『勸修定慧結社文』(1983), 『韓國佛敎全書』第四冊, 동국
　　대출판부.

元曉, 『起信論海東疏』(1979), 『韓國佛敎全書』第一冊, 동국대
　　출판부.

義湘, 『華嚴一乘法界圖』(1979), 『韓國佛敎全書』第二冊, 동국
　　대출판부.

均如, 『一乘法界圖圓通記』(1982), 『韓國佛敎全書』第四冊, 동

국대출판부.

義天, 『大覺國師文集』(1982), 『韓國佛敎全書』第四冊, 동국대
　　　출판부.

冲止, 『海東曹溪第6世圓鑑國師歌頌』(1982), 『韓國佛敎全書』
　　　第四冊, 동국대출판부.

景閑, 『白雲和尙語錄』(1994), 『韓國佛敎全書』第六冊, 동국대
　　　출판부.

普愚, 『太古和尙語錄』(1994), 『韓國佛敎全書』第六冊, 동국대
　　　출판부.

慧勤, 『懶翁和尙歌頌』(1994), 『韓國佛敎全書』第六冊, 동국대
　　　출판부.

李奎報, 『東國李相國集』(1989), 『韓國文集叢刊』2卷, 民族文
　　　化推進會.

林椿, 『西河集』(1989), 『韓國文集叢刊』1卷, 民族文化推進會.

徐居正, 『東文選』(1994), 民族文化刊行會.

鄭麟趾 外, 『高麗史』(1990), 亞細亞文化社.

金宗端 外, 『高麗史節要』(1973), 亞細亞文化社.

鏡虛惺牛 編輯, 『懸吐 禪門撮要』(1982), 보련각.

道源, 『景德傳燈錄』(刊年未詳), 寶蓮閣.

安震湖 編, 『懸吐註解禪要(全)』(1981), 法輪社.

慧能, 『六祖壇經』(1987), 寶蓮閣.

涵虛堂 說誼, 『金剛經五家解』(1985), 보련각.

　　　　　解, 『圓覺經』(刊年未詳), 寶蓮閣.

『首楞嚴經』(刊年未詳), 世祖朝國譯板本.

『御定奎章全韻』(刊年未詳).

『詳說 古文眞寶大全』(1988), 保景文化社.

二. 論文

姜錫瑾(1996), 「李奎報의 佛敎詩 硏究」, 동국대 대학원 박사논문.

秦星圭(1986), 「高麗後期 眞覺國師 慧諶硏究」 중앙대 대학원 박사
　　　　논문.

고영섭(2001), 「지눌의 眞心사상」, 『普照思想』 제15집, 普照思想
　　　　硏究員, 121～162면.

權奇悰(1981), 「看話禪과 「無字」 公案考」 『동국대학원논문집』
　　　　동국대학교, 제20집, 1～17면.

______(1986), 「高麗後期의 禪思想 硏究」, 동국대 대학원 박사논문.

______(1994), 「慧諶의 看話禪思想 硏究～知訥의 禪思想과 比
　　　　較하면서～」, 『普照思想』 제7집, 普照思想硏究員, 11～
　　　　37면.

權奇浩(1991), 「禪詩 硏究」, 부산대 대학원 박사논문.

權寶卿(1993), 「艸衣意恂의 漢詩硏究」, 이화여대 대학원 석사논문.

吉奉準(1997), 「虛應堂 普雨大師 詩文學攷」, 동국대 교육대학원
　　　　석사논문.

吉熙星(1991), 「고려 불교의 창조적 종합 : 의천과 지눌」, 『한국사상
　　　　사대계』 권3, 성남 : 한국정신문화연구원, 445～484면.

______ 외 공저(1996), 「知訥 禪 사상의 구조」, 『知訥의 사상과 그
　　　　현대적 의미』, 성남 : 한국정신문화연구원, 63～199면.

金美善(2000), 「草衣 張意恂 詩의 硏究」, 성신여대 대학원 박사논문.

金順德(2005), 「芭蕉에 있어서 禪世界」, 『일어일문학』 제25집, 대
　　　　한일어일문학회, 141～156면.

金邦龍(1999), 「普照知訥과 太古普愚의 禪思想 比較硏究」 원
　　　　광대 대학원 박사논문.

______(2005), 「간화선과 화엄, 단절을 넘어 회통으로」, 『불교평론』
　　　　제7권 제3호, 현대불교신문사, 194～217면.

김용덕(1986), 「고려후기 진각국사 혜심 연구」 중앙대 대학원 박사논문.

金貞淑(1996),「李奎報의 佛敎關聯詩 硏究」, 고려대 교육대학원 석사논문.

金正淑(1999),「看話禪의 無字公案 硏究」 동국대 대학원 석사논문.

김철준(1998),「고려초의 천태학 연구」,『한국사학사연구』, 서울대출판부, 169~184면.

金炯佑(1992),「高麗時代 國家的 佛敎行事에 대한 硏究」, 동국대 대학원 박사논문.

김형중(2002),「심우도와 선시」,『惟心』권11호, 만해사상실천선양회, 386~421면.

______(2004),「휴정(休靜)의 선시세계」,『惟心』권16호, 만해사상실천선양회, 41~82면.

김호동(1998),「禪門拈頌과 眞覺國師 慧諶」,『민족문화논총』第18·19 合集, 영남대학교 민족문화연구소, 117~170면.

김호성(1994),「慧諶 禪思想에 있어서 敎學이 차지하는 의미」,『普照思想』제7집, 普照思想硏究員, 101~131면.

나만수, 김의규(1993),「무신정권기의 국왕과 문신」,『한국사 18-고려무신정권』, 경기도 : 국사편찬위원회, 199~247면.

柳好宣(1998),「涵虛堂 詩文學의 硏究」, 고려대 대학원 석사논문.

閔賢九(1992),「月南寺址 眞覺國師碑의 陰記에 대한 一考察」,『高麗後期佛敎展開史硏究』, 民族社, 11~57면.

朴榮濟(1989),「慧諶의 修禪社에서의 活動과 禪思想」, 서울대 대학원 석사논문.

朴永煥(2000),「蘇軾禪詩에 나타난 空觀 고찰」,『中國文學硏究』21, 韓國中文學會, 123~147면.

박은목(1988),「知訥 佛敎思想의 敎育理論 硏究」,『大田大學論文集』제7권, 대전대학교, 55~77면.

朴正煥(1990),「萬海 韓龍雲 漢詩硏究」, 충남대 대학원 박사논문.

박정환(1999),「知訥과 九山의 禪思想 比較 硏究」 서강대 대학원 석사

논문.

朴在錦(1987),「眞覺國師 慧諶 研究」, 이화여대 대학원 석사논문.

______(1998),「無衣子 慧諶의 詩 研究」, 이화여대 대학원 박사논문.

裵奎範(1994),「無衣子 慧諶 文學 研究」, 경희대 대학원 석사논문.

______(2000),「불가의 언어관에 대한 이해와 문학관의 변모 양상」,『
인문학연구』제4호, 경희대학교인문학연구소, 153~183면.

蘇英愛(1991),「無衣子의 詩世界 研究」, 수원대 대학원 석사논문.

徐珪邰(1991),「朝鮮前期 禪家文學의 研究」, 고려대 대학원 박사
논문.

申安湜(1996),「고려 무인집권기 지방사회의 동향에 관한 연구」, 건국
대 대학원 박사논문.

楊熙喆(1988),「逍遙 太能의 禪詩의 開悟體驗」,『동양학』18집,
단국대부설 동양학연구소, 27~44면.

梁光錫(1985),「韓國漢文學의 形成過程 研究」, 고려대 대학원 박
사논문.

______(1993),「원효의 문학사상」,『한국문학사상사』, 계명문화사,
135~144면.

______(2002),「高麗의 漢文學 研究」,『한문교육연구』제18호, 한
국한문교육학회, 139~167면.

禹現植(1997),「眞靜國師의 文學觀과 詩世界」, 한국정신문화연구
원 석사논문.

兪瑩淑(1993),「高麗後期 禪宗史 研究」, 동국대 대학원 박사논문.

李東埈(1992),「高麗 慧諶의 看話禪 研究」, 동국대 대학원 박사논문.

李法山(2005),「看話禪수용과 한국 看話禪의 특징」,『普照思想』
제23집, 普照思想研究員, 11~29면.

이승훈(2004),「시적 코드와 선적 코드」,『惟心』권16호, 만해사상실
천선양회, 22~40면.

李英茂(1977),「普照國師 知訥의 人物과 思想~한국불교종조설

을 중심으로~」, 『人文科學論叢』제9집, 건국대 인문과학연구소, 83~101면.

이영석(2002), 「『선문염송』의 편찬에 관한 연구」, 『淨土學研究』제5집, 韓國淨土學會, 259~288면.

李日宰(1985), 「普照知訥의 看話禪 研究」, 동국대 대학원 석사논문.

李鍾燦(1982), 「고려문학의 형성과정」, 『조연현박사화갑기념논문집』.

李晋吾(1984), 「圓鑑國師 冲止의 詩世界」, 한국정신문화연구원 석사논문.

______(2002), 「무한성의 추구와 무애미학-한국불가시의 미학전통(1)」, 『韓國漢文學研究』, 29집, 韓國漢文學會, 179~211면.

이창구(2004), 「조선 중기 보조선 사상의 영향」, 『普照思想』제21집, 普照思想研究員, 9~40면.

印權煥(1982), 「高麗時代 佛敎詩의 研究」, 고려대 대학원 박사논문.

______(2003), 「高麗禪詩와 日本 五山詩의 比較研究」, 『韓國漢文學研究』, 31집, 韓國漢文學會, 339~390면.

任元彬(2004), 「詩僧 齊己의 『風騷旨格』과 詩創作」, 『中國語文學論集』제27호, 中國語文學研究會, 505~529면.

朱浩贊(1994), 「太古 普愚 悟道詩의 研究」, 고려대 대학원 석사논문.

鄭景奎(1990), 「禪宗과 言語文字」, 동국대 대학원 석사논문.

정성본(2005), 「眞覺국사 慧諶의 간화선 연구」, 『普照思想』제23집, 普照思想研究員, 71~136면.

趙泰晟(1999), 「衲衣詩의 思想的 指向 研究」, 전남대 대학원 석사논문.

秦星圭(1986), 「高麗後期 眞覺國師 慧諶 研究」, 중앙대 대학원 박사논문.

______(2003), 「『禪門拈頌』의 편찬과 그 의의」, 『白山學報』제66호, 白山學會, 97~118면.

蔡尙植(2000), 「高麗後期 看話禪의 受容과 展開」, 부산대 대학원 박

사논문.

최병헌(1994), 「眞覺慧諶, 修禪社, 崔氏人政權」, 『普照思想』 제7
집, 普照思想硏究員, 139~168면.

崔瀚述(1985), 「大覺國師 義天의 詩世界」, 계명대 교육대학원 석
사논문.

韓基斗(1991), 「고려 선종의 사상적 계보」, 『한국선사상연구』, 일지사,
210~289면.

______(1994), 「禪門拈頌의 編纂에 따르는 慧諶禪의 意旨」, 『보
조사상』 제7집, 보조사상연구원, 45~75면.

三. 著書

가마타 시게오 저·신현숙 옮김(1994), 『한국불교사』, 서울 : 민족사.
감산대사 著·송찬우 옮김(1995), 『老子 그 불교적 이해』, 서울 : 세계사.
高榮燮(1996), 『佛敎經典의 修辭學的 表現』, 서울 : 경서원.
高亨坤(1971), 『禪의 세계』, 서울 : 일지사.
______(1997), 『선의 세계 Ⅰ~서양철학과 禪』, 서울 : 운주사.
______(1998), 『선의 세계 Ⅱ~한국의 禪』, 서울 : 운주사.
郭庵 著·李箕永 譯解(1997), 『十牛圖』, 서울 : 한국불교연구원.
丘仁煥·丘昌煥 공저(1994), 『新稿 文學槪論』, 서울 : 삼지사.
權奇浩(1991), 『禪詩의 世界』, 대구 : 慶北大學校出版部.
權相老(1982), 『朝鮮佛敎史』, 서울 : 보련각.
金達鎭 譯註·崔東鎬 解說(1996), 『寒山詩』, 서울 : 세계사.
김달진 역주·최동호 해설(1993), 『眞覺國師語錄』, 서울 : 세계사.
金塘澤(1999), 『高麗의 武人政權』, 서울 : 국학자료원.
金東華(1985), 『禪宗思想史』, 서울 : 보련각.
______(1984), 『佛敎學槪論』, 서울 : 보련각.
金相洪(1997), 『漢詩의 理論』, 서울 : 고려대학교 출판부.
김영욱(2004), 『진각국사어록 역해 1』, 서울 : 가산불교문화연구원출판부.

김영태(2000), 『한국불교사』, 서울 : 경서원.

金雲學(1990), 『佛敎文學의 理論』, 서울 : 一志社.

金毅圭(1993), 『韓國史』, 경기도 : 국사편찬위원회.

金周坤(1994), 『韓國佛敎歌辭硏究』, 서울 : 集文堂.

金埈五(2001), 『詩論 第4版』, 서울 : 삼지사.

김진영 편·배규범 역(2004), 『초의선사 의순시집』, 서울 : 민속원.

金月雲(1994), 『圓覺經 註解』, 서울 : 東國譯經院.

______(1993), 『金剛般若波羅蜜經』, 서울 : 보현각.

金呑虛 譯解(1982), 『懸吐譯解 普照法語』, 서울 : 교림.

김태완(2001), 『祖師禪의 실천과 사상』, 서울 : 장경각.

金學主(2001), 『中國文學史』, 서울 : 신아사.

김현(1995), 『韓國文學의 位相~그 展開와 座標』, 서울 : 문학과
        지성사.

김형중(2000), 『서산대사 휴정의 선시 연구』, 서울 : 아름다운 세상.

김형효 외 저(1996), 『지눌의 사상과 그 현대적 의미』, 성남 : 한국정신
        문화연구원.

김흥규(1997), 『한국문학의 이해』, 서울 : 민음사.

대한불교조계종포교원(2004), 『불교사의 이해』, 서울 : 조계종출판사.

대판불교조계종교육원(2005), 『간화선』, 서울 : 조계종출판사.

大慧宗杲 著·智象 註解(1998), 『書狀』, 서울 : 불광출판사.

동국대역경원(2005), 『直指』, 서울 : 대한불교조계종.

柳晟俊(1997), 『中國詩歌硏究』, 서울 : 신아사.

杜松柏 지음·朴浣植 孫大覺 옮김(2000), 『禪과 詩』, 서울 : 민족사.

劉偉林 著·沈揆昊 옮김(1999), 『중국문예심리학사』, 서울 : 동문선.

馬鳴 著·憨山大師 풀이·송찬우 옮김(1996), 『大乘起信論』, 서
        울 : 세계사.

無比 譯解(1992), 『金剛經五家解』, 서울 : 불광출판부.

박상률 엮음(1990), 『불교문학평론선』, 서울 : 민족사.

朴在錦(1998), 『韓國禪詩研究～무의자 혜심의 시세계～』, 서울 : 국학자료원.

裵奎範(2001), 『조선조불가문학연구』, 서울 : 보고사.

______(2003), 『불가시문학론』, 서울 : 집문당.

法頂 옮김(1998), 『新譯 華嚴經』, 서울 : 동국대학교 역경원.

불교교재 편찬위원회(1992), 『불교사상의 이해』, 서울 : 동국대학교 불교문화대학.

불교문화연구소편(1976), 『韓國佛敎撰述文獻總錄』 동국대출판부.

佛敎史學會 編(1992), 『高麗後期佛敎展開史研究』, 서울 : 민족사.

불교신문사 편(1991), 『韓國佛敎史의 再照明』, 서울 : 불교시대사.

서경수 편저 · 엄경흠 역주(2001), 『漢詩의 美學』, 서울 : 보고사.

徐珏邰(1994), 『韓國近世 禪家文學』, 서울 : 고려대학교 민족문화연구소.

徐復觀 著 · 權德周 外譯(1997), 『중국예술정신』, 서울 : 동문선.

서산 지음 · 법정 옮김(1992), 『깨달음의 거울 禪家龜鑑』, 전남 : 불일출판사.

釋智賢(1991), 『禪으로 가는 길』, 서울 : 일지사.

______(1997), 『선시감상사전』, 서울 : 민족사.

宋赫(1986), 『韓國佛敎詩文學論』, 서울 : 동국대학교 출판부.

스즈끼 다이세쯔 저 · 박용길 역(1984), 『선공부』, 서울 : 해뜸.

申用浩 編述(2001), 『漢詩形式論』, 서울 : 전통문화연구회.

______ (1990), 『李奎報의 意識世界와 文學論研究』, 서울 : 국학자료원.

金相洪 · 梁光錫 · 申用浩 編(1993), 『韓國文學思想史』, 啓明文化社.

嚴羽 原著 · 裵奎範 譯註(1997), 『譯註 滄浪詩話』, 서울 : 다운샘.

如天無比 監修 · 一歸 譯註(1999), 『譯註 首楞嚴經』, 전남 : 불일출판사.

오가와 타마끼 지음·심경호 옮김(1998),『唐詩槪說』, 서울 : 이회문
　　화사.
吳世榮 外 共著(1983),『韓國文學硏究方法論』, 서울 : 민족문화사.
又菴 元學 講說(2003),『지혜로운 사람은 어리석음을 꾸짖지 않는다-
　　金剛經冶父頌』, 서울 : 일주문.
劉明鍾(1975),『韓國哲學史』, 서울 : 일신사.
유영봉 역(1997),『國譯 無衣子詩集』, 서울 : 을유문화사.
원융(1999),『간화선~선종돈법사상의 바른 이해~』, 서울 : 장경각.
袁行霈 著·七人 共譯(1990),『中國詩歌藝術硏究』, 서울 : 아
　　세아문화사.
월프레드L, 궤린 外 共著·鄭在浣·金聖坤 共譯(1980),『文學의
　　理解와 批評』, 서울 : 청록출판사.
尹錫成(1991),『韓龍雲 詩의 批評的 硏究』, 서울 : 열린불교.
尹在根(1992),『文藝美學』, 서울 : 고려원.
劉若愚 著·李章佑 譯(1984),『中國의 文學理論』, 서울 : 동화출
　　판공사.
　　　　　　　　　　　　　(1984),『中國詩學』, 서울 : 동화출판공사.
유한근(1989),『현대 불교 문학의 이해』, 서울 : 종로서적.
尹浩鎭(1996),『漢詩의 意味構造』, 서울 : 법인문화사.
劉勰 지음·崔信浩 옮김(1994),『文心雕龍』, 서울 : 현암사.
李九義(2001),『高麗漢詩硏究』, 서울 : 아세아문화사.
李基白·閔賢九 編著(1999),『史料로 본 韓國文化史~高麗篇』,
　　서울 : 일지사.
李箕永 譯解(1996),『般若心經』, 서울 : 한국불교연구원.
　　　　譯(1997),『한국의 불교사상』, 서울 : 삼성출판사.
　　　　(1999),『임제록 강의 상 하』, 서울 : 한국불교연구원.
　　　　譯解(2002),『維摩詰所說經』, 한국불교연구원.
李能和(1979),『朝鮮佛敎通史』, 서울 : 보련각.

李敏弘(2000),『改訂版 朝鮮朝 詩歌의 理念과 美意識』, 서울 : 성균관대학교 출판부.

李丙疇·李鍾燦 外 4人 共著(1991),『韓國漢文學史』, 서울 : 반도출판사.

李丙疇(1991),『韓國漢詩의 理解』, 서울 : 민음사.

李炳漢(1985),『增補 漢詩批評의 體例硏究』, 서울 : 통문관.

이병한 편저(1993),『중국고전시학의 이해』, 서울 : 문학과 지성사.

李炳赫(1989),『高麗末 性理學 受容期의 漢詩 硏究』, 서울 : 太學社.

이상보 外 공저(1991),『불교 문학연구입문~율문 언어편』, 서울 : 동화출판공사.

李昇薰(1995),『詩論』, 서울 : 고려원.

이어령 선생님 화갑기념 논문집 간행위원회 편(1993),『구조와분석 I 詩』, 서울 : 창.

李英茂 譯解(1993),『維摩經講說』, 서울 : 한국불교출판부.

李耘虛 譯(1999),『法華經』, 서울 : 동국대학교 역경원.

이원섭(1991),『깨침의 美學』, 서울 : 법보출판사.

李仁老 著·柳在泳 譯註(1992),『破閑集』, 서울 : 一志社.

李鍾益(1982),『寒山詩 講義』, 서울 : 경성문화사.

이재창(1998),『불교 경전의 이해』, 서울 : 경학서.

李智冠(1993),『韓國佛敎所依經典硏究』, 서울 : 가산문고.

李晋吾(1997),『韓國佛敎文學의 硏究』, 서울 : 민족사.

李鍾燦(1985),『韓國의 禪詩』, 서울 : 이우출판사.

______(1993),『韓國佛家詩文學史論』, 서울 : 불광출판사.

______(2001),『韓國禪詩의 이론과 실제』, 서울 : 이화문화출판사.

李澤厚·尹壽榮 옮김(1997),『美의 歷程』, 서울 : 동문선.

李澤厚·劉綱紀主編, 權德周·金勝心 共譯(1993),『中國美學史』, 서울 : 대한교과서주식회사.

이형기 外 공저(1991), 『불교 문학이란 무엇인가』, 서울 : 동화출판공사.

印權煥(1989), 『高麗時代 佛敎詩의 硏究』, 서울 : 고려대학교 민
　　　족문화연구소.

　　　　　(1999), 『韓國佛敎文學硏究』, 서울 : 고려대학교 출판부.

장지연 편·김상일 역(2001), 『한국불가한시선』, 서울 : 보고사.

鄭光修(1993), 『禪의 論理와 超越的 象徵』, 서울 : 한누리.

鄭柄朝 譯解(1998), 『六祖壇經』, 서울 : 韓國佛敎硏究院.

鄭性本(1999), 『선의 역사와 사상』, 서울 : 불교시대사.

조동일(1978), 『한국문학사상사시론』, 서울 : 지식산업사.

　　　　　(1994), 『한국문학통사 2』, 서울 : 지식산업사.

曹五鉉 譯解(1999), 『碧巖錄』, 서울 : 불교시대사.

趙則誠·張達弟·華万忱　주편(1985), 『中國古代文學理論詞
　　　　　典』, 길림성 : 길림문화출판사.

宗密 述·龍誠 譯(1998), 『大方廣圓覺經』, 서울 : 보련각.

朱光潛 지음·鄭相泓 옮김(1991), 『詩論』, 서울 : 동문선.

震檀學會(1980), 『韓國史』,　서울 : 을유문화사.

陳允吉 지음·一指 옮김(1992), 『중국문학과 禪』,　서울 : 민족사.

車柱環(1994), 『中國詩論』, 서울 : 서울대출판부.

崔　滋　著·朴性奎 譯(1984), 『補閑集』, 대구 : 계명대학출판부.

崔海鍾(1958), 『槿域漢文學史　上卷』(복사본).

韓國文學硏究所 編(1998), 『韓國佛敎文學硏究　上·下』, 서울
　　　　　: 동국대학교 출판부.

한국사 16(1994), 『고려 전기의 종교와 사상』, 경기도 : 국사편찬위원회.

한국사 18(1993), 『고려무신정권』, 경기도 : 국사편찬위원회.

한국사 21(1996), 『고려 후기의 사상과 문화』, 경기도 : 국사편찬위원회.

韓國漢詩學會 編(1995), 『韓國漢詩作家硏究 1』, 서울 : 태학사.

　　　　　　　　　(1996), 『韓國漢詩作家硏究 2』, 서울 : 태학사.

　　　　　　　　　(1993), 『韓國漢詩硏究 1』, 서울 : 새문사.

______________(1994), 『韓國漢詩研究 2』, 서울 : 새문사.

______________(1995), 『韓國漢詩研究 3』, 서울 : 새문사.

韓國哲學會 編(1994), 《韓國哲學史》(中卷), 서울 : 동명사.

韓鍾萬(1998), 『韓國佛敎思想의 展開』, 서울 : 民族社.

韓基斗(1980), 『韓國佛敎思想研究』, 서울 : 일지사.

許興植(1994),『韓國中世佛敎史研究』, 서울 : 일조각.

______(1995), 『眞靜國師와 湖山錄』, 서울 : 민족사.

______(1997), 『高麗佛敎史研究』, 서울 : 일조각.

홍기삼(1997), 『불교문학연구』, 서울 : 집문당.

洪萬宗 著·許捲洙·尹浩鎭 역주(1993), 『譯註 詩話叢林 上·
    下』, 서울 : 까치.

洪瑀欽 編譯(1983), 『漢詩韻律論』, 경북 : 영남대학교 출판부.

洪瑀欽(1994), 『漢詩論』, 경북 : 영남대학교 출판부.

홍윤식 外 공저(1991), 『불교 문학연구입문~산문·민속편』, 서울 : 동
    화출판공사.

黃浿江·金容稷·趙東一·李東歡 編(1997), 『韓國文學研究
    入門』, 서울 : 지식산업사.

海住(1998), 『화엄의 세계』, 서울 : 민족사.

忽滑谷快天 著·정호경 역(1978), 『朝鮮禪敎史』, 보련각.

龔嘉英(中華民國六十四年:1975), 『詩學述要』, 台北 : 華岡出
    版部.

邱燮友 註譯(中華民國八十二年:1993), 『新譯 唐詩三百首』,
    臺北 : 三民書局.

邢爛陀長老 著·學惠 譯(1996), 『覺悟之路』, 濟南 : 山東人民
    出版社.

童慶炳(1992), 『中國古代心理詩學與美學』, 北京 : 中華書局.

盧升法·何靑(1995), 『佛光禪髓~東方哲學的圓融精神』, 北

京 : 華夏出版社.

盧海山 編著(1996), 『禪趣』, 鄭州 : 中州古籍出版社.

徐師曾 纂(1985), 『詩體明辯』(影印本), 서울 : 보경문화사.

成復旺 主編(1995), 『中國美學範疇辭典』, 중국인민대학출판사.

王　穎(1998), 『大解脫思想論』, 北京 : 中國靑年出版社.

姚儀敏(中華民國八十年:1991), 『盛唐詩與禪』, 高雄 :佛光出版社.

于谷(1996), 『禪宗言語和文獻』, 南昌 : 江西人民出版社.

袁行霈(1987), 『中國詩歌藝術硏究』, 北京 : 北京大出版部.

魏士衡(1994), 『中國自然美學思想探源』, 北京 : 中國城市出版社.

任曉紅(1995), 『禪與中國園林』, 商務印書館.

褚柏思(中華民國七十年:1981), 『佛敎的文化思想與藝術』, 臺北 : 新文豐出版公司.

張伯偉(1996), 『禪與詩學』, 杭州 : 浙江人民出版社.

______(2000), 『中國詩學硏究』, 沈陽 : 遼海出版社.

張少康(1988), 『古典文藝美學論稿』, 中國社會科學出版社.

張節末(1999), 『禪宗美學』, 杭州 : 浙江人民出版社.

鄭鐵林 編著(1998), 『禪藝』, 呼和浩特 : 內蒙古人民出版社.

何文煥 輯(1992), 『歷代詩話 上·下』, 北京 : 中華書局出版.

汪中 註譯(中華民國七十四年:1985), 『新譯 宋詞三百首』, 台北 : 華岡出版部.

劉勰 著·周振甫 注(中華民國七十二年:1983), 『文心雕龍注釋』, 臺北 : 里仁書局.

魏慶之 撰(1992), 『詩人玉屑』(影印本), 慶州 : 韓國漢詩硏究院.

黃炳寅(1996), 『參禪 知禪 破解禪』, 北京 : 中國友誼出版公司.

黃永武(中華民國69年:1980), 『中國詩學 - 思想篇』, 臺北 : 巨流圖書公司.

黃河濤(1995), 『禪與中國藝術精神的嬗變』, 北京 : 商務印書館.

찾아보기

ㄱ

가섭(迦葉)　26

각로(覺路)　65

각성(覺性)　17

각심(覺心)　194

각운(覺雲)　29

각타(覺他)　91

간화결의론(看話決疑論)　26

간화경절문(看話徑截門)　40

간화선(看話禪)　27

간화일문(看話一門)　67

강종(康宗)　23

개경(開京)　25

개오(開悟)　80

거란(契丹)　30

거성(去聲)　106

겁중(劫中)　146

게송(偈頌)　99

격외(格外)　56

격조(格調)　202

결사운동(結社運動)　33

결정신(決定信)　171

경대승(慶大升)　31

경연(炅然)　174

고고(孤高)　127

고기게(孤起偈)　103

고려시(高麗詩)　209

고문체(古文體)　159

고박(古朴)　124

고종(高宗)　30

고체시(古體詩)　102

고풍(古風)　107

고화(古話) 26

공(空) 148

공관사상(空觀思想) 8

공생(空生) 176

공자(孔子) 43

공화(空花) 171

과거(科擧) 15

관상(觀想) 18

관심(觀心) 167

교관겸수(敎觀兼修) 33

교리(敎理) 166

교종계(敎宗界) 32

구경처(究竟處) 8

구산선문(九山禪門) 33

구수(句數) 102

구양수(歐陽修) 37

구자무불성화두
(狗子無佛性話頭) 22

군자(君子) 204

균여(均如) 201

극증(極證) 117

근체시(近體詩) 102

금강경(金剛經) 62

금강장보살(金剛藏菩薩) 170

금대암(金臺庵) 21

기로회(耆老會) 37

기화(己和) 45

ㄴ

나옹 혜근(懶翁慧勤) 70

나주(羅州) 16

내불외유(內佛外儒) 11

내성(內省) 61

내수(內修) 144

농려화염(濃麗華艶) 86

능소(能所) 117

능엄경(楞嚴經) 66

니구화(尼拘話) 181

ㄷ

단견(斷見) 195

달마(達磨) 50

달인(達人) 19

담박무미(淡泊無味) 12

담영(湛靈) 159

대선사(大禪師) 3

대승(大乘) 30

대오(大悟) 21

대우(對偶) 114

대자대비(大慈大悲) 137

대중교화시(大衆敎化詩) 12

대지(大志) 110

대치(對治) 151

대혜 종고(大慧宗杲) 51

대효(大孝) 144

덕산 선감(德山宣鑑) 63

덕산 화상(德山和尙) 59

도가귀감(道家龜鑑) 45

도미(道味) 124

도인(道人) 132

도정(道情) 119

도화(道化) 19

돈오돈수(頓悟頓修) 51

돈오자성(頓悟自性) 33

돈오점수(頓悟漸修) 62

동문선(東文選) 204

동사섭(同事攝) 172

동중정(動中靜) 151

동체대비(同體大悲) 172

득도(得度) 20

득도인(得度因) 51

ㄹ

마곡(麻谷) 29

마니화(摩尼話) 179

만당풍(晚唐風) 37

만법(萬法) 118

말후구(末後句) 170

망심(妄心) 61

면벽참선(面壁參禪) 158

명경(明鏡) 60

명상(名相) 60

명종(明宗) 16

목우(牧牛) 145

몽여(夢如) 29

묘미(妙味) 85

묘오설(妙悟說) 74

묘용(妙用) 115

묘유(妙喩) 133

묘의(妙義) 8

묘청(妙淸) 30

무기교(無技巧) 12

무념(無念) 58

무념무상(無念無想) 71

무념삼매(無念三昧) 176

무념지(無念智) 75

무루복(無漏福) 197

무명(無名) 172

무미(無味) 64

무상(無常) 27

무상(無相) 62

무상보시(無相布施) 176

무상심(無相心) 127

무상원각(無上圓覺) 172

무상행(無相行) 127

무심(無心) 55

무심돈오법(無心頓悟法) 40

무심삼매(無心三昧) 43

무심자재(無心自在) 112

무심합도(無心合道) 21

무아(無我) 165

무위자연(無爲自然) 86

무위한도인(無爲閒道人) 126

무의자시집(無衣子詩集) 3

무자공안(無字公案) 70

무자성(無自性) 63

무주(無主) 62

묵조선(默照禪) 63

문수보살(文殊菩薩) 167

문자상(文字相) 8

문자성(文字性) 8

물아일체(物我一體) 78

물욕(物慾) 129

물화(物化) 119

밀음전법(密音傳法) 176

ㅂ

반상성(反常性) 179

반상합도(反常合道) 9

반야지(般若智) 144

방외(方外) 126

방일(放逸) 145

배씨(裵氏) 16

배체시(俳體詩) 101

백거이(白居易) 44

백련결사운동
(白蓮結社運動) 33

백우거(白牛車) 59

백운(白雲) 63

백파 긍선(白坡亘璇) 70

범부중생(凡夫衆生) 137

범음(梵音) 130

범행(梵行) 156

법계연기(法界緣起) 8

법명(法名) 142

법본일종(法本一宗) 47

법성게(法性偈) 8

벽송 지엄(碧松智儼) 70

벽안호(碧眼胡) 181

변려문(騈儷文) 37

별취(別趣) 76

보광명지(普光明智) 48

보리지(菩提智) 58

보망(寶網) 140

보안보살(普眼菩薩) 170

보우(普雨) 45

보조 국사(普照國師) 16

보조국사비명
(普照國師碑銘) 51

보탑시(寶塔詩) 101

보한집(補閑集) 18

보현보살(普賢菩薩) 169

본래면목(本來面目) 17

부화농염(浮華濃艷) 86

부휴 선수(浮休善修) 70

불가(佛家) 4

불가사의(不可思議) 117

불가시풍(佛家詩風)

불경(佛經) 18

불계(佛界) 198

불과(佛果) 166

불교 사상(佛教思想) 6

불도(佛道) 4

불리(佛理) 8

불립문자(不立文字) 7

불문(佛門) 3

불법(佛法) 8

불성(佛性) 56

불승(佛乘) 39

불심인(佛心印) 62

불외문자(不外文字) 90

불조(佛祖) 26

불지견(佛知見) 25

ㅅ

사(詞) 101

사고(四苦) 132

사구(死句) 69

사굴산(闍崛山) 33

사마시(司馬試) 18

사무(四毋) 43

사상(四相) 176

사선(邪禪) 68

사위의(四威儀) 130

사유수(思惟修) 49

사장(詞章) 38

사주(社主) 134

삼독(三毒) 159

삼매(三昧) 50

삼반야(三般若) 176

삼악도(三惡道) 157

삼업(三業) 162

삼종문(三種門) 34

삼학(三學) 154

삼환화(三喚話) 184

상견(常見) 195

상구보리(上求菩提) 4

상당법회(上堂法會) 136

상외지의(相外之義) 179

상인(上人) 150

상주보(常住寶) 35

생멸(生滅) 137

서래의(西來意) 143

석가(釋迦) 43

선(禪) 49

선가(禪家) 90

선가귀감(善家歸鑑) 45

선가문학(禪家文學) 6

선각자(先覺者) 4

선객(禪客) 72

선경(禪境) 6

선교(禪敎) 19

선교일치(禪敎一致) 52

선기(禪機) 26

선나(禪那) 49

선도(禪道) 24

선문답(禪問答) 22

선미(禪味) 87

선법(禪法) 7

선병(禪病) 134

선사(禪師) 11

선사상(禪思想) 5

선시(禪詩) 3

선시집(禪詩集) 3

선심(禪心) 121

선어(禪語) 117

선열(禪悅) 120

선오(禪悟) 23

선원사(禪源社) 35

선적(禪籍) 5

선정(禪定) 21

선종(禪宗) 33

선지(禪旨) 4

선지식(善知識) 23

선취(禪趣) 6

선풍(禪風) 38

설두현(雪竇顯) 19

성령(性靈) 86

성적등지문(惺寂等持門) 40

성종(成宗) 3

소동파(蘇東坡) 37

소림선(小林禪) 159

송광산(松廣山) 19

송시풍(宋詩風) 37

수기응설(隨機應說) 24

수도자(修道者) 132

수선사(修禪社) 3

수심법(修心法) 135

수연안분(隨緣安分) 122

수오(修悟) 62

수의환운(隨意換韻) 106

숙연(宿緣) 20

순유(純儒) 44

숭유억불(崇儒抑佛) 204

승계(僧階) 26

승과(僧科) 25

승권취실(乘權就實) 41

승속불이(僧俗不二) 24

시각(始覺) 113

시경(詩境) 133

시관(詩觀) 4

시교(詩敎) 94

시선일여(詩禪一如) 3

시승(詩僧) 3

시운(詩韻) 12

시의(詩意) 163

시재(詩才) 18

시절 인연(時節因緣) 20

시중(示衆) 65

시형(詩型) 12

식(寔) 16

신기(新奇) 142

신심(信心) 195

신종(神宗) 31

신진사류(新進士類) 28

신풍운동(新風運動) 39

신행(信行) 138

실제(實際) 151

실참실오(實叅實悟) 21

심경(心境) 21

심경양망(心境兩忘) 112

심법(心法) 3

심안(心眼) 78

심약(沈約) 44

심요(心要) 8

심행처멸(心行處滅) 50

십종병(十種病) 70

쌍망(雙忘) 117

ㅇ

아상(我相) 146

아시작(兒時作) 18

안규봉(安圭峯) 22

안분낙도(安分樂道) 132

압운(押韻) 102

야호정(野狐情) 164

양견(兩見) 165

양목찬화(兩木鑽火) 170

억보산(億寶山) 21

언어도단(言語道斷) 50

언어상(言語相) 185

언외(言外) 117

언전(言詮) 89

언지(言志) 4

엄우(嚴羽) 74

역설(逆說) 7

연좌(宴坐) 21

영물시(詠物詩) 129

영을(永乙) 16

예부시랑(禮部侍郎) 24

오경(悟境) 4

오도(悟道) 127

오도처(悟道處) 116

오리견성(悟理見性) 8

오산(蜈山) 21

오성론(悟性論) 50

완산(完山) 192

외도(外道) 165

요세(了世) 33

요일(寥一) 3

요풍(堯風) 44

용사(用事) 84

우연출운법
(偶然出韻法) 105

우의(寓意) 28

운수심(雲水心) 126

원각(圓覺) 138

원감 국사(圓鑑國師) 36

원공(遠公) 44

원돈(圓頓) 167

원돈성불론(圓頓成佛論) 26

원돈신해문(圓頓信解門) 40

원만각성(圓滿覺性) 143

원소지탑(圓炤之塔) 29

원오 국사(圓悟國師) 36

원적일(圓寂日) 142

원호문(元好問) 72

원효(元曉) 201

월등사(月登寺) 29

유가(儒家) 4

유가귀감(儒家龜鑑) 45

유마 거사(維摩居士) 79
유불(儒佛) 3
유상보시(有相布施) 194
유심돈오(唯心頓悟) 205
유업(儒業) 18
유정중생(有情衆生) 139
유종원(柳宗元) 37
유취(幽趣) 123
육경(六境) 75
육근(六根) 75
육도(六途) 159
육미(六眉) 189
육식(六識) 164
육잠(六箴) 159
육조단경(六祖壇經) 51
은둔질세(隱遁疾世) 207
응신망형(凝神忘形) 23
의경(意境) 77
의천(義天) 3
의통선(義通禪) 68
이고(李高) 30
이규보(李奎報) 37
이성현(利城縣) 192
이심전심(以心傳心) 193
이언절려(離言絶慮) 7

이의민(李義旼) 31
이의방(李義方) 30
이인로(李仁老) 37
이자겸(李資謙) 30
이취(理趣) 141
이통현(李通玄) 51
인가(一家) 21
인과(因果) 155
인법(人法) 117
인월대(隣月臺) 116
인종(仁宗) 30
일가(一家) 4
일미평등(一味平等) 115
일운도저(一韻到底) 105
일원(一元) 43
일체유심조(一切唯心造) 75
일체제법(一切諸法) 136
임성소요(任性逍遙) 120
임운자재(任運自在) 109
임춘(林春) 37
입정관조(入定觀照) 112

ㅈ

자각(自覺) 4
자미(滋味) 125

자성(自性) 144

자성정혜(自性定慧) 50

자증(自證) 23

자한(自閑) 140

작시규율(作詩規律) 208

적멸처(寂滅處) 52

적조(寂照) 126

전등(傳燈) 90

전형(典型) 4

절언지법(絶言之法) 8

정(定) 154

정경(情景) 77

정관(正觀) 79

정도전(鄭道傳) 44

정려(靜慮) 49

정신미(精神美) 206

정안(正眼) 26

정좌(靜坐) 21

정중동(靜中動) 151

정중부(鄭仲夫) 30

정혜결사(定慧結社) 33

정혜쌍수(定慧雙修) 51

제석천(帝釋天) 140

제체(諸體) 4

조계 종지(曹溪宗旨) 36

조계산(曹溪山) 3

조계선(曹溪禪) 87

조계진각국사어록
(曹溪眞覺國師語錄) 10

조사선(祖師禪) 52

조주(趙州) 22

존자(尊者) 129

종문(宗門) 22

종밀(宗密) 52

죽림고회(竹林高會) 37

중도(中道) 157

중송게(重頌偈) 103

즉체즉용(卽體卽用) 48

증오(證悟) 62

지관(止觀) 66

지관정혜(止觀定慧) 65

지눌(知訥) 16

지의(智顗) 66

지행합일(知行合一) 30

직관(直觀) 71

진각 국사(眞覺國師) 29

진명 국사(眞明國師) 36

진미(眞味) 123

진병도량(鎭兵道場) 29

진성(眞性) 17

진심(眞心) 52

진심직설(眞心直說) 54

진여자성(眞如自性) 58

진일(眞一) 150

진정(眞定) 156

진훈(眞訓) 26

ㅊ

찬경(讚經) 166

참학(參學) 150

창복사(昌福寺) 62

창화시(唱和詩) 38

천영(天英) 36

천왕(天王) 179

천진(天眞) 82

천진불(天眞佛) 168

천태종(天台宗) 33

청산(靑山) 140

청신(淸新) 124

청안(靑眼) 150

청정각성(淸淨覺性) 139

청정보리(淸淨菩提) 115

청진 국사(淸眞國師) 36

청허(淸虛) 45

체용(體用) 115

촉처견도(觸處見道) 143

최완(崔琬) 16

최이(崔怡) 25

최자(崔滋) 37

최항(崔抗) 35

최홍윤(崔洪胤) 24

충 국사(忠國師) 184

충지(冲止) 36

ㅌ

타증(他證) 23

탁물우의(托物寓意) 128

탈속청정(脫俗淸淨) 121

태고 보우(太古普愚) 70

태학생(太學生) 15

통운(通韻) 105

통운시(通韻詩) 107

통유(通儒) 44

ㅍ

파한집(破閑集) 37

평상심시도(平常心是道) 9

평측(平仄) 102

평화청담(平和淸淡) 86

풍아(風雅) 204

피안(彼岸)　91

ㅎ

하화중생(下化衆生)　4

한도인(閑道人)　132

한산(寒山)　92

한산시(寒山詩)　202

한유(韓愈)　37

한정(閑情)　122

함허당(涵虛堂)　45

해오(解悟)　62

해탈지견(解脫知見)　43

행주좌와(行住坐臥)　12

행화지(行化地)　23

향공진사(鄕貢進士)　16

향광장엄(香光莊嚴)　153

향상일로(向上一路)　163

허심(虛心)　128

허응당(虛應堂)　45

현도지구(現道之具)　90

현리(玄理)　185

형상사유(形象思惟)　76

형식(形式)　5

혜(慧)　154

혜가(慧可)　57

혜능(慧能)　51

혜심(慧諶)　16

혜초(惠超)　201

혼원(混元)　36

홍법처(弘法處)　139

화광동진(和光同塵)　133

화두(話頭)　26

화순현(和順縣)　16

향공진사(鄕貢進士)　16

화엄론(華嚴論　51

환운(換韻)　105

환화(幻化)　163

활구(活句)　69

황매(黃梅)　182

황벽 희운(黃檗希運)　62

회문시(回文詩)　101

휴정(休靜)　45

희원 도인(希原道人)　59

희종(熙宗)　31